サイレントクライシス

五十嵐貴久
Takahisa Igarashi

PHP

サイレントクライシス　目次

装丁――bookwall
装丁写真――Adobe Stock/alexkoral

サイレントクライシス

Part 1　自殺

1

激しく咳き込んだ拍子に、男は目を覚ました。

暗闇の中、エアコンの音だけが聞こえる。気分が悪い。

パジャマの首回りがびっしょりと濡《ぬ》れている。何だこの寝汗は、と上半身を起こした。

出張先のナイジェリアから日本に戻ったのは五時間前だ。帰りの機内で、既に悪寒《おかん》がしていた。

三共商事《さんきょう》ナイジェリア支店で会った支店長代理の赤ら顔が、頭に浮かんだ。咳とくしゃみを繰り返していた。

手で顔を拭《ぬぐ》うと、鼻水が垂れているのか、手のひらに不快な感触があった。鼻も詰まっている。

これでは眠ることもできない。ベッドから降りて洗面台に向かった。

目眩《めまい》がする。体が鉛のように重く、鼻水も止まらない。

洗面台までの数メートルが、とてつもなく遠く感じられた。壁に手をついて体を支えながら、明かりをつける。

また咳き込むと、周囲に赤い染みが飛び散った。赤。どういうことだ。

洗面台の鏡で自分の姿を見た。目がカラーコンタクトを入れたように赤い。

真っ赤な汗が、頬《ほお》にひと筋垂れている。腰が抜けて、そのまま座り込んだ。

這《は》うようにしてリビングへ戻り、床にあったジャケットのポケットを探った。スマホで１１９と押す。手足が激しく震え始めていた。

2

午前一時半、上品川のマンション、メゾン・フレールの駐車場に、十台以上の車両が到着していた。救急車、パトカー、疫学研究所の車両、消防の化学車。医師や警官、消防署の化学隊、救急隊員、救急救命士、看護師、科学者、その他五十人以上の人間が集まっている。そこかしこで、携帯電話の着信音が鳴っていた。

マンション前の道路にも、数台の大型車が停まっている。人数は増えていく一方だ。

「どうなんでしょう、山谷《やまたに》先生」指揮所になっているワゴン車の中で、緊張した表情を浮かべた消防服の男が言った。「やはりコロナですか？　しかし、出血という症状は聞いたことがありません」

周りに四人の男がいた。警察関係と保健所の担当者だ。

疫学研究所の連絡待ちです、と口ひげを生やした中年の医師が言った。山谷和茂《かずしげ》、疫学研で伝染病の研究をしている専門家だ。山谷が現場の指揮を執っているのは、厚労省の指示だった。

「患者は田沢幸一《たざわこういち》、三十七歳」三共商事勤務、と山谷は言った。「出張先のナイジェリアから、昨日の夕方四時に帰国しています。成田空港の検疫所では、発熱その他の症状がなかったため、帰宅を許可されています。水際対策を徹底しなければ駄目だとあれほど言ったのに……。ＰＣＲ検査の結果は陰性でしたので、コロナではなく、現地で流行しているエボラ出血熱に感染した可能性が高いと思われますが、まだ確定していません」

「まずいことにならなきゃいいんだが」制服を着た五十代の警察官が顔をしかめた。「エボラ出血熱なんて……」

「可能性の話です」対処の方法もあります、と山谷は笑みを浮かべた。「警察の手配は済みましたか？」

「マンションの封鎖は完了しています。第二方面本部から、全面的に協力すると先ほど連絡がありました」

　うなずいた山谷の手元でスマホが鳴った。宝田《たからだ》だ、とスピーカーから男の声が流れ出した。疫学研の主任担当者だ。

「結論が出た。簡易血液検査をしたところ、エボラではなかった」

　五人の男たちが安堵《あんど》のため息を漏《も》らした。コロナの新症状ですかと尋《たず》ねた山谷に、ラッサ熱の亜種だと宝田が答えた。

「ＷＨＯの報告によれば、二カ月前にナイジェリア西南部で流行が始まった。現地ではコロナより患者が多いらしい、だが、致死率一パーセント以下、感染率三パーセントの感染症だ。ワクチンもあるし、フェーズ１で済むだろう。ナイジェリア政府の発表では野鳥やネズミがウイルスの宿主だというが、感染経路はまだ不明だ。空気感染の可能性も否定できない」

「どう対処しますか？」

「今、厚労省の担当者と話したが、感染症法の適用ケースということになる。汚染《おせん》された可能性のある場所を特定し、徹底的に除染する。コロナ対策で後手に回ったから、万に一つも間違いがあってはならないと厚労省は考えているようだ」

警察の調べで、ナイジェリアからの帰国便は判明しています、と山谷は言った。

「同乗していた客、パイロット、ＣＡその他を追跡し、空港から自宅までの帰宅経路も調べています。すぐ報告が入るでしょう」

「コロナの教訓が生きたな……そこは警察に任せよう。君はマンションの除染だ。封鎖は完了したんだな？　夜中だろうが何だろうが、全戸除染だ。絶対極秘、住人にはコロナ対策と伝えた方がいい。マスコミに漏れたら大騒ぎになる」

「了解しました」

「夜明けまでには終わるな？」

「問題ないでしょう。疫学研から警察庁、総務省に連絡を入れてください」

わかった、と宝田が電話を切った。どうしますかと囁《ささや》いた制服の男たちに、皆さんの協力が必要ですと山谷は言った。

3

メゾン・フレールは六階建てのマンションだ。部屋数は三十、それほど大きいとは言えない。

　厚労省の指示の下、警察と消防が全面協力し、建物自体の封鎖と除染が始まったのは土曜日の深夜二時だった。住人も含め、人が出入りする可能性はほとんどない。汚染の拡大は考えにくかった。

　部屋を訪れるには遅過ぎる時間だが、除染は法律で規定されている。山谷は医師たちに警察官と消防士を複数名つけ、すべての部屋に向かわせた。

　緊急の招集だが、二十名の医師がいる。人数に不足はない。

　まず、メゾン・フレールの住人がコロナに感染したと医師から説明させた。先週、感染力の強い新種株が発見されたためか、早く消毒してほしいという要請が住民からも相次いだ。

　一時間後、午前三時過ぎ、全戸の除染が終了したという報告が入ったが、一室だけ応答がない部屋があった。四階、４０５号室。

「高村良雄《たかむらよしお》という表札があるんですが、チャイムを鳴らしても返事がありません」

　スマホのスピーカーから、医師の畠山《はたけやま》の声が流れた。疫学研で山谷の五期下の研究員だ。

「寝ているわけでもないようです。帰宅していないのかもしれませんね」

　それならその方がいい、と山谷は答えた。

「不在なら感染も何もない」

「しかし、室内から鳥の鳴き声が聞こえます」畠山がか細い声で言った。「インコか九官鳥だと思うんですが」

「鳥？」

「そうです。感染の宿主が野鳥だという情報が入っていますよね。どうしますか？」

ちょっと待て、と山谷は周囲を見回した。

「マンションの管理会社の人は来ていますか？」

眠そうな目をした太った男が手を挙げた。何かあった場合に備え、部屋の鍵を開けるために警察が呼んでいた管理会社の社員だ。

「合鍵はありますか？」

スペアキーを持ってこいと言われたので、と男が肩に下げていた小型のバッグを降ろした。

「全戸分あります。ですが、居住者の部屋を管理会社が勝手に開けるというのは……」

そんなことは頼んでいない、と山谷はぶっきらぼうに遮《さえぎ》った。

「合鍵があればいい。後は我々がやる」

鍵を渡すように言うと、男が405号室の鍵を差し出した。

各部屋を廻《まわ》っている医師たちは、まだ戻っていない。手が空《あ》いているのは山谷だけだ。警察官二名、消防士二名と共にエレベーターで四階へ向かった。

405号室は廊下の右端にあった。畠山がドアの前に立っている。山谷は鍵を開け、細く開いたドアの隙間から、高村さんと名前を呼んだが、返事はなかった。

留守のようです、と畠山が言った。鳥が気になる、と山谷は靴のまま廊下に上がった。

「念のため、この部屋も除染しよう。高村という住人には、後で事情を説明すればいい」

消防士たちが準備に取り掛かった時、かすかな鳴き声が聞こえてきた。リビングに鳥がいます、と警察官が言った。

「インコです。どうしますか？」

「籠ごと外へ」写真を撮っておこう、と山谷は指示した。「後で高村氏に説明する際、必要になる。鳥には触れないように」

警察官が鳥籠に向けてシャッターを数回切った。黄色い小鳥が首を細かく揺らしながら鳴いている。

もう一人の警察官が寝室のドアを開けた。畠山が消防士にリビングの除染を命じている。

山谷は洗面所に入った。手袋はしているが、汚染の可能性がある場所だ。携行しているハンドジェルで手を念入りに除菌したのは、疫学研の医師としての習慣だった。

ハンカチで手を拭い、別の手袋をはめた。その時、バスルームの磨《す》りガラス越しに気配を感じた。

「……高村さん？」

声をかけてから、バスルームのドアを開けた。青ざめた顔の男がぶら下がっていた。

首を吊《つ》っていると気づくのと同時に、足の感覚がなくなり、山谷は尻から床に崩れ落ちた。

Part 2　捜査

1

八月十五日土曜日、早朝五時半。品川桜警察署刑事係の橋口志郎《はしぐちしろう》巡査長は上品川四丁目のマンション、メゾン・フレールの405号室にいた。

緊急招集命令があったのは一時間前だ。泉岳寺《せんがくじ》の自宅から駆けつけたが、先着していた同僚の刑事たちの表情にさほど緊張したものがないのを見て小さく息をついた。

室内のバスルームで死体が発見されたとしか聞いていなかったが、事件性はないようだ。病死か、あるいは自殺か。

指揮を執っていた岩上《いわがみ》警部補に現着報告をすると、悪かったなと苦笑した岩上が、自殺らしいとだけ言って、鑑識員に報告を命じた。

肩を叩かれて振り向くと、同じ巡査長の南部裕一《なんぶゆういち》が欠伸《あくび》をしていた。

「お疲れ……って、おれも同じなんだけどな。すぐ来いと言われたが」来てみたら自殺だとさ、と南部が肩をすくめた。「それはそれで大変だけど、わかっていれば慌てずに済んだのに」

仕方ないとうなずき、南部に目をやった。派手なチェックの柄のジャケットを着ている。志郎は地味なグレーのスーツ姿だ。

二人とも百八十センチほどの身長だが、やや痩《や》せ気味の志郎と比べると、南部の方が体格がいい。同じ三十三歳という年齢でも、年相応にしか見られない志郎と、二十代でも通用する南部とでは、何から何まで違う。

自分の方が顔立ちは整っていると志郎は思っていたが、署内の女性警官の人気は俺の方がある、というのが南部の口癖だ。

まったく似ていない二卵性双生児と周りから呼ばれるほど、ライフスタイルや考え方は違うが、誰よりも馬が合った。仕事だけではなく、プライベートでも親しくしている。

「どうする？　ここにいても邪魔なだけだ。正面にファミレスがあったが、モーニングコーヒーでも飲むか？」

タクシーを飛ばしてここまで来たのは、お前とコーヒーを飲むためじゃない、と志郎は顔をしかめた。

「どうなってる？　何があった？」

「仏さんを見るか？　今、ちょうど運び出すところだ」

南部が親指を立てた。数人の男がバスルーム前の狭いスペースで声を掛け合っている。

「殺しじゃないんだな？　自殺なのか？」

首吊りだよ、と南部が答えた。

「高村良雄、四十歳。この部屋の住人だ。片山《かたやま》興産っていう建設会社に勤めていた。こいつは社員証だ」

テーブルに置かれていたビニール袋に入ったプラスティックのカードを指さした。ワイシャツを着た精悍《せいかん》な男の顔が写っていた。

「会社に電話したが、誰も出ない。時間も時間だし、土曜だから休みなんだろう。他の連絡先はまだわからん。調べてるところだ」

「誰が発見した？　同居人か？」

　昨夜遅く、このマンションで急病人が出たんだ、と南部が声を潜《ひそ》めた。

「ナイジェリア帰りの商社マンで、現地で伝染病にかかったらしい。危険な病気だとわかって、大騒ぎになった。各部屋の除染をしていた時、医者がこの部屋で死体を見つけた。夜中の三時過ぎだ」

「三時？　おれに連絡があったのは一時間ほど前だぞ。四時半とか、それぐらいだった」

　みんなそんなもんだよ、と南部が欠伸をかみ殺した。

「警察も首吊り死体が発見されたのはわかってたんだが、それより除染が先だってことになった。コロナで敏感になってるんだよ。現場に警察官や医者がいたから、高村の死亡確認は連中がやった。先に来ていた岩上さんが入ろうとしたが、除染が終わるまで入室は禁止すると言われたとさ。死んだ奴より生きてる奴の方が大事ってことだろう」

「その伝染病は……大丈夫なのか？」

「検査したら、想定より感染力が弱いとわかったそうだ。大騒ぎしてたのに、拍子抜けだよ……出て来たぞ」

　白衣を着た二人の男が、バスルームから担架《たんか》を運び出していた。顔に布をかぶせられた死体の腕が垂れている。

　高村だ、と南部が囁《ささや》いた。

「見るか？　かわいそうに、鑑識が来るまで三時間近く放っとかれたんだ。顔が青黒くてな……首なんか吊るもんじゃないね」

「見たくない。自殺で間違いないんだな？」

「部屋に争った痕跡《こんせき》はない。きれいなもんだ」例の伝染病騒ぎで住人のほとんどが起きていたから、早朝だが事情は聞けたと南部が言った。「昨夜七時頃、帰ってきた高村とマンションの下ですれ違った者がいたし、エレベーターの防犯カメラに映っているのも確認できた。その後、外出した様子はない。帰宅後、しばらく経ってから首を吊ったんだろう。鑑識の話じゃ、十時前後のようだな」

「一人暮らしか？」

「そうだ。部屋の様子を見ても、女と暮らしていた気配はない。女性が出入りしていたと住人が話していたが、どういう関係かはまだわからん」

「死体の状況は？」

「不審《ふしん》なところはない。バスルームの中に洗濯物を干すバーがあるんだが、そこに細いロープをかけて首を吊っていた。低いが、浴槽《よくそう》の縁から飛び降りたんだろう」

「そうか」

早めに見つかってよかったよ、と南部が唇を曲げた。

「金曜の夜十時に首を吊り、エアコンは切ってた。土日が休みなら、会社の人間も連絡はしない。出社していないとわかるのは月曜になる。どんなに早くたって、誰かがここへ来るのは月曜の夜以降だ。このくそ暑い中、三日間放っておかれたらどうなると思う？　想像しただけで吐きそうになる」

「知らんよ、そんなこと……どうして自殺したんだ？」

「まだわかっていない。それが最後のピースだな。はまればパズルは完成だ」

岩上警部補、という声がした。リビングに置かれていたパソコンを調べていた高品《たかしな》刑事が、こちらです、と呼んでいる。どうした、と岩上が寝室から出て来た。

「遺書が見つかりました」高品がマウスをクリックした。「デスクトップにあったんですが、開いてみたら……」

志郎は画面を覗《のぞ》き込む岩上の後ろに廻《まわ》った。画面に文書ファイルがあり〝会社の皆様へ〟とタイトルがついていた。南部が文面を読み上げた。

「人生に疲れました。これ以上生きていくのが辛いのです。ご迷惑をおかけしますがお許しください……おっしゃる通りだ。人生は辛いもんだよ」

決まりだな、と指を鳴らした。岩上がうなずいた時、すいませんという女の声が玄関から聞こえた。

「ごめんなさい……遅れました」

ショートヘア、紺色のパンツスーツ姿の若い女が入ってきた。遅い、と志郎はその肩を軽く突いた。

「紀子《のりこ》、いつも言ってるだろ？　連絡があったらすぐ現場に駆けつけろって。メイクや服なんかどうだっていいんだ。刑事って仕事は――」

「しょうがないでしょ、お兄ちゃん」橋口紀子がしかめっ面になった。「女子はね、どうしたって支度に時間がかかるのよ」

「女子っていうのはな、女の子って書くんだ。お前はもう女の子じゃない。二十八歳は立派な女性だ」

「まだ二十七です。誕生日は再来月」

小さく舌を出した紀子に、南部が軽く手を振り、仲良きことは美しきかな、と志郎の肩に腕を回した。

「その辺にしときなさいって。兄妹ケンカは猫も食わないってね。お兄ちゃんも少しぐらい遅れたからって、カリカリしなさんな」

「お兄ちゃんは止《や》めろ」お前の兄貴になった覚えはない、と志郎は南部の腕を振り放した。「紀子のことはおれが考える。おれの教育が悪いって話になったら困る。現場に直行するのは刑事の基本だ。そんなことも守れないなら……」

「直行はしたわよ。遅れたのは悪かったけど、謝ったでしょ？　しつこくない？」

うっすら陽に灼《や》けた頬《ほお》を上気させて、紀子が志郎を睨《にら》んだ。

静かにしてくれ、と岩上が喉の奥で笑った。

「二人きりの兄妹じゃないか。ケンカ腰にならんでもいいだろう」

すいません、と志郎は頭を掻《か》いた。わかってます、と紀子が頭を垂れた。

親子、兄弟で警察に奉職するのは珍しくない。警察組織ではよくある話だ。ただ、同じ警察署、同じ部署で働くのはレアケースかもしれない。

意図していたわけではなかった。三年前まで、志郎は警視庁本庁の組織犯罪対策部に所属していた。

だが、新宿で発生した暴行事件の現場に向かうと、抵抗した犯人の中国人マフィアが同僚の刑事をナイフで刺し、瀕死の重傷を負わせるという不測の事態が起きていた。やむを得ず発砲したのが志郎だった。

警告のために空へ向けて一発撃ったが、犯人がナイフで同僚の腹部を刺そうとしたため、肩を撃たざるを得なかった。正当防衛を主張し、懲戒《ちょうかい》審査委員会もそれを認めたが、マスコミの批判を浴び、半年後に所轄《しょかつ》署の品川桜署へ異動となった。

明らかな左遷だが、処遇に不満はない。撃たなければ同僚は死んでいたはずだが、それでも撃ってはならないというのが日本の警察のルールだ。

紀子は大学卒業後、四年間の交通課勤務を経て、二十六歳の時に品川桜警察署の刑事課に転属していた。桜署での歴は紀子の方が古いが、刑事としての経験は志郎の方が長い。

兄妹が一緒の部署で働くのはやりにくいだろう、と周囲の人間に言われたが、そう思ったことはない。ケンカもするが、兄妹仲はいい方だ。同僚として働くことに、違和感はなかった。

志郎としては、安心でもあった。両親を早くに亡くしているため、自分が紀子の親代わりだという意識がある。目の届くところで働いていれば、不安を感じることもない。

暴力組織を相手に神経を擦《す》り減らし、場合によっては一触即発の事態に備えなければならない毎日に疲れてもいた。本庁勤務から外れたのは、そういうタイミングだったのだろう。

品川桜署に移って約二年半経つが、めったに大きな事件は起きない。今日もそうだった。

死体が発見されたという第一報に緊張したが、自殺だと結論が出ている。変死事件だが、面倒なことにならないのは経験上わかっていた。

「本当に自殺なんですか？」

紀子が岩上に聞いた。声の調子に、残念そうな色が混じっている。

「殺しの方がよかったって？　不謹慎《ふきんしん》だぞ、お前」

志郎は肩を小突いた。そうなんだけど、と紀子が苦笑いを浮かべた。

「でも、その……こんな朝早くから呼ばれて、結局自殺でしたって言われると……」

紀子は最近まで殺人事件の捜査に本格的な形で加わったことがなかった。経験不足のため、係長の藤元《ふじもと》が担当から外していたのだ。臨場させても、混乱するだけだろう。

数カ月前、ようやく現場での捜査を許可されたが、皮肉なものでそれから殺人事件は起きていない。意欲が空回りしているのは、志郎もよくわかっていた。

「そりゃ、殺しじゃない方がいいですよ。いいですけど……」未練がましく辺りを見回していた紀子が、テーブルに置かれていた数葉のポラロイド写真を取り上げた。「へえ、かわいい……インコですか？」

そうらしい、と南部がうなずいた。

「高村が飼っていたんだ。このマンションで伝染病の患者が発見されて、建物全体が封鎖されたのは――」

それで死体が見つかったんですよね、と紀子が言った。

「じゃあ、その時にこのインコも？」

「ウイルスに感染してるかもしれないから、感染研に運んだそうだ。ある意味、死体より危険だとさ」

死体は嚙《か》み付いたりしないからな、と岩上が低い声で笑った。

「さて、鑑識の報告が出揃《でそろ》った。全員、集まってくれ。状況を整理する」

指示に従って、刑事たちがリビングに入ってきた。うなずいた岩上が、まず発見時の状況だが、と説明を始めた。

2

午前十一時、志郎は署に戻り、高村が勤務していた片山興産という建設会社に連絡を入れた。何度か電話をかけていると、午後になって休日出勤していた社員が出た。

総務部長が出社しているのがわかり、しばらく待っていると、耳に当てていた受話器の向こうで空咳《からせき》が聞こえた。

「片山興産総務部の桑山《くわやま》と申します」戸惑っているような声だった。「今、社員から聞いたのですが、高村部長が、その……」

「申し上げにくいのですが、お亡くなりになりました」隣に座っていた紀子にも聞こえるように、志郎は電話をスピーカーに切り替えた。「確認も済んでいます。間違いなく高村良雄さん本人です」

わたしは品川桜署の橋口と申します、と付け加えた。それは、と桑山が言葉を途切れさせた。

「……いったい、どういうことでしょう？　何があったんです？」

「今調べていますが」志郎は音量を上げた。「どうやら自殺のようです」

「……自殺？」

隣の席を見た。紀子がしかめ面で電話機を見つめている。

「自宅の浴室で首を吊っていました。携帯電話が部屋で見つかりましたが、緊急連絡先が不明でしたので、とりあえず会社に知らせるべきだと判断しまして――」

「それは……はい、そうしていただいてよかったんですが……高村部長が自殺ですか？　それはその、何と言えばいいのか……」

「お察しします」

「とにかく驚きましたとしか……」上ずった声で桑山が言った。「ですが……いや、そうですか……」

「そうですか、とおっしゃいますと？」

「高村は営業部長なんですが」桑山の声がしっかりしてきた。「営業部の者から、高村部長の様子が少しおかしいという話は何となく聞いていたんです。言われてみると、どこか上の空といいますか……弊社の真田《さなだ》社長も、高村はどうしたんだと話していまして……」

「社長が？」

「真田は営業部の役員も兼職しておりますので、高村の直属の上司に当たります」

「何かそういう……兆《きざ》しといいますか、変だと思うようなことがあったわけですか？」

「部署が違いますので、私も正確に把握してはおりませんが、遅刻や欠勤が多くなっていると聞きました。無断欠勤も何度かあったようです。真田社長が事情を聞くための場をセッティングしましたが、はっきりした理由は言わなかったそうです。悩みがあったのは、確かだと思います。様子を見て、総務として対処するつもりだったんですが……」

「高村さんの携帯電話には、会社関係以外の連絡先が名字だけのものしか残っていなかったんです」親戚、友人なのか、関係性がわかっていませんと志郎は言った。「結婚はされていないようですが、ご両親やご兄弟はどうなんでしょう？　誰に連絡したらいいのかわからず、我々もどうしたものかと……」

「確か、大学生の時にご両親を亡くされていたはずです。一人っ子だと話していたのを覚えていますが、親戚のことまでは聞いていませんので……」

総務部長といっても、社員全員の履歴を把握しているはずがない。それに、親戚の話をする社員など、めったにいないだろう。

「申し訳ないんですが、品川までお出で願《ねが》えないでしょうか？」志郎は電話機に向かって言った。「事情を伺いたいのですが、こちらは品川桜署といいまして、高輪《たかなわ》二丁目の……」

「もちろん、すぐに伺います。そうですね、二時間ほどいただければ……住所は調べますから大丈夫です。品川桜警察署の、ええと、橋口さんですね？」

「刑事係の橋口です。わたしの名前を受付でおっしゃってください」

では後ほど、と桑山が電話を切った。社員の自殺は総務部長にとって大問題だ。駆けつけるのは当然の義務だろう。

片山興産のホームページを探してるんだけど、と紀子がパソコンの画面を指さした。

「ないみたい。今時珍しくない？　住所はわかった。姫原村《ひめはらむら》だって」

「姫原村？」

「八王子のずっと奥。すごいところにあるよね」

「建設会社だからなあ……よくわからんが、そういうものかもな。最寄り駅は？」

五日市《いつかいち》線の秋川《あきがわ》駅だと思う、と紀子が言った。待つしかないな、と志郎は椅子を二つ並べて足を投げ出した。

「早く帰りたいんだがな」

「お兄ちゃん、行儀悪いよ」

紀子が膝の辺りを叩いた。お前も休んだ方がいい、と志郎は言った。

「休む時は休む。刑事ってのは、そういうもんだ。来たら起こしてくれ」

はいはい、とうなずいた紀子がマウスをクリックした。秋川駅から品川まで一時間四十分だって、と言う声を聞きながら志郎は目をつぶった。

3

午後三時過ぎ、着古した暗色の背広姿の中年男が、警察官に案内されて刑事係に入ってきた。片山興産の桑山さんですという声に、志郎は素早く体を起こした。

「先ほどは電話で失礼しました。品川桜署の橋口です。わざわざすみません」

「同じく橋口です」

紀子が頭を小さく下げた。ご夫婦ですか、と桑山が驚いたような顔になる。よく言われますが、と志郎は手を振った。

「兄妹なんです。応接室へどうぞ」

取り調べではない。事情を確認するために呼んでいる。取調部屋の奥にある応接室へ桑山を通した。

「お座りください」布張りのソファを指した志郎の後ろで、紀子がドアを閉めた。「今、お茶を……高村さんのことで、少しお話を聞かせていただきたいのですが」

桑山がポケットから出したハンカチで首筋を拭《ぬぐ》った。

「私もとにかくびっくりしてまして……総務で働いて二十年以上になりますが、社員が自殺したというのは初めてです」

　紀子が備え付けの小さな冷蔵庫から麦茶を出して紙コップに注いだ。すいません、と口をつけた桑山が、高村は有能な部長でしたと話し始めた。

「実績もありますし、仕事熱心といいますか、他に楽しみがないような働きぶりで……部下からの信頼も篤《あつ》く、統率力もあり、会社の評価も高い男です。最前線で働く部長、といったところでしょうか」

「なるほど」

「一年ほど前になりますが、真田社長の肝入りで進めていたプロジェクトについて、意見の相違があったという話を聞きました。ですが、それほど大きな問題ではなかったと思います。プライベートで何か悩みがあったのではないでしょうか」

　紀子が麦茶を注ぎ足すと、ありがとうございます、と桑山が一気に飲み干した。篤実《とくじつ》そうな顔は、農民を思わせた。中肉中背だが、がっしりとした体つきがそう感じさせるのかもしれない。

　他に問題はありませんでしたか、と志郎は質問した。

「部長ということですが、いわゆる中間管理職ですよね？　上と下の板挟《いたばさ》みになっていたとか、そんなことは？」

　聞いておりません、と桑山が首を振った。

「高村はずっと営業ですが、部員は三十人ほどでしょうか。うまく束ねていたと思いますよ。行動力のある男で、自ら率先《そっせん》して動くタイプでしたから、部下も尊敬していました。私より三つか四つ下ですが、頭も切れますし、人間関係のトラブルとは縁遠い男ですよ」

スマホのアドレス帳に、高村という名字の方がいません、と紀子が顔を上げた。

「ご両親は亡くなられているんですよね？　ご親戚の方と連絡を取りたいのですが、どうすればいいでしょう？」

高村は大学を卒業後、うちに入社しておりますと桑山が小脇に抱えていたカバンに手を突っ込んだ。

「どこに入れたかな？　社を出る時、彼の履歴書を持ってきたはずなんですが……東京の出身だったのは覚えています。保証人は誰だったか……親戚の方だと思いますが、お手間は取らせるわけにはいきませんから、私の方から連絡します。警察に迷惑はかけられません。葬儀の手配も会社でやります。面倒をおかけして申し訳ないです」

「早くに親御さんを亡くされ、ご兄弟もいなかったわけですか……ずっとお一人だったんですね？　何と言えばいいのか……」

志郎も両親を亡くしていたが、紀子がいた。力になってくれる親戚もいたし、寂しいと思ったことはない。

高村は一人で生き、一人で死んでいった。孤独な人生を悼《いた》む気持ちがあった。

「高村さんは……寂しかったでしょうね」

紀子がつぶやいた。同じことを考えていたようだ。

「こちらへ来る途中、葬儀社と連絡を取りました」桑山が片手で薄くなっている髪の毛を押さえた。「会社として、きちんとした形で送り出したいというのが真田社長の意向です。高村のことを伝えましたが、できるだけのことをするようにと指示がありました。もちろん、私もそのつもりです。近くに身寄りがいないのはわかっていますから、会社がやりませんと……あの、遺体はどちらに？　早めに引き取りたいのですが」

「お気持ちはよくわかります。ただ、変死扱いになりますので、検死をしなければなりません」

何のためでしょう、と桑山が嗄《しゃが》れた声を上げた。

「自殺なんですよね？　こういう言い方はあれですが、あまりきれいなものではないと思います。整えて送り出したいんです。遺体を切り刻んでどうしようと？　そんなことしたって、意味はないでしょう」

個人的にはそう思いますが、と志郎は頭を掻いた。

「法律で決まっていることなので……手続きを踏まないと、お渡しすることはできないかと」

「何とかなりませんか。法律はわかりますけど、そこは目をつぶっていただいても……誰の得にもならないじゃないですか」

自殺の場合、遺族のほとんどが桑山と同じことを言う。感情としては理解できた。上と話します、と志郎はうなずいた。

「できる限り意向に沿った形でと思いますが、法律上難しいのも確かです。我々の立場もご理解ください」

もちろんですとうなずいた桑山に、片山興産について話を聞くと、社員が六百人ほどの建設会社だとわかった。大手とは言えないが、中堅クラスの規模だ。

取引先として、いくつかの大手ゼネコンの名前を桑山が挙げた。営業部長の高村のメインの業務は、他社と交渉し、仕事を受注することだったという。

「正直なところ、私は入社以来総務ですので、営業部の仕事については、よく知らないんです」

　六百人規模の会社だと、部署が違えば業務内容はわからないだろう。志郎もあえて詳しくは聞かなかった。

　ご協力ありがとうございましたと礼を言って、志郎は腰を上げた。いろいろすみません、と桑山が頭を深く下げた。

「片山興産の本社は姫原村ですか？」応接室のドアを紀子が開けた。「高村さんは品川から出社されていたんでしょうか。遠くて大変だったのでは？」

　そうでもありません、と桑山が手を振った。

「車で現場に直行する社員の方が多いので、かえって楽なんです」

　わざわざすみませんでした、と志郎はエレベーターのボタンを押した。

「とんでもありません。こちらこそご迷惑ばかり……」紺色のドアが開き、桑山がエレベーターに乗り込んだ。「何かありましたら、いつでもご連絡ください。よろしくお願いします」

　頭を下げた桑山の前でドアが閉まった。ザ・総務部長だ、とつぶやいた志郎に、紀子が小さく肩をすくめた。

「社員思いの会社だってわかる。それでも、自殺する社員がいるんだなって」

「そういう時代なんだよ」戻ろう、と志郎は廊下を歩きだした。「事情はわかった。藤元係長に報告だな」

　疲れた、と紀子が大きく伸びをした。

4

その後も各方面への連絡があり、志郎は他の刑事たちと署で報告書をまとめる作業に入った。金曜の夜中なんかに自殺するんじゃないよと南部が不平を言ったが、これぱかりは仕方ないだろう。

自殺は深夜か明け方に多いし、平日も休日も関係ない。年に数回は、こういう日があった。単純な自殺なので、マニュアル通りに処理するのは難しくない。夜七時を過ぎると、上の者から順に帰宅していった。

ただ、九九パーセント自殺で間違いないが、検死の結果によって引っ繰り返ることも有り得る。そのために連絡要員が待機しなければならないが、志郎は自ら手を挙げていた。

独身だから、帰りを待つ家族がいるわけではない。紀子をつきあわせることにしたので、話し相手もいる。日曜は休みだが、特に予定はなかった。

出前で取ったピザを紀子と食べてから、鑑識や医師に確認の電話を入れたが、解剖《かいぼう》はまだだと返事があった。連絡があるまで、待っているしかない。

三十分に一度、電話をしたが、答えは同じだった。壁の時計が十時を指したのを確かめて、帰ろうと志郎は紀子に声をかけた。

「医者も何も言ってこない。解剖の順番待ちだと言ってたけど、明日に回されたんだろう。係長は九時まで待てと言ってたけど、もういいんじゃないか？」

警察って効率悪いよね、と読んでいた雑誌を紀子がデスクに置いた。

「どうして昔のやり方にこだわるのかな。十年前ならともかく、今はスマホやメールもあるのに、何で署で待機してなきゃならないの？」

ガラケーの時代ならともかく、誰でもスマホを持っている。検死の結果報告書も、自宅のパソコンに転送可能だ。それでも誰かが残っていなければならない、というのが警察の伝統だった。

捜査係のドアをノックする音が聞こえ、若い警察官が入ってきた。

「橋口さん、今朝の自殺の件なんですけど、ニュースで取り上げられてましたか？」

「いや、どうかな？　テレビには出てないはずだ」ジャケットの袖に手を通しながら志郎は答えた。「本庁に報告はしたけど、自殺だからな。ネタにならないと記者クラブは思ったんじゃないか？」

ネットニュースにはなってました、と紀子がトートバッグを抱えた。

「名前は出ていませんが、上品川のマンションで建設会社の社員が自殺したと……。何かあったんですか？」

振り向いた警察官が、後ろにいた女性を呼んだ。

「こちらの方が……失礼ですが、もう一度お名前をお願いできますか？」

「春野博美《はるのひろみ》といいます」女性が少し吊り上がっている目を志郎と紀子に向けた。「ネットのニュースを見て、嫌な予感がしたんです。それで、いろいろ問い合わせてみると、こちらへ来るようにと……自殺したのは高村良雄さんでしょうか？」

「高村さんとは、どういうご関係ですか？」

交際していました、と博美が答えた。紀子がデスクにバッグを置く。入ってください、と志郎はうなずいた。

5

刑事係の応接室に博美を通し、志郎は紀子と並んでソファに腰を下ろした。

三十歳前後だろう。スレンダーな体型に、薄手の黒のジャケット、黒のパンツが似合っている。美人だが、表情に独特な険があった。

春野と申します、と博美が取り出した名刺をテーブルに載せた。

「イベントの制作会社で働いています」

志郎は名刺に目をやった。ナグー音楽事務所という社名に、海外のアーティストを呼んでコンサートを開く会社ですよね、と紀子が言った。

「知ってます。学生の時、よく行ってたので」

「今日、会社が招聘《しょうへい》したミュージシャンの記者会見があったんです」

アーティスト名を言ったが、志郎は知らなかった。曖昧にうなずくと、博美が先を続けた。

「ネットニュースは夕方ぐらいに見ていましたが、わたしは通訳を担当していたので、こちらへ伺うのが遅くなってしまって……」

構いません、と志郎は手を振った。

亡くなったのは本当に高村さんでしょうか、と博美が小声で言った。

「信じられません。何があったんです？」

志郎は紀子と目を見交わした。どこまで話していいのか。

だが、真剣な表情で、博美が高村と交際していたのが確かだとわかった。事実を伝えるべきだろう。

「高村さんですが、昨夜自宅で自殺されました」志郎は自分の手のひらを見つめた。「バスルームで偶然発見されて……」

息を呑んだ博美が顔に手を当ててうつむいた。しばらく沈黙が続いた。

「ネットニュースには、実名や詳しい情報は出ていないはずです」紀子が怪訝そうな表情を浮かべた。「それだけで、高村さんだとわかったんですか?」

「そこまでは……ですが、どうしても気になって、テレビ局に勤めている友人に電話を入れると、高村良雄という人だと教えてくれて……」博美が正面から二人の顔を見つめた。「高村さんが自殺するなんて、考えられません」

「ですが……」

三カ月前、プロポーズされました、と表情のない顔で博美が言った。

「年内には籍も入れることになっていました。どうして彼が自殺を? そんなわけありません」

「失礼なことを言うようですが、本当にプロポーズを――」

「嘘を言うために、警察へ来ると思いますか?」

投げつけるように言った博美がハンカチで鼻をかんだ。待ってください、と志郎は片手を上げた。

「会社の方に伺いましたが、高村さんは何かで悩んでいたようだと……ご存じでしたか?」

うなずいた博美が肩を落とした。

「半年ほど前から、一緒にいても何かに気を取られているような……どうしたのと聞いても、何でもないんだと言うだけでした。わたしも五月で三十になりましたし、二人の将来のことで悩んでいるのかと思ったこともあります。以前、結婚を考えたことがないと彼が話していたので……でも、プロポーズされて、思い過ごしだと安心していたんですが……」

「半年前、何かあったんでしょうか？　思い当たることは？」

「わかりません。一年ぐらい前から、考え込むことが増えていた気もしますが、はっきりわかるようになったのは半年前です。彼が抱えている悩みが大きくなっているようで、何があったのか問いただしたこともあるんです。でも、答えてくれなくて……」

「言いにくいのですが、女性関係とか……」

「そういう人ではありませんでしたし、もしそうならわかったでしょう」誠実な人でした、と博美が言った。「仕事上のトラブルが起きたんだろうと思っていましたが、聞いてみてもそうじゃないんだと言うだけでした」

「高村さんは四十歳で、あなたより十歳上です。建築会社の社員とどんな接点があったんです？　誰かに紹介されたとか？」

　そうではありません、と博美が首を振った。

「今、わたしは新大久保《しんおおくぼ》に住んでいますけど、その前は京急《けいきゅう》の三崎口《みさきぐち》でした。高村さんは品川で、偶然同じ電車に乗り合わせたことがあったんです。彼の会社が取引している大手ゼネコンが三崎口にあったからですけど、それがわかったのは後になってからで……」

「待ってください。どういうことですか？」

「二年前の夏、電車に乗っていた時、酔っ払いに絡まれたんです」博美の頬がかすかに赤くなった。「しつこくて、困っていました」

「高村さんが助けてくれたんですか？」

身を乗り出した紀子に、そういうことになります、と博美が苦笑した。

「高村さんが注意すると、揉み合いになりました。でも、彼は柔道か何かの経験があったので、あっと言う間に倒したんです」

「ドラマみたいですね」

うなずいた紀子の脇腹を、志郎は肘で突いた。刑事として不穏当な発言だろう。

そうかもしれません、と博美が言った。

「本当に困っていたので、助けてもらったお礼を言おうと思ったんですが、高村さんは酔っ払いを駅員に引き渡すと、名前も言わずにその場を去ってしまって……」

なかなかできることじゃありません、と志郎はうなずいた。でも、と紀子が首を振った。

「それじゃ、どうやって高村さんと再会したんですか？」

ドラマチックな話ではないんです、と博美が言った。

「次の日、同じ駅へ行って、お礼が言いたいのであの人を捜していますと駅員さんに話しました。本当はいけないそうですけど、落とし物の名刺入れがあったとこっそり教えてくれました。あの騒ぎのすぐ後だったので、男性が落としたんでしょうと……」

「それで？」

「わたしから本人に渡したいと言いました。いろいろあったんですけど、結局名刺入れを預かることになって……それで彼の名前と会社の電話番号がわかりました。すぐに連絡して、会うことになったんです。その時はお礼を言って、ＬＩＮＥのＩＤを交換しただけですけど、何度か食事をして、交際を始めました」

「では、片山興産の社員だと知っていたんですね？」

「もちろんです」

「仕事の内容は？」

「建設会社の営業部長だと……六百人規模の会社だと聞いています。仕事ができる人なのは、話していてわかりました」

「高村さんの交友関係はご存じですか？　友人を紹介されたことは？」

「ありません。わたしも友人を紹介するのが苦手な方でしたから、気にはなりませんでした」

「ご家族のことは？」

「ご両親を早くに亡くされたのは聞いています。叔父が九州に住んでいると話していました。籍を入れたら挨拶に行くことになっていましたが、彼も頻繁に会っていたわけではなかったようです」

高村さんは品川に住んでいたんですよね、と紀子が首を傾《かし》げた。

「会社の方にも言ったんですけど、通勤が不便だったのでは？」

取引先の関係だと聞きました、と博美が言った。

「三崎口にメインの取引先のゼネコンがあって、週に何度か通っていたそうです。姫原村からだと遠いので、会社が品川にマンションを借りてくれたと話していました。他にも取引先の会社が都心にありましたから、それも考慮《こうりよ》してくれたのだと思います」

「なるほど」

「わたしと高村さんの関係は、うまくいっていました」疲れたのか、博美の声が低くなった。

「彼は四十歳ですし、わたしも三十歳になって、お互いを必要としていたんです。彼はわたしの仕事にも理解があり、結婚しても働くことになっていました」

「そうですか」

「高村さんが自殺するなんて、そんなはずありません。何かの間違いです」

「ですが、亡くなられていたのは高村さんです」志郎は現場で見つかった高村の社員証を、ビニール袋に入れたままテーブルに載せた。「この方に間違いありませんね?」

写真に目をやった博美がため息をついた。会社の方や同じマンションの住人にも確認済みです、と志郎は言った。

「自殺していたのは高村良雄さんで、それは確かです」

「でも……」

「おっしゃりたいことはわかるつもりです。遺体が発見されたのは今朝早くで、まだ解剖の結果も出ていません。疑わしいことがあれば調べます。今の段階では、それしか言えません」

無言のまま、博美が立ち上がった。それ以上話しても意味がないとわかったのだろう。

エレベーターまで見送った紀子が戻ってきた。どう思う、と顔に書いてある。わからない、と志郎は言った。

「彼女はあんなふうに言ってたけど、他に自殺する理由があったかもしれない。仕事のトラブルか、借金があったとか……そもそも、うまくいっていたというのは彼女の言い分に過ぎない。プロポーズしても、思い直すことはあるさ。そんな男は世間にいくらでもいる」

思い直すぐらいなら最初からプロポーズしないでほしい、と紀子が唇をすぼめた。

「男の人はね、女性のことを全然わかってないの。本当に男って……」

「何かあったのか？」志郎は兄の顔になった。「前から聞こうと思っていたけど、南部とつきあってるのか？」

「ノーコメント」

「反対してるんじゃないぞ。ただ、あいつはおれの友達だ。友達なら守るべき一線がある。ちゃんと挨拶があってしかるべきだ。そんなこともできないような奴とつきあうなんて、おれは許さ——」

帰ります、と紀子がトートバッグを抱えた。

「明日も出なきゃならないんでしょ？　シャワーぐらい浴びたいんですけど」

話は終わってないと言ったが、振り向くことなく紀子が出口に向かった。妹と一緒の職場というのも考え物だ、とつぶやきが漏《も》れた。

6

翌日は日曜だったが、定時に署に出ると、係長の藤元が席にいた。お疲れ、と藤元が笑いかけた。

「昨日は悪かったな。自分たちで何とかなりますと岩上から連絡が入ったんで、甘えさせてもらった。娘の試合があってな……」

「いえ、大丈夫ですよ。単なる自殺ですし……どうでした？　里砂《りさ》ちゃん、勝ちました？」

藤元の一人娘、里砂は高校二年生だ。所属している剣道部でキャプテンを務めている。藤元の親ばかぶりは、部署を越えて署内の誰もが知っていた。

勝ったよ、と藤元がVサインを出した。

「地区予選だけど、団体戦も個人戦も優勝した。自分の娘ながら惚《ほ》れ惚《ぼ》れしたね。きれいな飛び込み面決めてさ……どうしてオリンピックに剣道がないのかねえ。メダル候補ぐらいには……おはよう、安《やす》さん」

入ってきたのは鑑識の安川《やすかわ》係長だった。藤元より二年、年次が上だ。

働かせるよなあと唇を尖らせた安川が、空《あ》いていた椅子に腰を下ろした。お茶でも、と言った志郎に、いらんよ、としかめっ面のまま数枚のレポート用紙を藤元のデスクに置いた。

どこからどう見ても自殺だ、と安川が結論から言った。

「高村良雄は四十歳、身長百七十八センチ、体重八十キロ。完全な健康体だった。筋肉質だし、力も強かっただろう。外傷、抵抗痕《ていこうこん》はない。自分でやったんじゃなきゃ、あんなにきれいに首はくくれんよ。ロープと首の位置関係も典型的な自殺者のそれだ。おかしなところは何もない。間違いなく自殺だ」

確かですかと志郎が言ったのは、昨晩署に来た春野博美のことが頭にあったからだ。

「例えばですが、数人掛《がか》りで押さえ込んで、絞殺《こうさつ》してから風呂場に吊《つ》るしたとか……」

「十人のプロレスラーに襲《おそ》われたって、人間なら抵抗するもんだ。だが、室内にそんな痕跡はなかった。きれいなもんだよ」

そうか、と藤元が言った。今の四十男ってのはみんなあんな感じか、と安川が首を捻《ひね》った。

「一人暮らしなのに、部屋がきちんと整頓されてた。そういう奴だから、結婚しなくていいってことか?」

「何か不審な点はなかったんですか」

志郎は安川の顔色を窺《うかが》った。署内でもうるさ方として知られている男だ。

余計なことは聞くなと怒られるかもしれなかったが、ないね、と舌打ちされただけで済んだ。

「鍵も閉まってた。遺書もある。自殺だ」

「こいつは検死医の報告書か?」藤元がレポート用紙をめくった。「ふうん……おっしゃる通り、外傷はない。首の骨が折れていたのは、首吊りなら当然だな」

「そういうこと。夜中に叩き起こされて現場に向かったが、結局のところ自殺だった。しょうがない、そんなこともあるさ……鑑識からは以上だ」

「安さん、日曜は始まったばかりじゃないの」帰りなさいってと藤元が微笑んだ。「孫と遊ぶ時間はあるからさ」

そうだな、と安川が腰を上げた。係長、と志郎は言った。

「片山興産の総務部長が、高村さんの遺体を引き取りたいと申し出ています。近い親戚がいないとかで、会社で葬儀を執り行いたいと言ってるんですが、どうします?」

「会社はそう言うだろうな。だが、うちだけで決められることじゃない」上の意見も聞かなきゃならん、と藤元が首を傾げた。「安さんの方はどうかね?」

こっちは構わんよ、と安川が立ったまま答えた。

「やることは全部終わった。むしろ引き取ってもらいたいぐらいだ」

明日でいいだろう、と藤元が手の中のスマホを指で探った。

「自殺なら、上も止める理由はない。両親が亡くなってるそうだが、親戚はいるのか? そこだけ確認しておいてくれ。先方だって別に焦っちゃいないんだろ?」

志郎がうなずいた時、おはようございます、と紀子の明るい声がした。

「安川さん、お疲れさまです」

「紀ちゃん、刑事係なんかいつまでもいちゃいかんよ」安川がにやりと笑った。「こんなところにいたら、縁遠くなるだけだ」

「考えておきます……係長、おはようございます。挨拶ぐらいしてくださいよ」

すまん、と藤元がスマホをデスクに置いた。

「ちょっと娘にな……ＬＩＮＥを送ってたんだ。この前フリック入力を教わってな」

お前さんがねえ、と安川が腕を組んだ。

「ちょっと前まで、ろくにメールも打てなかっただろうに。人間、進歩するよなあ」

「人聞きの悪いことを……メールぐらいは出来ますよ。だけど、ＬＩＮＥはタダだからって里砂に言われたんです。それなら返事してあげるって。そう言われりゃ、やるしかないでしょう。最近の若い子は器用で、メッセージを打つのも早い。やってみたら、案外簡単で——」

「音声入力すりゃあいいだろう」

「何ですか、それ」

真顔で藤元が尋《たず》ねた。五十歳になったばかりだが、デジタル機器に弱いところがある。もういい、と苦笑した安川が、鬼刑事が仏になったかとだけ言って、刑事部屋を出て行った。

あの人にだけは言われたくない、と藤元が閉まったドアに目をやった。

「仕事仕事で毎日夜中まで残っていた人が、孫ができたら一目散で帰るようになった。紀子にも優しくなっただろ？　前は当たりがきつかったが……お前たちも報告書を読んでおけよ。明日、課長と話して判断するが、自殺で決まりだろう。橋口、遺体引取りの件は話しておく。決まったら知らせる」

「お願いします」

「高村のマンションだが、伝染病騒ぎは収まったのか？　まだ建物は封鎖されたままか？」

「確認します。昨夜の段階では、封鎖が続いていましたが」

同僚の刑事たちが現場に残って聞き込みを続けているので、応援に行くつもりだった。

「後は頼む。紀子、お兄ちゃんを手伝ってやれ」

戻れ、と手を振った藤元がまたスマホをいじり始めた。

やっぱり自殺なんだ、と紀子が自分の席に座った。そう言っただろう、と志郎はうなずいた。

「誰がどう見たって自殺だ。報告書をまとめよう。終わったら現場に戻って、南部たちと合流する」

了解、とうなずいた紀子が、インコのことなんだけど、と志郎を見た。

「インコ？」

「どっかの研究所で調べてるんだよね？　ウイルスに感染してるかもしれないってこと？　まさか、解剖なんてしないよね」

「さすがにそれはないだろう。ただ、どうなるんだろうな。飼い主が自殺したら、誰が面倒を見るんだ？」

昨日の春野さんって人じゃないの、と紀子が言った。

「ねえ、インコが入っていた鳥籠の写真見て思ったんだけど、餌箱《えさばこ》が空だった。大丈夫なのかな。飢え死にとかしない？」

「餌ぐらい誰かがあげてるって。そんなことはいいから、仕事をしてくれ。現場に行ってる連中から報告が上がってるだろ？　係長に伝えておかないと後が面倒だ」

紀子がパソコンを立ち上げた。朝は始まったばかりだった。

7

昼過ぎ、志郎は紀子と共に高村のマンションへ向かった。封鎖が解除され、エントランスのドアが開いたままになっている。岩上は現場を離れていたが、南部が代行して捜査の指揮を執っていた。

管理会社が来てたんだ、と高村の部屋で南部が煙草《たばこ》をくわえたまま言った。

「確認したが、鍵は間違いなくかかっていた。不動産屋の話では、高村はスペアキーを作っていなかったようだ。ピッキングに強いロータリー・ディスク・シリンダー錠で、外部から誰かが侵入したとは考えにくい」

プロでも開けるのに数分はかかるとうなずいた志郎に、仮にだが、と南部が先を続けた。

「誰かが鍵穴に何か突っ込んでガチャガチャやってるのを見たら、どんなに鈍い奴でもおかしいと思うだろう。そんなリスクを冒《おか》す理由はない。高村本人が中から施錠したんだ。それだけ考えても、自殺で間違いない」

「他には何か言ってたか？」

「築二十年だそうだ。メンテは定期的にしているが、古いことは古い。高村が入居したのは五年前で、会社名義で借りていた。家賃も会社が払っている」

「らしいな。そう聞いてる」

志郎は昨夜遅く署に来た春野博美の話をした。そうか、と南部がうなずいた。

「高村と親しくしている住人はいなかったが、すれ違えば挨拶《あいさつ》はしていたそうだ。腰の低い、いい人だったとみんな言ってる。驚いてたよ、自殺なんかするようには見えなかったってな」

「何か物音を聞いたり、争ってるような声とかは？」

紀子の問いに、殺しだったらよかったと思ってるのか、と志郎は苦笑した。両隣の部屋に確認した、と南部が言った。

「古いが、造りのしっかりした建物で、壁も防音だ。高村さんは静かな人だった、と住人が話していたが、夜八時過ぎに話し声を聞いたと右隣の部屋のオバサンが言ってた」

「話し声？」

「はっきりしたことはわからない。大声ではなく、気づいたら聞こえなくなっていたそうだ。テレビでも見ていたんじゃないか？」

残念だったな、と肩を軽く突いた志郎に、高村さんの声なのかな、と紀子が左右の壁に目を向けた。断言はできないとさ、と南部が言った。

「電話で話してたのかもしれない。高村の部屋を訪れる者はほとんどいなかったが、時々、女性が来ていた。住人の何人かが見ている」

交際していた春野さんだろう、と志郎は言った。

「結婚の話が出るほど親密だったようだし、はっきり聞いていないが、週に一、二度は来てたんじゃないか？」

「痩せてて背が高い女か？　見た連中はそう言ってたよ。美人だったらしいが、そんな相手がいるなら自殺することはないだろうに。恋人にも言えない悩みを抱えてたってことかもな」

「そうなんだろう」

「まだ住人全員に話を聞いたわけじゃない。もう少し調べてみるつもりだ。何かわかれば、また知らせるよ」

他の刑事たち、そして病院の関係者や封鎖のために動員されていた所轄の警察官にも話を聞いたが、現場に不審なところはないと全員が口を揃えた。聞き込みに加わるつもりだったが、手は足りているという。一度署に戻ると南部に断って、部屋を出た。

エレベーターで一階に降りるまで、紀子は何も言わなかった。変わっていくデジタルの階数表示を見つめているだけだ。

今日は早めに帰ろう、と志郎はその肩を叩いた。

8

月曜日の朝、藤元の指示で片山興産に向かった。詳しい事情を聞かなければならない。志郎は紀子と品川から山手線で新宿に出た。

朝の会議で藤元が上司の課長と話し、高村の遺体は片山興産が引き取ることになった。ただ、法律上の手続きを踏まなければならないし、上に提出する書類もある。

高村の遺体は警察病院で保管しているが、そのまま片山興産という会社に運ぶわけにもいかなかった。

今回のようなケースは珍しくない。家族、あるいは会社が死者を悼むのは当然だろう。

ただ、藤元が片山興産へ行けと命じたのは、他に理由があった。自殺の理由としてパワハラが考えられたためだ。その場合、違う問題が出てくると志郎もわかっていた。

総務部長の桑山に連絡を取り、今からお伺いしますと伝えた。自分が品川へ伺いますと桑山が言ったが、会社へ行かなければわからないこともあるだろう。

姫原村に鉄道の駅はなかった。一番近いのは隣接するあきる野市の秋川駅だ。

桑山の名刺にあった住所を検索すると、秋川から三十分ほどバスに乗り、更に停留所から徒歩で二十分以上かかることがわかった。

新宿で中央線に乗り換え、拝島《はいじま》から五日市線で秋川駅へ向かった。乗り継ぎがうまくいっても二時間弱かかる。東京とは思えないと愚痴《ぐち》をこぼしたが、紀子は取り合わなかった。

午前中の下り電車の車内は空《す》いていた。座れたからよかったけど、と志郎は紀子に話しかけた。

「品川からだったら、新幹線で名古屋まで行く方が早いんじゃないか？　どうなってんだよ」

しょうがないじゃない、と紀子が苦笑した。言っても始まらないのは、その通りだ。

乗った中央線が快速だったので、拝島まで五十分ほどで着いたが、五日市線に乗り換えなければならない。

志郎も紀子も下町の深川《ふかがわ》生まれ、深川育ちなので、土地勘はない。五日市線の電車に乗ることと自体初めてだった。

ちょっとした遠足だな、と志郎は言った。接続が悪く、二十分ほどホームで待つと、ようやく電車が入ってきた。

本庁に行きたいな、と紀子が口を開いたのは電車が動き出した時だった。

「お兄ちゃんは追い出されたけど、やっぱり本庁勤務じゃないと……所轄にいると、ぬるま湯に浸かってるみたいで……」

追い出されたって言い方はないだろう、と志郎は頭を搔いた。

「別にいいじゃないか。本庁に行けば面倒事の方が多くなる。ノルマだって今までの比じゃない。お前みたいなのんびり屋には務まらないよ」

お兄ちゃんでも務まったわけじゃない、と紀子が片目をつぶった。

「だったらあたしでも大丈夫なんじゃないかなって」

おれは品川に移ってよかったと思ってる、と志郎は言った。

「左遷だって言う奴もいるけど、ちょっと疲れていたのも本当なんだ。本庁は人間関係もシビアだしな。キャリアとノンキャリアがどうこうって話じゃなくて、おれみたいな所轄上がりは、どうしたって下に見られる。それより、所轄の方が働いていて気が楽だ」

向上心がないよね、と紀子が呆《あき》れたように言った。

「それって、刑事としてどうなの？　難事件を解決したいとか、そういうのないわけ？　ノンキャリだって一課長にはなれるんでしょ？」

無理だよ、と志郎は腕を組んだ。

「おれみたいな男が一課長なんてあり得ない。そりゃ、昇進はしたいよ？　いつまでも巡査長っていうのもカッコ悪いだろ。その辺は考えてるんだよ。昇任試験も受けてるしさ」

「残念でしたね、二年連続で落ちて……そんなに難しいの？」

「ご存じの通り、おれは勉強が苦手だからさ。一次の筆記試験がなあ……去年は惜しかった。何とか筆記と論文は通ったけど、面接でミスった。警察官以外で拳銃《けんじゅう》の携帯許可を持つ者は誰かっていきなり聞かれて、あそこから頭が真っ白になった。もうちょっと簡単な質問だったら、落ち着いて考えることもできたんだけど……」

自衛官、海上保安官、税関職員、入国警備官、刑務官、麻薬取締官、と紀子が指を折った。詳しいな、と志郎は目を見開いた。

「どうしてそんなことを知ってるんだ?」

「あたしだって巡査部長ぐらいにはなりたい」当然でしょ、と紀子が肩をすくめた。「お兄ちゃんみたいに適当に勉強してるわけじゃない。女が刑事として上へ行くためには、男の三倍努力しなきゃならない。ゴメンね、たぶんあたしの方が先に巡査部長になると思う。でも安心して。偉くなっても兄と妹の関係は変わらない。よろしく頼むよ橋口巡査長って、にっこり笑って命令するから」

変わってるじゃないか、と志郎は肩をすくめた。

「とはいえ、ない話じゃない。お前は昔から勉強好きだったからな。その時はよろしく頼むよ」

志郎は一浪していたが、紀子はストレートで大学に受かっている。紀子が先に昇進したら面《めん》子《つ》丸つぶれだ、と窓外を流れる風景に目をやりながら、志郎はため息をついた。

9

秋川駅で改めて片山興産の場所をタクシーの運転手に聞くと、徒歩だと一時間近くかかるのがわかった。しかも、途中からは山道だという。仕方なく、タクシーで向かうことにした。

窓越しに外を見ているると、駅周辺はともかく、すぐに長閑《のどか》な田園風景が広がった。タクシーはかなりの速度で走っているが、通行人はほとんどいなかった。

三十分ほど走ると、いきなり道が悪くなった。急な上り坂は未舗装の土の道だ。

フロントガラスの向こうに山が見える。木々の緑が美しい。

道の勾配《こうばい》がどんどん急になり、走るにつれ山が大きくなっていく。東京は広いな、と志郎は紀子の脇腹を肘でついた。

「そうだね。空気もさわやかな感じがする」

あれは婀娜山《あだやま》だよ、と運転手が前を指さした。

「そんなに高くはないけど、猪《いのしし》とか出るからさ、わたしら地元の人間もめったに登らない。何にもないしね」

車が大きなカーブを曲がると、大きな建物が建っていた。周りには何もない。奥には森が広がっている。

あれが片山興産本社、と運転手が言った。

「でかいでしょ」

「何でこんな不便なところにあるんだ？　どうやって通勤するんだろう」

車じゃないの、と紀子が窓の外を指さした。

「あそこに駐車場があるじゃない」

「土地が広いもんな。停めるスペースはいくらでもあるだろう」志郎はタクシーを降りた。

「だけど、あの総務部長は社員数六百人と言ってた。六百台停めるわけにはいかないんじゃないか？」

正面に頑丈そうな鉄の門があった。建物自体はかなり老朽化《ろうきゅうか》している。木造で、お世辞にも立派とは言えない。

元は別の名前だったみたい、と紀子が言った。

「ネットで調べたんだけど、六年前に社名変更してるの。それまでは北島《きたじま》建設っていう名前だった。同じ建設業には変わりないいんだけど」

「社員は建築現場に直行することが多いとか言ってたよな。都心にオフィスを構えるより、家賃がかからないってことか……とにかく行こう」

門の脇に、片山興産株式会社という銅製のプレートがかかっている。その下にインターフォンがあった。

門自体は鉄の扉で閉ざされている。あまり開放的な雰囲気ではない。ボタンを押すと、はい、と男の声がした。

「すいません、品川桜署の橋口と申します。桑山総務部長と面会の約束をしているんですが」

インターフォンがノイズと共に切れ、同時に鉄の扉がゆっくりと開き始めた。正面にスーツを着た背の高い男が二人立っていた。

品川桜署の橋口ですと警察手帳を見せると、二人が面倒くさそうに小さくうなずいた。刑事はどこでもそんな扱いだ。

右側の短髪の男がポケットから携帯電話を取り出し、橋口刑事ですと言った。もう一人の三十代の男が先に立って建物の中へ入った。

セキュリティは厳重なようだ、と志郎は思った。最近はどこの会社でもそうだが、姫原村の建設会社に押し入ってくる泥棒がいるだろうか、と苦笑が漏れた。

中は静かだった。暗い廊下が続いているだけで、人の気配はない。四階建てだが、エレベーターはなかった。

二人の男に前後を挟まれる形で三階へ上がった。踊り場にある窓から外が見える。十メートルほど離れたところに、同じ造りの建物が立っていた。

「あれは片山興産の別棟ですか?」

志郎の問いに、男がうなずいた。本社の裏に広い土地があり、更に裏手の山にかけて敷地が広がっている。整地こそされていないが、途方もなく広い。

全体の面積は東京ドーム数個分ほどあるだろう。敷地の奥にも別の建物があるが、窓からでは一部しか見えなかった。

三階の廊下を進むと、総務部とプレートのかかった部屋があった。男たちに続いて中へ入った。

フロアの面積は広かったが、その割に社員数は少ない。数十個のデスクが並んでいたが、座っているのは四、五人ほどだ。

全員がパソコンを覗き込んでいる。入ってきた志郎たちに目をやったが、反応はそれだけだった。

「ご苦労さまです」

デスクに座っていた桑山が頭を下げると、二人の男がフロアを出て行く。わざわざすみません、と桑山が奥へ向かった。

「どうぞこちらへ。会議室でお話しできればと」

うなずいた志郎の前で、桑山がドアを開けた。安っぽい長机が四つ、パイプ椅子が十数脚ほど並んでいる。どこでも会議室はこんなものだろう。

「お座りください。すいません、片付いてなくて。どうも建設業界というのは、そういうことに気が廻らないと言いますか……」

「とんでもありません……大きな会社ですね」

「建設業というのは人数が必要なものですからね。驚かれたんじゃありませんか？　こんな辺《へん》鄙《ぴ》なところに、どうして本社があるのかって」

　まあそうです、と志郎は苦笑した。実は便利でして、と桑山が椅子に腰を下ろした。

「うちは資材管理を全部ここでやってるんです。多摩《たま》地区の西側が主なテリトリーなので、都心に本社を置くメリットはありません。物流の問題もあるので、土地が広くないといろいろ難しくて……花より実を取るといいますか、正直なところ、土地代もかなり安いですし」

「そうでしょうね」

「山ですからねえ。裏手の山もうちが買ったんですが、二束三文とはまさにこれだなと……山を切り拓《ひら》いて整地するのは、うちの本業ですよ。作業員もいるし重機だってありますから、ランニングコストを大幅に削減《さくげん》することができました。経営面で考えると、いいことずくめなんですよ」

　高村部長の件ですが、と紀子が体を前に傾けた。

「自殺というのが警察の結論です」

「それは……そうですか」高村がねえ、と桑山が顔をしかめた。「今後、弊社としてはどうすればよろしいのでしょうか？」

　先日桑山さんがおっしゃっていたように、遺体は会社で引き取っていただく方がいいかと思っています、と志郎は言った。

「もちろん、ご親戚がいらっしゃるでしょうから、その辺りは会社とのご相談になるでしょう。ただ、警察には民事不介入の原則があるので、判断はお任せします」

「高村部長が提出していた書類を調べて、九州に叔父がいることがわかりました」桑山が持っていたファイルを開いた。「昨日、私から連絡を入れました。熊本にお住まいで、もう八十歳だとか……驚いておりましたが、足が不自由ということもあって東京には行けないので、すべて任せたいとおっしゃっていました。その方がよろしいかと、私も考えています」

「では、手配していただけますか？　現在、遺体が安置されているのはこちらの病院です」志郎は連絡先の記された数枚の書類を渡した。「連絡済みですので、どのような形で引き取るか相談していただければと。一般的には葬儀会社を間に入れることが多いようです」

「そうしましょう。いろいろご面倒おかけして申し訳ないですね」

「いえ、とんでもありません。お悔やみを申し上げます」いくつか確認させてください、と志郎は桑山に目を向けた。「自殺の動機について、やはり心当たりはありませんか？」

「それは……先日申し上げた以上のことは、何もないですね」

「どんな理由で自殺されたのか、本人しかわからないというのはその通りだと思います。とはいえ、警察は役所ですから、書類に不備があると差し戻されたり、上がうるさいんです」

「わかりますよ」

「すべてきちんと説明できるとは思っていません。衝動的に自殺を図る人もいます。同じ会社に勤めていても、何に悩んでいたのかはわからないかもしれません。ですが、理由不明の報告書を上げるわけにもいかなくて……高村さんのお仕事について詳しい話をお聞かせ願えませんせんか？」

「もちろんです。協力できることはしたいと考えています」

電話でもお願いしましたが、と紀子が横から言った。

「同じ営業部の方にお話を伺いたいんです。いらっしゃいますか？」

「申し訳ありません、ご事情はよくわかりますし、そのつもりだったのですが、仕事の都合で営業部の社員が出払っておりまして……」

すみません、と桑山が頭を深々と下げた。全員ですかと紀子が聞くと、そうなんですよ、と渋い顔になった。

「ちょうど新規の工事が三カ所で始まったところだったんです。うちぐらいの規模の会社ですと、営業マンが作業員と共に現場へ行くのはよくあることなんです。お盆休みも返上ですよ。タイミングが合わなくて何と申し上げていいのやら……ただ、社長の真田が社におりますので、お話しいただければと。真田は営業役員を兼任しておりますので、高村にとって直属の上司ということになりますし、関係も密でした。私より事情に詳しいはずです」

社長室で待っておりますので、と桑山が腰を浮かせた。社長で直属の上司なら、高村のことをよく知っているだろう。それでは、と志郎は立ち上がった。

六百人規模の会社だと、部署が違えば話す機会もほとんどなかっただろう。高村とはそれほど親しくなかった、と桑山も言っている。自殺の理由については、真田に聞いた方が早いという判断があった。

会議室を出て階段に向かった。エレベーターがなくて申し訳ありません、と桑山が上を指さした。

「何しろ建物が古いので……四十年ほど前に建てられていますが、当時はエレベーターの設置が義務づけられていなかったそうです」

四階フロアの左側ドアに、営業部のプレートがかかっていた。広いスペースに三、四十ほどの席があったが、誰もいなかった。

フロアに入った桑山がまっすぐ進み、奥の小部屋の薄い扉をノックした。社長室のようだが、表示は何もない。

どうぞ、という低い声が聞こえた。扉を開くと、百八十センチを優に越える長身の痩せた男がデスクから立ち上がって頭を下げた。

社長の真田です、とまっすぐ手を伸ばした。

「このたびは大変ご迷惑をおかけして、誠にすみません」

とんでもありませんと言いながら志郎は真田の手を握った。髪の毛が短く、目に力がある。削《そ》げた頬と顎《あご》から、意志の強さが感じられた。

端整というと、少し違うかもしれない。精神力に溢《あふ》れた表情だった。スーツの下の体が引き締まっている。アスリートと僧侶《そうりょ》が肉体の中で混在しているような男だ。

こちらへ、と真田がソファを指した。業務用なのか、かなり古かった。

わざわざお出でいただきまして、と真田が頭を深く下げた。

「ですが、高村にも事情があったのでしょう。ご理解ください」

隣に座った桑山も同じように頭を下げた。志郎は改めて真田を見つめた。

桑山が四十代半ばなのは、誰でもわかるだろう。肌艶《はだつや》もくすんでいるし、髪の毛もかなり薄い。

　だが、真田は違った。表情も若々しく、整った顔には皺《しわ》ひとつない。四十歳どころか、自分と同じぐらいではないか、という印象が志郎にはあった。

　視線で気づいたのか、よく言われます、と真田が短く刈った前髪に触れた。

「桑山部長は四十三だっけ？」

「四です」

「そうか、私より二つ下だったね……今年で四十六なんですよ。年齢を言うと驚かれます」

「とてもそうは見えません。失礼かもしれませんが、三十代かと……」

「私も困ってるんですよ」銀行が信用してくれないんです、と真田が憂鬱そうに言った。「同業者との会合でも、何となく下に見られます。世間的には、若々しくていいじゃないかという話になるかもしれませんが、ビジネス上ではいろいろ難しくて参ってます。軽んじられるとまでは言いませんが……」

　悩みの種です、と真田が口元を歪《ゆが》めた。その表情にも、年齢を感じさせないものがあった。

「それはともかく、今後もご迷惑をおかけすることになるかと思いますが、事情をご理解いただければと。よろしくお願いします」

　発音は明晰《めいせき》で、論理的な話し方だった。目の輝きから、頭の回転の速さが窺われた。

　四十六歳は社長として若いと言っていい。にもかかわらず、六百人の社員のトップにいるのは、有能だからだろうし、人望もあるに違いない。カリスマ性のある男だ、と志郎はうなずいた。

　驚いています、と真田が口を開いた。

「まさか高村くんが自殺するとは……今も信じられません」

高村さんですが、と志郎はメモを取り出した。

「業務内容を教えてください。営業部長だったそうですが、不勉強でイメージが沸かなくて……」

土建屋ですよ、と真田が両手を広げて笑った。

「三多摩《さんたま》と奥多摩を中心に、一軒家でもマンションでも建てます。土地の開発や不動産売買も手掛けていますが、メインは建設業ですね。はっきり言えば、大手ゼネコンの孫請け会社です。彼らはデスクでパソコンに向かい、我々は現場で泥にまみれる。日本社会の縮図です」

「それは作業員の話ですよね？　営業部は何をするんです？」

受注契約を取ってくるんです、と真田が説明を始めた。

「黙って座っていても、仕事は入ってきません。昔からそうですが、大手のゼネコンが仕事を作り出します。どこそこ市の一角に巨大団地を建てる、そう考えていただくと、わかりやすいかもしれません。ですが、実際に作業をするのは子会社孫会社の社員です。ゼネコンが発注し、我々が現場で建物を作る。ぼんやりしていたら、他社に仕事を持っていかれます。こちらから積極的に大手ゼネコンを回り、情報をいち早くキャッチし、うちがやりますと手を挙げる。営業というのは、そんな仕事です」

「なるほど」

「ただ、これは私の方針ですが、営業部員は商談だけが仕事、というやり方をしていません。できることは部署を越えて何でもやるべきで、午前中は営業マンとして働き、午後は作業員として鉄骨を運ぶなんてこともざらです。そういうスタイルにしないと生き残れないと常々言ってますし、高村くんも同意見でした。彼は非常に優秀で、営業部長としても現場の監督としても超一流でしたよ。交渉能力もあり、統率力に優れていました。どれだけ助けてもらったかわかりません。私の右腕も同然だったんです」

真田が目をつぶった。しばらく沈黙が続いた。言葉以上に信頼していたのだろう。

残念ですと言った志郎に、悔しいですと真田が目を開いた。

「彼が自殺したのは認めざるを得ませんが、どうして相談してくれなかったのか……」

辛そうな表情が浮かんだ。おっしゃる通りです、と桑山がうなずいた。

悩まれていたという話を伺いました、と紀子が真田に視線を向けた。

「何かご存じでしょうか？」

「新規プロジェクトの件で、彼が会社の方針に反対していたのは確かです。全社一丸となって取り組むことになっていましたが、白紙にして検討し直すべきだと会議で主張したんです」

「プロジェクトといいますと、どのような？」

青梅《おうめ》市で大規模な再開発計画がありまして、と真田が言った。

「稀《まれ》に見るビッグチャンスで、社としても多大なメリットがあると私は考えていたのですが、高村くんは失敗した場合のリスクを考えるべきだという立場を取っていました。しかし、ビジネスには多かれ少なかれギャンブルの要素があります。勝負に出るべき時にリスクを考えても意味はありません。業界はサバイバルゲームなんです。どこも同じかもしれませんがね」

「社長ご自身も、プロジェクトを推進するお考えだったわけですか？」

「もちろんです。今が決断の時で、打って出なければじり貧になり、いずれは負けるだろう、と社員に話しました。高村くんは気骨《きこつ》のある男で、納得できなければ社長の私にも正面から意見することがありました。たいしたものだと思います。そういう人間が組織には必要でしょう。それぞれが自分の信じる意見を自由に言えるようでなければ、健全な組織とは言えません」

社長は他の意見をよく聞く方です、と桑山が微笑んだ。

「反対者を排除するのは、ある種のパワハラでしょう。今の時代、許される話じゃありません」

仕事をしていれば意見の対立はあります、と真田がうなずいた。

「経営者側と現場の判断が違うのは、よくある話でしょう。警察もその辺の事情は同じじゃありませんか?」

そこはノーコメントで、と志郎は肩をすくめた。高村くんの意見に理があったのは本当です、と真田が手のひらを見つめた。

「リスクがあったのは確かで、ひとつ間違えば厄介な事態になったかもしれません。ですが、そこは考え方の違いといいますか、メリットとデメリットの計算式によるんでしょうね。私はプラスが多いと考えていましたが、彼はマイナスの方が大きいと判断したわけです。最終的に、本人の希望もあって、プロジェクトの指揮を執る立場から降りることになりました。社員の士気というものもありますからね……断腸《だんちょう》の思いで外しましたが、有能な男という評価は変わりません。それからも何度か話し合いを続け、ようやく彼も納得してくれたんです。改めてプロジェクトリーダーに任命する予定でしたが、こんなことに……」

自殺の原因はそれでしょうかと尋ねた志郎に、本当のところは私にもわかりませんと真田が答えた。

「彼がプロジェクトに戻ると言ったのは事実ですが、本意ではなかったのかもしれません。仕事、プライベート、他に理由があったとも考えられます。不確かなことを言えば、かえって迷惑をおかけすることになるでしょう」

「先ほどおっしゃっていた、リスクというのは何です？」

「最悪の場合、会社が倒産すると彼は考えていました」真田が淡々とした声で答えた。「その可能性がないとは言い切れません。ですが、リターンの方が遥かに大きいと私は思っていましたし、今も信じています。ビジネスにタイミングがあるのはおわかりですね？　今を逃《のが》してはならない、と経営者として判断していました。そこは揺らいでいません」

「念のためにお聞きしますが、会社の方針に反対したため、高村さんから仕事を取り上げたというようなことはありませんか？」

紀子の問いに、あるわけないでしょう、と真田が苦笑した。

「パワハラが自殺の原因だと警察が考えているのであれば、それは違います。プロジェクトから降りたのは彼が決めたことで、私がどれだけ慰留《いりゅう》したか……営業部長という肩書もそのままにしていました。話し合いを重ねれば、高村くんも必ずわかってくれると信じていたんです」

志郎は紀子に目を向け、小さく首を振った。真田にパワハラの意図はなかったのだろう。意見が違う者を卑劣《ひれつ》な手段で外すような男ではない、という印象があった。

ですが、と紀子が質問を続けた。

「高村さんに結婚の約束をしている女性がいたのはご存じでしょうか？　プライベートは順調だったようです。それでも自殺したのは、やはり会社で何らかのトラブルがあったとしか……」

交際している女性のことは本人から聞いていました、と真田がうなずいた。

「あれはいつだったか、結婚の話が出ていると話していたのも覚えています。ただ、迷いはあったようです。順調だというのは、相手の方の話ですよね？　高村くんは結婚を考えていなかったと思いますよ。詳しく聞いてはいませんが、そのつもりはないというニュアンスで話していました」

「本当ですか？」

「何年か前、酒の席での話ですが、結婚願望はないと彼は言ってました。未婚男性が増えているでしょう？　彼もそうした男性の一人で、結婚できないのではなく、したくないと考えていたと思いますよ。私は結婚を勧めていたんです。彼も四十歳ですから、身を固めてもいいんじゃないかと……ですが、独身が長く続くと生活のペースができますよね？　彼はそれを崩すのが嫌だったんでしょう。これは憶測《おくそく》ですが、彼女から結婚を迫られていたのではありませんか？　男性と女性とでは、結婚について考え方が違います。高村くんは仕事のできる男でしたが、プライベートでは優柔不断な面もあったと聞いています。はっきりノーと言えなかったのではないでしょうか」

「つまり、結婚を迫られて、それがプレッシャーになっていたと？」

私が把握している限り、と真田が言った。

「会社での問題は、彼の中でそれほど大きくなかったと思います。そうなると、プライベートに何か原因があったのではないかと……その女性に問題があったと言ってるわけじゃないんです。他にも我々の知らないトラブル、例えば借金を抱えていたり、そんなことがあったのかもしれません」

　そこは調べるつもりです、と志郎はうなずいた。真田が言うように、博美の話は主観的なものので、高村自身がどう考えていたのかはわからない。高村に他の女性がいた可能性もあるし、それがもつれて自殺したということもないとは言えない。

　統計では自殺者の動機として鬱病《うつびょう》が最も多い。その辺りはまだ調べていなかった。しばらく真田と話したが、重要と思われる事実は特になかった。桑山が時計を見る回数が増えたこともあり、いろいろありがとうございました、と志郎は礼を言った。

「お忙しいところ、時間を割いていただきまして申し訳ありません。何かあればまた連絡しますが、今日はこの辺で失礼します」

　桑山くんに担当してもらいます、と真田が立ち上がった。

「高村くんには近親者がいなかったと聞いています。会社が対処するべき案件です。そこはお任せください」

　差し出された手を握った時、窓の外で大きな音がした。

「今のは何です？」

　裏の山で工事をしているんです、と真田が笑いながら答えた。

「少し手狭になってきたので、社員寮を増築せざるを得なくなりましてね」

　発破《はっぱ》をかけているんですよ、と桑山が笑みを浮かべた。

「こういう時、土建業者は便利といいますか……重機がありますから、自分たちで工事ができます。経費も安く済みますし、何でも自分たちでやれるのが強みです」

　そのまま社長室を出た。前に廻った桑山がドアを開けると、廊下から数人の男たちが入ってきた。

早かったな、と真田が声をかけた。

「終わったのか?」

男たちが頭を深く下げた。高校生の頃入っていた野球部のメンバーを志郎は思い出した。態度がきびきびしていて、あの頃の自分たちとよく似ていた。

真田に礼を言い、一階まで階段を降りた。送りに出た桑山が、今後ともよろしくお願いします、と外の道に出るまで頭を下げ続けていた。

いい会社だな、と坂道を歩きながら志郎は言った。

「なかなかあそこまできちんと対応してくれるもんじゃない。高村も同僚や社長が良い人で良かったんじゃないか?」

「かもね……お兄ちゃん、ここからどうやって帰る? 駅まで歩くつもり?」

「冗談じゃない、こんな山の中を歩いて帰るなんて……タクシーを呼ぼう」

行きのタクシーでもらった領収書を引っ張り出し、配車センターの番号を確かめた。志郎がスマホに触れると、会社ってよくわかんないな、と紀子がつぶやいた。

「何の話だ?」

「女性社員が一人もいなかった。建設会社だから?」

総務部でも他のフロアでも女性の姿を見ていなかったが、そんなものだろうと志郎は言った。

「現場仕事がメインの土建屋で、しかもこんな不便な場所にある。女性に向いている職場とは言えない……もしもし? すいません、一台お願いしたいんですが」タクシー会社と電話が繋がった。「ええと、住所はですね……」

背を向けた紀子が、山が近いねと指さした。片山興産本社の前にいます、と志郎はスマホに向かって言った。

10

翌日から通常の仕事に戻った。所轄署の刑事課で扱う事件に大きなものはないと言っていいが、小さい事件は無数にある。継続して捜査している事件もあった。

紀子と同じ部署で働いているが、担当している事件はそれぞれ違う。なるべく重ならないように、と藤元にも頼んでいた。

兄妹とはいえ、何から何まで同じだと息が詰まる。住む部屋も別々に借りているし、互いのプライバシーに干渉しないのは、兄妹の暗黙の了解だった。

日曜の夜、泉岳寺近くの自宅マンションにいた志郎のスマホが鳴った。画面に紀子という文字が浮かんでいた。

「どうした、こんな時間に」時計を見ると、十一時を廻っていた。「今、どこにいる?」

「どこって、自分の部屋よ」紀子が小さく笑った。「お兄ちゃんこそ、どこなの?」

部屋だよ、と志郎は答えた。夜食用のカップ麺に湯を注いでから、ちょうど三分経っていた。

「お前、金曜、署にいなかっただろう。どこに行ってた? 仕事か?」

「何よ、いきなり。仕事に決まってるじゃない。誰かさんと違って、サボったりしません。一日出たり入ったりで、お兄ちゃんとはすれ違いだったけど」

「仕事はいいが、働き過ぎはまずいぞ」少し伸びた麺をすすりながら志郎は言った。「過労死なんかされたら、死んだオヤジとオフクロに何て言えばいいんだ？」

「大げさだよね……ねえ、何か食べながら話すの止めてよ。あのね、木曜の夜、お兄ちゃんが高輪の空き巣の件で出てた時、春野さんがまた署に来たの」

「春野？　ああ、高村の彼女か」

「やっぱり高村さんが自殺したとは思えないって。理由がないって言うの」

「彼女はそう言うしかないだろう」

「うん。金曜から今日にかけて、ちょっと調べてみたの。それで、いくつかわかったことがあって……」

「金曜から？　土日も？　何でそんな――」

気になったから、と紀子が答えた。そういう性格は損するぞ、と志郎はスープをひと口飲んだ。話を聞いて、と紀子が声を高くした。

「高村さんのマンションに行ったの。事情を説明して、隣の部屋に入れてもらった。音が聞こえるかどうか、確かめようと思ったの。話し声がしたとか、そんな証言があったでしょ？」

「覚えてる」

「高村さんの部屋で何か喋《しゃべ》ってくださいってお願いしたら、普通の声だと何も聞こえなかったの。叫ぶとまでは言わないけど、かなり大きな声を出さないと無理なのがわかった」

「マンションだからな」

「隣の住人が音を聞いたのは夜八時過ぎだった。あのマンションのエントランスに防犯カメラはないけど、エレベーターにはついてるって知ってた？　警備会社と直通になってて、閉じ込められた時に助けを呼べるようになってるの」

だからお前はエレベーターで階数表示を見てたのか、と志郎は言った。

「そうだった。カメラのことは南部も言ってたな」

ひとつ息を吐いた紀子が話を続けた。

「警備会社に行って、保管されていた一週間分の画像を見たの。事件の当日七時五十一分に五人の男がエレベーターに乗って、四階で降りてた」

「お前、そんなに暇なのか？　他に仕事は？」

いいから聞いて、と紀子が何かを叩く音がした。

「男たちは全員作業帽をかぶっていて、顔は見えなかったけど、背格好はわかった。あのマンションの住人じゃないし、四階に住んでいる全員に確認したけど、どの部屋にも行ってなかった」

「引っ越しでもあったんじゃないのか？」

「夜八時に？　そんなわけないでしょ。宅配業者でもない。四階で降りて、他のフロアには行ってない。つまり、五人の男たちは高村さんの部屋に行ったことになる」

「だから？」

だからって言われても、と紀子が苦笑した。

「それはわからないけど……もうひとつ、鍵のことも調べた。最新式だけど、専門業者ならコピーは作れるそうよ。ピッキングで開けることも、できないわけじゃないの」

「高村は自殺だよ。遺書だってあったんだぜ。間違いないって」

「パソコンにね。でもあんなの、誰にだって打てる。本人が書いたかどうかはわからないでしょ？　パソコンも改めて調べてみた。デスクトップはきれいで、仕事関係のファイルがいくつか残ってただけ。他には何もなかった。写真や動画もよ？　変だと思わない？」

「おれもそうだけど、パソコンの扱いが苦手な奴はどこにでもいる。写真の取り込み方がわからないとかさ、そういうことかもしれない。十代二十代とは違う。高村の年齢だと、まだ学校にパソコンの授業はなかったはずだ」

　誰かがデータを消したような感じがするの、と紀子が声を潜めた。

「現場に残っていた本人の携帯電話のことは聞いた？　会社関係の電話番号はあったけど、結局友達とか親類とか、そういうのは何もなかったそうよ」

　何がそんなに気になるんだ、と志郎はカップ麺を脇に置いた。

「友達がいない奴なんて、いくらでもいる。高村は仕事一筋の会社人間だったんだ。プライベートが二の次になるのは仕方ないだろう」

「熊本に叔父さんがいるんだよね？　でも、その番号もなかった。それっておかしくない？」

「そういう奴だっているさ」

「部屋を調べた直井《なおい》さんと矢野《やの》くんに話を聞いた」紀子が同僚の刑事の名前を言った。「何も不審な物はなかったけど、違和感があったと話してた。四十男の一人暮らしにしては片付き過ぎてるって思ったって」

「直井と矢野？　あいつらはそもそもがだらしないんだよ。世の中にはちゃんとした男も大勢いるし、高村もそうだったんだろう」

「かもしれないけど……」

つまらんことは止めとけ、と志郎は麺をすすった。

「自殺で処理するって決まったんだ。そりゃそうさ。誰がどこから見たって自殺なんだから。首吊りだぞ？　偽装自殺なら、鑑識だって医者だって不審な点があると報告する。もっと科学捜査を信用しろよ」

そうなんだけど、と紀子が言った。

「ただ、春野さんが言ってるのもわからなくないし……納得できればすぐ止める。心配しないで」

心配なんかしてない、と志郎は苦笑した。

「ただ、そこまでしつこく調べることはないだろうって――」

「インコのことがわからなくて……」

「インコ？　高村が飼っていた鳥のことか？」

「他にもあるんだけど、それは明日にする」紀子がうなずいたのがわかった。「最近お兄ちゃんと話してなかったから、電話だけでもしておこうかなって」

若い女が仕事の話ばかり、と志郎は小さく空咳をした。

「もっと大事なことがあるんじゃないか？　南部とはどうなってる？　おれはさ――」

おやすみ、と唐突に紀子が電話を切った。愛想《あいそ》がないよな、と志郎はスマホをテーブルに置いた。

情緒《じょうちょ》に欠けているし、色気もない。そこそこルックスはいいのに、男が近づいてこないのはそのためだ。

妹の心配をしている場合じゃない、と志郎は首を振った。前の恋人と別れてから、一年以上経っている。このままでは独り身が続くだろう。

「別にいいけどな」

壁に向かってつぶやいた。部屋は静かだった。

Part 3　轢き逃げ

1

　翌日の月曜朝八時、志郎《しろう》は泉岳寺《せんがくじ》駅から品川桜署のある品川駅へ向かう京急《けいきゅう》電鉄に乗っていた。いつも通勤に使う電車だが、この時間だと比較的空いている。

　立ったままスマホの画面に目をやった。昨夜、寝る前に、遅刻するなよ、とLINEを紀子《のりこ》に送っていたが、返事は来ていなかった。

　紀子はまめな性格で、〝はいはい〟〝わかってるって〟と何であれ返事をしてくるのが常だったが、既読がついているだけだった。

　マナー違反だとわかっていたが、車内から電話をかけてみた。長く話すつもりはない。電話に出ればそれで良かった。

　だが、紀子は出なかった。十回ほど呼び出し音が鳴り、留守電に繋がったが、残念ながらメッセージはない。

　馬鹿らしい、と自嘲《じちょう》気味な笑みが浮かんだ。

　両親がいない自分と紀子は二人だけの兄妹だ。親代わりを務めてきたつもりだが、紀子も十代の学生ではない。

二十七歳の立派な社会人だ。兄が生活に口を出すのは余計なお世話だろう。

窓の外に目をやった。なぜか電車が遅く感じられた。まだ着かないのか。

港南台駅に到着したのは定刻だった。車両から飛び降り、階段を駆け上がった。

急ぎ足で改札を抜けて署に向かった。五、六分の距離を大きなストライドで進むと、すぐに署の建物が見えてきた。

何も変わりはない。つまらないことをした、と歩を緩《ゆる》めた時、ワイシャツの胸ポケットで着信音が鳴った。スマホを耳に当てると、藤元《ふじもと》だ、という声が聞こえた。

「今、どこにいる?」

凄《すさ》まじい怒声《どせい》に、志郎は足を止めた。

「署の真ん前ですが――」

正面入り口から、三人の男が飛び出してきた。全員、緊張した表情を浮かべている。そのまま、駐車場へ向かって走りだした。

「どうした?」スマホを耳から離し、志郎は叫んだ。「南部《なんぶ》! どこへ行く?」

「橋口《はしぐち》!」振り返った南部が車の後部座席のドアを開けた。「お前も乗れ!」

訳がわからないまま、車に飛び込んだ。運転席に刑事係で一番若い矢野《やの》がいる。助手席に乗っているのは岩上《いわがみ》だ。

もしもし、とスマホに呼びかけたが返事はなかった。藤元が切ったようだ。

「何があった?」

車が走り出し、サイレンの音が鳴り響き始めた。轢《ひ》き逃《に》げだ、と南部が顔を向けた。

「南品川二丁目の住人から、自宅の生け垣で人が倒れていると通報があった。被害者《ガイシャ》は死んでいる」

「轢き逃げ？」

「現着した警察官から連絡が入った。現場にタイヤ痕《こん》が残っているし、死体の状況からもおそらく間違いないと……」

「そうか……」

「轢き逃げがあったのは、今朝早くのようだ。車にぶつかって、生け垣まで飛ばされたんだろう。木に隠れていたために、発見が遅れた、と警察官が話していた」

車がスピードを緩めないままカーブに突っ込んでいった。

「矢野、そんなに急がなくても――」

「落ち着いて聞け」横から南部が志郎の腕を摑《つか》んだ。「発見されたのは女性で、警察手帳を持っていた」

「警察手帳？」

「橋口紀子という名前があった。まさかとは思うが……紀ちゃんかもしれない」

「そんな馬鹿な……」

まだわからん、と助手席の岩上が振り向いた。

「おれたちが確認するしかない。何かの間違いかもしれん。橋口、聞いてるのか？」

志郎は胸ポケットに手をやった。スマホ。履歴で紀子の番号を呼び出し、耳に当てた。

「……出ろ」

呻《うめ》き声が漏《も》れた。呼び出し音が鳴り始め、南部が顔を背けた。

呼びかけた声が震えている。呼び出し音が鳴り続けていた。
「紀子、出てくれ」

2

南品川二丁目の現場までは、車で十分かからなかった。大通りで車を降り、狭い道に入ると、周囲に黄色いテープが張り巡らされ、制服警官、鑑識員が立っていた。救急車も一台来ている。

南品川一帯は品川桜署の管轄で、二丁目は高級住宅街だ。比較的大きな家が多い。

現場は品川柳街道と国道を繋ぐ脇道のひとつで、正式名称ではないが、小津《おづ》通りと交番勤務の警察官は呼んでいる。幅三メートルほどの細い道だ。

男たちの前に、二階建の一軒家があった。数年前まで自動車会社の役員を務めていた小津という男の家だ。広い庭をツツジの生け垣がぐるりと囲んでいる。

その家にちなんで小津通りと警察官が呼んでいるのは、巡回ルートに通称をつけておくと便利だからで、品川桜署管内だけで使う呼称だった。道は家々の間を三百メートルほど続いているが、私道に近い。街灯も数本しかなかった。

志郎はテープをくぐり、制服警官たちの後ろに立った。生け垣の間に、ジーンズを穿いた足が覗《のぞ》いていた。右足はスニーカーを履いているが、左足は靴下だけだ。車と接触した際に飛ばされたのだろう。

ジーンズの色に見覚えがあったが、志郎は首を振った。量販店で売っているジーンズだ。同じ物は何千着とある。

紀子のはずがない、と自分に言い聞かせたが、膝が言うことを聞かなかった。腕を岩上が摑まなければ、その場に倒れていたかもしれない。

「……紀ちゃん！」

背後から、南部の押し殺した叫び声が聞こえた。気配を察したのか、男たちが左右に退《しりぞ》いた。

ジーンズ、薄い生地のＴシャツの上にジャケットを着た紀子が仰向けで倒れていた。こめかみの辺りから、血がひと筋垂《た》れている。それ以外、顔に外傷はなかったが、シャツの腹部が大きく裂けており、青黒い跡が残っていた。

体を支えている岩上の腕を振り払い、志郎は紀子を見つめた。現実とは思えなかった。

制服警官を連れてきた矢野が表情を強《こわ》ばらせたまま、岬山《みさきやま》巡査です、とだけ言って下がった。

「通報があったのは今朝七時二十分です」

若い巡査が怯《おび》えたような口調で話し出した。

「発見したのはこちらの家の小津洋一郎《よういちろう》さん、七十二歳です。日課の朝の散歩に出たところで見つけたと……」

「それで君が来たんだな？」

岩上の問いに、そうです、と岬山がうなずいた。

「自分がここへ到着したのは七時半過ぎ、すぐに現場を確認しました。女性が死亡していること、小津さんの家の前にタイヤ痕が残っていたこと、死体の傷などから、轢き逃げの可能性が高いと判断しました」

「続けろ」

「現場に被害者の所持品と思われる小さなバッグが落ちていました」

岬山が茶色のバッグを差し出した。

「身元を確認するため中を開けると、警察手帳が入っていました。品川桜署刑事課の橋口紀子巡査とわかり、それも合わせて報告しました。自分は――」

「救急は？」

すぐに呼びました、と岬山が早口で答えた。

「五分ほどで救急車が来て、橋口巡査の死亡を確認しました。その後、現場には手を触れておりません。血液の凝固《ぎようこ》状態などから、死後七、八時間以上が経過していると、医師が話していました。橋口巡査が轢き逃げに遭《あ》ったのは、深夜一時前後と思われます」

くそったれ、と怒鳴った南部を岩上が抑えた。

「静かにしろ……深夜一時に轢き逃げされて、発見されたのが七時二十分だな？　六時間以上、紀ちゃんはこのままだったのか？」

品川柳街道から百メートルほど入った場所です、と岬山が小津通りを見渡した。

「深夜にここを通る者はほとんどいません。仮にいたとしても、生け垣のツツジに体が埋もれていたため、気づかなかったと思われます。轢き逃げされた直後に発見されたとしても……即死だったはずだ、と医師が言ってました」

「直接の死因は？」

「解剖《かいぼう》しないと断定できないと……ただ、腹部に車と接触した痕が残っています。内臓破裂により腹腔内出血、あるいはショック死の可能性が高いそうです。時速六十キロ前後で走行していたのではないかと――」

到着したパトカーが小津通りの手前で停まり、刑事と警察官が降りてきた。道幅が狭いので、パトカーが道路を塞《ふさ》ぐ形になっている。

他の車両は通行できないが、やむを得ないだろう。小津通りの奥で、交通課の巡査が迂回《うかい》の指示を出していた。

紀ちゃんなのか、という声が後ろから聞こえた。誰かはわからないが、同じ品川桜署の刑事だろう。

信じられない、という思いが伝わってきたが、志郎は紀子から目を離すことができなかった。

頭では死んでいるとわかっていても、納得できない。顔にほとんど傷がないため、眠っているように見える。声をかければ目を開くのではないか。

岩上のもとに数人の刑事と鑑識員が集まり、報告を始めた。路面に残されたブレーキ痕を確認したが、轢き逃げと考えて間違いない、というのがその要旨《ようし》だった。

車は狭い小津通りを六十キロのスピードで走っていた。歩いていた紀子に後ろから突っ込んだのだろう。腹部に衝突痕が残っているのは、気づいた紀子が振り返ったためだ。

運転者は前方を見ていなかったか、飲酒運転だったのかもしれない。衝突寸前、ブレーキをかけたが間に合わず、そのまま紀子を撥《は》ね飛ばし、怖くなって逃げたのではないか。

橋口、と岩上が顔を上げた。

「紀ちゃんはどうしてこんな狭い道を歩いていたんだ？」

あいつのアパートは南品川三丁目です、と志郎は歯を食いしばった。

「ここからだと四、五百メートルほど離れています。小津通りを歩いていた理由はわかりません」

私道ではないし、道沿いに家々が建っているが、狭くて暗い道だ。深夜に女性が一人で歩くような道ではない。

だが、すぐに別の刑事から報告があった。三百メートルほど先にコンビニがあり、店の防犯カメラに紀子が映っていたという。

地図を調べると、紀子のアパートからコンビニまで、小津通りを経由するのが最短ルートだとわかった。コンビニから帰る途中、小津通りに入り、轢き逃げに遭ったのだろう。

お前は署に戻れ、と岩上が志郎に命じた。

「南部、一緒に行け。ここはおれたちに任せろ。必ず犯人を見つける。とにかく今は戻れ」

抗《あらが》うことはできなかった。全身から力が抜け、何も考えられなくなっていた。

南部に背中を押され、パトカーに乗った。走り出した時、志郎の喉から嗚咽《おえつ》が漏れた。南部は無言だった。

3

刑事部屋に入り、藤元に報告したのは南部だった。志郎は隣に立っていただけだ。

座れ、と藤元が言った。パイプ椅子に腰を降ろして、志郎はスマホを取り出した。

「……夕べ、あいつと話したんです」これで、とスマホの画面に触れた。「いつもと同じで、自分の話だけして……」

着信履歴を呼び出すと、十一時十分という表示があった。

「話が終わったらさっさと切って……それが最後でした。どうしてこんなことに……」

喉が詰まり、肩が震え出した。溢《あふ》れ出した涙を止めることができない。

「おれは……こんな時、何と言っていいのかわからん」藤元の口からつぶやきが漏れた。「だが、これだけは言える。必ず犯人を捕まえる。絶対に許さん」

南部が手近の椅子を蹴りあげた。藤元がゆっくりと首を振った。

「紀子は仲間だった。おれにとっては娘同然だったんだ……あいつは頑張ってた。女だからとか、そんなふうに考えたことは一度もない。仲間を殺した奴は絶対に許さない。私情と言われても知ったことか。誰にも文句は言わせません」

同じです、と南部が荒い息を吐いた。

「犯人を逮捕して、罪を償《つぐな》わせてやりますよ」

全員聞け、と藤元が刑事部屋を見回した。

「何をしても構わん。あらゆる手を使って、紀子を殺した馬鹿を捜せ。橋口、お前にも加わってもらうが、今無茶をすることは許さん。岩上たちの報告が出揃《でそろ》うまでは待機だ」

おれたちを信じろ、と南部が志郎の顔を覗き込んだ。

「詳しいことがわかるまでは、動いても無駄だ。それはわかるな？」

何も言わずに、志郎は自分のデスクに戻った。足に力が入らないまま、崩れるように座り込んだ。

4

午後一時、品川桜署に一人の男が出頭してきた。村川康雄《むらかわやすお》、二十六歳のフリーターだった。約半日前、深夜に運転していた際、南品川二丁目の道で人とぶつかった気がすると供述《きょうじゅつ》したが、連絡を受けて志郎と南部が取り調べることになった。

記憶がはっきりしないのですが、と取調室の椅子に座った村川が話し出した。

「昨日の夕方、赤坂《あかさか》に住んでいる知り合いの女性のアパートに車で行きました。少しビールを飲んで……グラス一杯か二杯か、それぐらいだったと思います」

志郎は村川を見つめた。背は低く、かなりの痩《や》せ型だ。針で刺したぐらいしか黒目がない。ジャケットを着ているが、サイズが合っていなかった。誰かに借りたのだろう。

「本当にそれだけか」

南部が机を強く叩いた。わかりません、と村川が顔を伏《ふ》せた。

「車で帰りました。そこまで酔っていないつもりでしたが、道に迷って……ぼくのアパートは大崎《おおさき》にあります。南品川を通ったのは確かですが、夜中だったのでスピードを出していたのかもしれません」

「それで?」

狭い道に入ったような気がします、と村川が言った。

「そこで何かにぶつかった記憶がありますが、人間とは思わなくて……念のために車を降りて辺りを捜しましたが、暗くて何も見つかりませんでした。急に怖くなって、そのまま家に帰りました。酔っ払い運転がばれると免許停止になると思ったんです」

どういうつもりだ、と南部が村川のジャケットの襟を摑んだ。

「轢いた人間を放って逃げたら、過失じゃ済まない。わかってるのか？」

すいません、と村川が泣き出した。人殺し野郎が、と怒鳴った南部を志郎は止めた。

「どうして出頭してきた？」

座り直した村川が鼻をすすった。

「南品川で轢き逃げがあったと、ネットのニュースに出ていたんです。昨日の夜中って書いてあったんで、やっぱり人を轢いたんだって思ったんです。申し訳ありません」

涙を拭《ぬぐ》った村川が顔を手で覆《おお》った。

何で警察に連絡しなかった、と南部が怒鳴った。

「それでも人間か？」

申し訳ありませんと繰り返した村川が大声で泣き出した。

志郎は南部に目をやった。ボールペンで調書を叩く音が取調室に広がっていた。

5

どうなんだと聞いた藤元に、奴が犯人ですと南部が答えた。

「村川が乗っていた中古のBMW116iハッチバックですが、ボンネットの左前が大きくへこみ、ヘッドライトも破損していました。現場に残っていたガラス片、塗装片《とそうへん》から、同じ型のBMWだとわかってます。塗装の剝げ具合から、二十四時間以内に接触事故を起こしたと考えられると鑑識から報告がありました」

「本当に女友達の家に行ってたのか？　どうしてあの道を通った？」

「女は赤坂に住んでいる高校時代の友人です。確認しましたが、村川のアパートは大崎で、赤坂からだと品川付近を通ることになります。運転しているうちに道に迷ったという供述は信用できます。飲酒運転ですから、大きな道路は走りたくなかったでしょう。小津通りに入り込んだのはそのためだと思います」

どれぐらい酔ってたのかね、とデスクに座っていた高品《たかしな》が口を開いた。血液中のアルコール濃度はほぼゼロでした、と志郎は答えた。

「十二時間以上経過していますし、六、七時間ほど寝たそうです。アルコールが分解されるには十分な時間でしょう」

馬鹿な男だ、と藤元が目をつぶった。

「何もあんな細い道を通らなくてもいいだろうに……端から端まで、二分もかからんだろ？　巻き込まれた紀子のことを考えると……」

不運としか言えません、と高品がうなずいた。

「たまたまあの道を歩いていたら、村川の車が突っ込んできた……事故はそういうものかもしれませんが」

「目撃者は見つかっていないのか？」

夜中の一時ですからね、と南部が口をすぼめた。

「聞き込みを続けていますが、目撃者がいたとは思えません。小津通りには防犯カメラもないですし……」

小津さんにはわたしが改めて話を聞きました、と高品が薄くなった頭を掻《か》いた。

「急ブレーキの音が聞こえて目が覚めた、と話していましたが、すぐにまた眠りについたそうなので、時間ははっきりしません。一時だったのか二時過ぎだったのか、何とも言えないと……」

徹底的に調べろ、と藤元が命じた。

「村川は不注意による事故を主張するだろう。危険運転致死傷罪で逮捕したいが、証拠がないと厳しい。人一人の命を奪っても、下手すりゃ執行猶予だ。今回のケースだと、二、三年がいいところだろう。それじゃ紀子に申し訳が立たない。どうにかしたいが……」

畜生、と南部が机を蹴り上げた。慰《なぐさ》めるように、高品がその肩を軽く叩いた。

6

夕方、志郎はQ&R南品川店というコンビニへ向かった。昨日の夜中、紀子が来た店だ。

わからないことがあった。紀子から電話があったのは夜十一時十分、会話していたのは十分ほどだったろう。

あの時、もう寝ると紀子は言っていた。だが、コンビニへ行っている。その理由がわからなかった。

食料品を買いに行ったのではない。夜十時以降は何も食べないと決めていたのは、志郎も知っていた。

可能性だけなら、どんなことでも考えられる。洗剤や歯磨き粉を切らした、宅急便を出しに行った、そんなことだったのかもしれない。

だが、夜中の十二時だ。それぐらいのことでコンビニへ行ったとは思えない。

紀子はジャケットを着ていた。八月、熱帯夜で寝苦しいほどだった。

コンビニへ行くためにジャケットを着る必要はない。Tシャツとジーンズでよかったはずだ。

バッグを持っていった理由もわからない。決済用のアプリをスマホにダウンロードしていたから、キャッシュレスで支払いはできただろう。

しかも、バッグの中に警察手帳を入れていた。真夜中に持ち歩く警察官はいない。習慣でそうしたと言われれば、うなずくしかないが、紀子はそんなことをしないという確信が志郎にはあった。

「いらっしゃいませ」

店内に入ると、明るい声がした。二人の店員がレジで立っている。

手前のレジにいた小太りの若い男に近づき、警察手帳を見せた。胸に三木《みき》・副店長という名札があった。

さっきもおまわりさんが来てたんですよ、と三木がレジの外へ出た。

「大変だったみたいですね」

詳しい話を聞かせてもらえますか、と志郎は言った。

「できれば、昨夜こちらで働いていた方に。今、いますか?」

ぼくなんですけど、と三木が自分を指さした。

「風邪ひいたから休むってバイトから連絡があって、昨日今日とぼくがピンチヒッターで入ることになったんです。副店長っていっても、しょせん契約社員ですからね。都合よく使われてますよ……バックヤードに来てください」

　レジ奥の扉からバックヤードに入った。そこかしこに段ボールの箱が置かれている。事務室も兼ねているんで、と三木がパイプ椅子に腰を下ろした。

「どうぞ、適当に座ってください」

「昨日は何時から働いていたんですか？」

　夜十時からです、と三木が答えた。

　志郎は内ポケットからスマホを取り出し、紀子の写真をスワイプした。見ました、と三木がうなずいた。

「この人です。ちょっと可愛いなって思ったんで、覚えてたんです。前にも何度か来てました」

「話はしましたか？」

「いえ、してません」

「彼女は何を買いに来たんですか？」

「買ってないと思いますよ」

「買ってない？」

「店の中には入らなかったんで」

「入らなかった？」

　おうむ返しに聞くと、そうですよ、と三木が苦笑した。他の刑事にも同じ質問をされたのだろう。

ただ、紀子がコンビニで何も買わなかったのは、志郎も想定済みだった。紀子の死体が発見された現場付近に、購入した物がなかったからだ。

三木への質問は確認のためで、紀子がコンビニへ来たこと、だが買い物をするつもりではなかったことがはっきりした。

駐車場に立ってたんですよ、と三木が外を指さした。

「店の前に五台分のスペースがあるんですけど、あの時、ぼくはゴミ箱の片付けをしていて、ちょっと頭を下げました。前にも来ていたお客さんなのはわかってたんで」

「店には入らず、駐車場にいたんですね？　確かですか？」

間違いないですよ、と三木がデスクのパソコンを立ち上げた。一分ほど待つと、これなんですけど、と画面を志郎に向けた。

「店内に三つ、店の外にも三カ所カメラを設置していて、データはパソコンで見ることができます。万引きとか駐車場の不正使用とかがよくあるんで……」

三木がマウスをクリックすると、駐車場の映像が画面一杯に広がり、その隅に女が立っていた。紀子だ。

時間は深夜十二時二十分です、と三木が画面の上部を指した。

「こっちにいるのがぼくです。背中しか映ってないですけど、ゴミ箱を――」

「この女性が何をしていたのか、わかりますか？」

話したわけじゃないんで、と三木が手を振った。

「何をしてたかとか、そこまではわからないです。人と待ち合わせてたんだと思いますよ。結構いるんです。コンビニは夜中でも明るいし、安全ですからね」

「待ち合わせ？」

「別に迷惑じゃないし、ついでに何か買っていく人もいるし、どうこう言うようなことじゃ――」

「夜中の十二時二十分に、誰と待ち合わせしていた？」

わかるわけないでしょ、と三木が首を斜《なな》めにした。

「待ち合わせっていうのも、ぼくが勝手にそう思ってるだけで、ただぼんやりしていたとか、煙草《たばこ》を吸ってたのかもしれません。そういう人もいるんです」

「紀子は煙草を吸わない」

「……紀子？」

妹なんだと言った志郎に、やっぱり、と三木が膝を叩いた。

「さっき警察手帳に橋口って名前があったから、同じ橋口ってどういうことなのかなあって……そうすか、妹さんでしたか。いやオレもね、妹いるんすよ。ちょっと聞いたんですけど、この人亡くなったんですよね？」

「そうなんだ。詳しい事情が知りたい」

わかりますよ、と三木が同情するように言った。

「ただ、ホントに話してないんで……詳しいことはちょっとわからないです。すいません」

いいんだ、と志郎は手を振った。紀子は何のためにコンビニへ来たのか。なぜ駐車場にいたのか。

志郎はパソコンを見つめた。紀子が左右に顔を向けていた。

7

コンビニを出て、志郎は紀子のマンションに向かった。五分ほどの距離だ。何度も来たことがあったし、合鍵も持っている。

ドアを開けると、1Kの部屋があった。三カ月前に来た時と何も変わっていない。きれい好きなのは昔からで、室内は整理整頓が行き届いていた。服が出しっ放しになっているようなこともない。

管理人への連絡は済んでいた。今月中に退去してほしいと言われている。

いったん外へ出て、両隣の部屋のドアを叩いた。月曜の夕方だったが、運よくどちらも住人がいた。

大学生とOLに話を聞いたが、昨夜十二時前後、紀子の部屋のドアが開く音は聞いていないし、物音もしなかったと首を振るだけだった。隣人に興味がないのだろう。

志郎は紀子の部屋に戻り、居室の椅子に座った。

紀子は自分に電話を入れ、話してから寝るつもりだった。時間を考えれば自然な行動と言っていい。

だが、その後外出している。部屋に固定電話はない。通信手段はスマホだけだ。

自分との電話の後、誰かから連絡が入り、コンビニで待ち合わせることにしたのではないか。そう考えれば、筋が通る。

誰かに呼び出されて、紀子はコンビニへ向かった。私用ではない。警察手帳を持ち、ジャケットを着ていたのは、刑事として会うつもりだったからだ。

まず、紀子のスマホの履歴を調べなければならない。自分と話した後、誰かから電話があったはずだ。

誰と、何のために深夜のコンビニで会うことにしたのか、それでわかるだろう。

藤元に連絡するため、胸ポケットに手をやると、スマホが鳴った。

「橋口くんか？」

警察医の大塚《おおつか》の声がした。年齢はちょうど十歳上だが、普段から親しくしている。

「聞いたよ。何と言っていいのか……」

大塚が口ごもった。

「いえ、それは……どうしました？」

「うん、ちょっとね……死因は聞いたか？　内臓破裂によるショック死だった。かわいそうに……」

「聞きました」

「確認したいんだが、時速六十キロ前後で走ってきた車に接触し、撥ね飛ばされたと鑑識の報告書に書いてあったが、本当か？」

「現場のブレーキ痕から、それぐらいの速度だったと推定されると鑑識員が話してましたが……」

「私が解剖したんだが、腹部に傷が残っていた。大きな傷じゃない。エネルギーが腹腔内に集中したんだろう。よくあることだ」

「わかります」

「ただ……車はＢＭＷだったな？　重量は約千四百キロだ。計算したが、六十キロで走行していたＢＭＷと正面から衝突すれば、ダメージが残るのは当然だが、紀子ちゃんの内臓の損傷はかなり酷かった。実際には百キロ近いスピードを出してたんじゃないか？」

「……百キロですか？」

「そうとしか考えられない。小津通りはかなり狭いそうだね。写真を見たが、あの道幅で百キロ出すのは自殺行為に近い。六十キロでも速すぎるぐらいだ。脇道から誰か飛び出してきたら、避けることはできないだろう」

それはぼくも思いました、と志郎は言った。

「ですが、運転者は酔っていたと供述しています。泥酔《でいすい》状態で運転していたとすれば、それぐらいのスピードになることもあるのでは？」

どうもわからん、と大塚がため息をついた。

「べろべろに酔っていても、運転はできる。それでも、あれだけ狭い道に入り込んだら、反射的にスピードを落とすはずなんだが……いや、すまなかった。小さなことが気になるたちでね」

確認のために電話しただけだ、と大塚が電話を切った。

志郎は部屋を出た。雨が降り出していた。

8

夕方だが、まだ陽は沈んでいない。歩いて事故のあった現場へ向かった。

紀子のアパートから百メートルほど西へ進むと国道に出るが、コンビニへ行くには遠回りになる。

近道をするつもりだったのか、と辺りを見回しながら小津通りに入った。

現場検証は終わっている。一台の車が徐行運転で志郎を追い越していった。

紀子が倒れていた辺りに、小さな花束が三つ置かれていた。ぽつぽつと顔に当たる雨粒を拭いながら、志郎は左右に目をやった。

幅は三メートルほど、小津通り全体の長さは約三百メートルだ。

脇道が何本かあり、入っていくと更に狭い私道で、両脇にアパート、マンション、一軒家が立ち並んでいる。そこには人が住んでいるし、子供もいるだろう。

飛び出し危険と大書きされている黄色い看板がいくつかの角に立っていた。土地勘のない者が使う道ではない。

深夜十二時過ぎ、おそらくは一時近かっただろう。ここを歩いていた紀子は村川が運転していたＢＭＷに撥ねられた。

ブレーキ痕が残っていた場所から、紀子の遺体は五メートルほど離れていた。ＢＭＷにぶつかった衝撃で撥ね飛ばされ、生け垣の中に突っ込む形になったと鑑識員は話していた。発見が遅れたのは、紀子の体がツツジに埋もれていたからだ。

おかしい、と志郎は首を捻った。そんなにうまく体が隠れるとは思えない。撥ね飛ばされたとすれば、体がツツジの上に乗るのが普通ではないか。

紀子が発見され、すぐに聞き込みが始まっていたが、目撃者は見つかっていない。望みが薄いのは志郎もわかっていた。

深夜から明け方まで、小津通りを歩いた者はいなかっただろう。私道に近い狭い道だから、それ自体は不自然と言えない。

だが、なぜ近隣の住人は事故が起きたことに気づかなかったのか。村川のBMWが紀子と接触した際、衝突音がしたはずだが、誰もそれを聞いていない。

ブレーキの音を聞いて目を覚ました、と小津老人は証言している。ただし、時間は曖昧《あいまい》だ。深夜一時なら、他に起きていた者もいたはずだ。近隣住人のすべてが深く眠っていたとは思えない。

時速六十キロの車が人間とぶつかれば、その音はかなり大きい。誰も目を覚まさなかったとは考えられない、と志郎は雨に濡《ぬ》れた髪の毛を手で拭った。

この道を歩いていた紀子が六十キロで走る車に気づかなかったのも妙だ。エンジン音、ヘッドライト、走行音。これだけ狭い道で車が接近していたら、誰でもわかったはずだ。

本当に村川が紀子を撥ねたのだろうか。

違う、と志郎は暗い空を見上げた。ここではなく、別の場所で紀子を轢いた人間がいる。

村川ではない可能性もあった。深夜、紀子を呼び出した誰かではないか。

その人物は、重要な用件があると言ったのだろう。そうでなければ、紀子が夜中の十二時に外へ出て行くはずがない。

コンビニの駐車場で待ち合わせたのは、他に適当な場所がなかったからだ。防犯カメラの画像には、紀子が駐車場を出て行く後ろ姿しか映っていなかったが、待っていた相手が来たのだろう。

その後、何らかのトラブルが起き、誰かが紀子を車で轢いた。故意か、アクシデントかはわからないが、その人殺しは事故を偽装するために紀子の死体を小津通りへ運び、遺棄した。推測だが、大筋は合っているはずだ。だが、証明は難しい。

まず、紀子をどこで轢いたのかがわからない。周囲の幹線道路は制限速度五十キロだが、深夜なら百キロで走行することもできたはずだ。

範囲が広すぎて、絞り込めない。昨夜、交通事故が起きたという報告もなかった。

紀子を呼び出した人間がいたのは間違いない。だが、仮にも刑事だ。不審《ふしん》に思わなかったのか。

百キロの車が突っ込んでくれば、刑事でなくても気づく。轢かれるのをおとなしく待っている者など、いるはずもない。犯人はどうやって紀子を轢いたのか。

犯人は紀子を撥ねた後、死体を移動している。その理由もわからなかった。

暗い予感が頭を過《よ》ぎった。事故ではなかったのかもしれない。

対人の交通事故では、必ず車の一部が破損する。ミラーが壊れたり、ライトが割れたりすることもある。

すべての破片、塗装片を拾い集めることはできないし、現場には消すことのできない痕跡《こんせき》が必ず残る。急ブレーキによるタイヤ痕だ。

走行中に人を撥ねれば、誰でも反射的にブレーキを踏む。その場合、路面には確実にタイヤ痕が残る。

ただし、ブレーキをかけず、故意に撥ねたとすれば、タイヤ痕は残らない。それは殺人だ。紀子は殺されたのか。

一般人と比べて、刑事は他人に恨まれることが多いが、紀子が刑事課に異動してきたのは一年ほど前だ。殺されるほどの恨みを買っていたとは思えない。

では、どういうことなのか。すべてが矛盾している。

犯人は紀子を殺害するつもりで呼び出したのか。それともアクシデントだったのか。

志郎は雨の中を歩きだした。まず、紀子の携帯電話の通話記録を調べなければならない。次は村川だ。

自分が轢いたと認め、出頭しているが、何かを隠している。誰かの身代わりになっているのかもしれない。

スマホで刑事課の直通番号を呼び出し、画面に触れた。雨が強くなっていた。

9

翌日の午前八時、志郎は南部と署の取調室で村川を待っていた。

面倒をかける奴だと唸り声を上げた南部に、現場付近を調べて浮かび上がった疑問について、志郎は順を追って説明した。

「一人で調べてたのか？　気持ちはわかるが……」

「昨日の夜、藤元係長にも電話で話した。確証はないが、紀子は別の場所で撥ねられたと俺は思ってる。犯人には、違う場所で轢き逃げされたと思わせなければならない理由があったんだろう。過去に紀子が担当した事件絡みとか、単純な怨恨《えんこん》じゃない。何か……犯人にとって予想外の何かがあったんだ」

「何かって？」

「紀子の携帯の通話記録を調べたが、おれと話した五分後に、公衆電話から着信があった。そいつに呼び出されて、コンビニへ向かったんだろう」

「村川との関係は？　自分から出頭してきたんだぞ。轢いたっていうのは嘘か？」

「奴は日野《ひの》市の高校を卒業後、就職していない。だが、中古とはいえBMWに乗ってる。どこからその金が出てきたのか、つつけばぼろが出るかも……来たぞ」

ドアが開き、警察官が村川を連れて入ってきた。手錠《てじょう》を外した警察官が敬礼して取調室を出て行った。

申し訳ありませんでした、と立ったまま頭を下げた村川に、座れ、と南部が椅子を指した。

「あの……今日は何でしょうか？　もう話すことは何も……」

腰を下ろした村川の前に紙コップのお茶を置いて、志郎は別の椅子に座った。目配せすると、南部が口を開いた。

「いくつか確認させてもらう。一昨日の夕方、お前は赤坂の女友達のアパートに行った。車で行ったんだな？」

そうです、と村川が顔を伏せた。車はどこに停めていたんだ、と南部が質問した。

「女性のアパートに駐車場はない。付近のパーキングを調べたが、防犯カメラにお前のBMWは映っていなかった」

「道です……路上に停めました」

「彼女のアパートは一ツ木《ひとつぎ》通り沿いにある。あの辺で路駐したら、三十分以内に駐禁の切符を切られたはずだ。女性の部屋にいたのは二時間ほどだと話していたが、その間BMWを見た者はいない。どうなってる？」

「離れたところに停めたんで、正確な場所は覚えていません」

都合のいい記憶力だなとつぶやいた志郎に、まったくだ、と南部がうなずいた。

「高校を出てから就職していないな？　実家は日野市だが、今は大崎で一人暮らしをしている。そうだな？」

「はい」

「金はどうしてる？　中古とはいえＢＭＷに乗ってる。どうやって手に入れた？」

「働いていないわけじゃなくて、短期のバイトはしてるんです。家賃は両親が払ってます。車は先輩にもらいました」

気前のいい先輩だな、と南部が指で机を弾《はじ》いた。

「ＢＭＷを見たが、五年落ちの中古にしてはエンジンやボディの状態は良かった。あの車をタダでくれる先輩がいるとは思えん。お前の友人に話を聞いたが、金には困ってなかったと全員が口を揃えてる。それも親の援助か？」

「刑事さん……ぼくがあの女の人を轢きました」

大変なことをしたとわかっています、と両手で村川が顔を覆った。「怖くなって逃げました。本当に申し訳ないことをしたと反省しています」

「そんなことを聞いてるんじゃない。本当にお前が轢き逃げ犯なのか？　はっきり言うが、誰かの身代わりになってるんじゃないのか？　徹底的に調べれば、いずれ嘘はバレるぞ。その前に話してもらえると、手間が省《はぶ》けるんだがな」

南部が身を乗り出した。本当です、と村川が声を震わせた。

「ぼくが……ぼくがあの人を轢きました。許してください」

泣きながら机に頭を打ちつけた村川の口から、切れ切れに謝罪の言葉が漏れた。止《や》めろ、と南部がその肩を押さえた。

「質問を変えよう。隠していることはないか？　罪を軽くするために、話してないことがあるんじゃないか？」

すいませんでした、と突っ伏したまま村川が髪の毛を掻き毟《むし》った。

「轢いたのが人かどうかわからなかったと言いましたけど、本当は……人間を轢いたとわかっていました。怖くて言えなかったんです。許してください」

涙と鼻水で汚れた顔を村川が手のひらで拭った。肩が激しく上下している。

うなずいた南部が志郎に顔を向けた。

「やっぱり、こいつが轢いたんじゃ――」

お前は人がいい、と志郎は村川の肩に手を置いた。

「こいつは嘘をついてる」

「そうとは思えんが……」

嘘じゃありません、と泣きながら腰を浮かせた村川の肩を、志郎は上から押さえ付けた。

「殊勝《しゅしょう》な顔しやがって……芝居がうまいな。迫真の演技だったよ」

志郎は紙コップのお茶を正面から村川の頭に浴びせた。

「何か隠していることはないかと聞かれて、人間を轢いたとわかっていたと答えたな？　反省してると見せかけてるのは情状酌量《じょうじょうしゃくりょう》狙いだろうが、足までは頭が回らなかったようだな」

足って何だ、と南部が机の下を見た。こいつは貧乏揺すりをしていた、と志郎は村川の濡れた頭を机に押し付けた。

「反省してます、後悔してますって奴が、貧乏揺すりをするか？　そんなわけないだろう。お前、何を知ってる？　誰に頼まれて出頭してきた？　身代わりの代償は何だ？」

離してください、と村川が志郎の腕を摑んだ。

「これは暴力だ。ぼくは罪を認めている。自分から進んで警察へ出頭した。そんな人間に暴力をふるうのは――」

「面《つら》が変わったぞ」

志郎は空《あ》いていた左手でもう一度村川の頭を机に叩きつけた。

「何をするんだ！　警察が暴力をふるうなんて――」

知ったことか、と志郎は村川の髪の毛を摑んで立たせた。

「妹は時速百キロの車に轢き殺されたんだ。これで済むと思うなよ」

払い腰で投げ捨て、上から村川の顔面に拳《こぶし》を振り下ろした。止めてくれ、と村川が鼻を押さえた。

「止めろよ、止めてくれ……こんな暴力、許されるわけないだろ！」

これぐらいじゃ暴力とは言わない、と志郎は村川の顔に革靴の踵《かかと》を叩き込んだ。

「折れた！　鼻が……」村川の鼻から大量の血が溢《あふ》れて、顔を真っ赤に染めた。「誰か、助けてくれ！　殺される！」

本当のことを言え、と志郎は村川の胸倉を摑んで怒鳴った。

「誰に頼まれた？　そいつが紀子を殺した理由は？」

後ろから南部に腕を押さえられたが、離せ、と志郎は低い声で言った。

「止めるな。全部吐かせてやる」

やり過ぎだ、と南部が志郎を村川から強引に引き離した。

「誰か来てくれ！　橋口、何を考えてる？　こんなことをしたら……」

何をしても紀子は戻ってこない、と志郎は革靴で村川の腹を蹴った。

「こんな奴は殺した方が世の中のためだ」

尻で後ずさりした村川が、取調室の隅で体を震わせ、悲鳴を上げた。ドアが開き、二人の警官が飛び込んできた。

10

品川駅に向かって歩きながら、志郎は暗い笑みをかみ殺し、何も残っていない、と手のひらを見つめた。

入ってきた二人の警官に取り押さえられ、取調室から連れ出された。待機を命じられ、一時間ほど経った時、小会議室に呼ばれた。

「弁護士を呼べ、と村川は言ってる」今時、どんな馬鹿でもそれぐらいの知恵はあると藤元が吐き捨てた。「弁解のしようがない。ただじゃ済まんだろう」

「申し訳ありません」

「村川は弁護士を指定している。どういう関係かわからんが、親しいようだ。調べたが、面倒な相手だぞ。記者会見を開くことになるかもしれん。あっと言う間に暴力刑事の烙印《らくいん》を押される」

「でしょうね」

お前が良くてもこっちは困る、と藤元が苦笑した。

「トラブルになる前に処分を下す。無期限の謹慎《きんしん》だ。連絡が取れるようにしておけ。警務部が事情を調べることになるだろう。おれはそんなに偉くない。お前を守れるかどうかわからん」

「無理しなくていいですよ」

「放っておくわけにもいかんだろう。とにかく家に帰れ。捜査からは外す。馬鹿野郎が」

その場で警察手帳を預けた。手錠や拳銃《けんじゆう》は携行していないから、渡すのはそれだけだ。ご迷惑をおかけしました、と志郎は頭を下げた。

「奴の鼻を折ったのか？」

藤元の問いに、たぶん、とうなずいた。

「もし折れてなかったら、俺が折っておく」

行け、と肩を押されて、そのまま署を出た。悪い上司じゃない、と苦い笑いが浮かんだ。

紀子は自分の部屋から電話をかけてきた、と歩きながら考えた。十一時過ぎの時点では、間違いなく自分の部屋にいた。

その後、外部から電話が入り、ジャケットを着て、警察手帳をバッグに入れた上でコンビニの駐車場へ向かった。

前から決まっていたことではなかったはずだ。だとしたら、自分との会話で触れただろう。公衆電話からの連絡を受けて外へ出た、としか考えられなかった。

深夜十一時過ぎだ。よほど重要な用件でなければ、呼び出しに応じるはずもない。誰に、何と言われて呼び出されたのか。

この一週間ほど、品川桜署管内で大きな事件はなかった。ルーティンの仕事はあったが、高《たか》村《むら》の自殺について独自に調べていたぐらいだから、紀子が忙しかったはずがない。

原則として、刑事は二人一組で動く。単独行動はめったにしない。

ただ、事件として認知されていない場合は、その限りではない。高村のケースはそれに当てはまる。

紀子は何を調べていたのか。最後の電話で話した時のことを、雑踏の中を歩きながら思い返すと、春野博美《はるのひろみ》という名前が頭に浮かんだ。

署に来たと言っていたが、紀子が一人で会っている。その時、不審《ふしん》に思うような何かがあったのかもしれない。

内ポケットの名刺入れを見ていくと、上から五枚目に春野博美の名刺があった。勤めているナグー音楽事務所という社名と、直通と携帯の二つの番号が記されている。

携帯に電話をかけると、もしもし、というやや低い声がした。

「春野さんですか？　品川桜署の橋口と申します。一度お会いしているんですが、覚えていらっしゃいますか？」

はい、と博美が答えた。

「すみません、今、打ち合わせ中で……」

「伺いたいことがあります。打ち合わせはどれぐらいで終わりますか？　よろしければ、直接お会いして話を聞きたいのですが」

「それでは……一時間後でも構いませんか？」

結構です、と志郎は名刺の住所を確認した。港区芝浦《しばうら》、と記されている。

「では、一時間後に会社へ伺います」

お待ちしています、と博美が電話を切った。志郎は品川駅へ向かった。

11

春野博美の会社、ナグー音楽事務所は港区芝浦のウォーターフロントにあった。イベント会社というからバブリーなオフィスをイメージしていたが、古い倉庫を改造しただけの小さな建物だった。

受付などもなく、電話が一台あるだけだ。内線表を見て春野という名前に電話をかけると、すぐに博美が正面のドアから出てきた。表情が暗く見えるのは目の隈《くま》のせいだろうか。

こちらへどうぞ、と博美が二階フロアの会議室へ向かった。そこそこ広いが、打ちっ放しの壁が時代を感じさせた。

「お座りください。お茶でも……」

結構です、と志郎は首を振った。

「お忙しいようですね」

「イベント会社は自転車操業なんです。昼も夜もありません」博美が自嘲気味に小さく笑った。「あの、ニュースで見たんですが、妹さんが事故に遭われたというのは……」

「紀子は亡くなりました」

志郎は小声で答えた。驚きました、と博美がうなずいた。

「ニュースでも、そんなふうに報道されていましたけど、信じられなくて……先週の木曜、品川桜署へもう一度行って、紀子さんと会ったんです。高村さんの件で、改めて話そうと……」

紀子から聞きました、と志郎はうなずいた。

「何を話したんです？　それを聞きたくてお伺いしました」

高村さんの死は自殺ではないとお話ししました、と博美が答えた。

「わたしと高村さんとの関係や、もっと細かい事情を説明して……高村さんに自殺する理由はないと、紀子さんはわかってくれました」

やはり、とうなずいた志郎に、わたしたちはうまくいっていたんです、と博美が言った。

「結婚の約束もしてましたし、親や親戚を紹介することも決まっていました。それなのに、自ら命を絶つなんて考えられません」

紀子が信じたのは、博美の言葉に説得力があったからだろう。

「ですが、話しているうちに自分でもわかったことがありました。わたしは高村さんについて、よく知らないことが多かったかもしれないと……」

二年ほど交際していたとおっしゃってましたね、と志郎は質問を始めた。

「それなりに長い時間です。でも、高村さんのことをわかっていなかった。そういうことですか？」

「東悠《とうゆう》大学を卒業して、今の会社に入ったのは聞いています。でも、中学や高校の話、もっと前に溯《さかのぼ》って、子供の頃の話を聞いたことはありませんでした。ご両親のお仕事とか、その辺りも……裕福ではなかったとか、そんな話を何度か聞いたぐらいです。ご両親を早くに亡くされて、苦労していたのは何となくわかりました。話したがらないのは、そのせいだろうと思っていたんです」

「兄弟もいないし、親戚も少ないと片山《かたやま》興産の総務部長に聞きました。それを考えると、話したくなかったのはわからなくもありません」

そうかもしれませんが、と博美が首を傾《かし》げた。

「普通なら、もう少し話してくれたんじゃないかって……大学時代の友人を紹介してもらったこともありません。わたしは自分の仕事の話をすることも多かったんですけど、彼は忙しいとか、大変だとか、漠然《ばくぜん》とした話しかしませんでした」

「なるほど」

彼のことがわからなくなって、と博美が頬に手を当てた。

「とても優しい人だったんです。男らしくて、誠実で頼れる人だと思っていました。信じられる人だと……でも、わたしはあの人のことをどこまで知っていたのか……生まれも育ちも、どういう人生を歩んできたのかも、確かなことは何もわからないんです」

調べてみましょう、と志郎はスマホで検索を始めた。

「東悠大学、学生課……さすがは天下の東悠大ですね。学生課といっても、担当が分かれています」

一番上にあった番号に電話をかけて、品川桜署の橋口刑事と名乗り、高村良雄《よしお》という卒業生について調べていると話すと、しばらくたらい回しにされたが、最終的に教務課という部署に回された。そこが担当だという。

「こちらは品川桜署刑事課橋口巡査長です」そちらの卒業生で高村良雄という男性のことを調べています、と志郎はあえて高圧的に言った。「連続殺人事件の被害者の可能性があります。至急お願いしたいのですが……」

「それは個人情報ですから、お答えできません」

切り替えたスピーカーから、くぐもった男の声がした。

「裁判所命令が出ていても？　そちらにファクスはありますか？　今すぐ送ります」

ブラフだったが、効果があったようだ。待ってください、と男が慌てたように言った。

「何があったんです？　先週報道されたあの事件？」

「そういうことです」

先週、荒川区内で連続殺人事件が起きていた。既《すで》に犯人の目星はついているというが、勝手に勘違いしているなら、訂正する必要はない。

「東悠大の卒業生が狙われているという情報があります。在校生が狙われる可能性もないとは言えません。あなたが情報を秘匿《ひとく》したために殺人が起きたら、責任問題になるのは――」

「何を聞きたいんです？」

「高村良雄さんは東悠大に在籍していたか、その確認です」

「それぐらいなら……お教えしても構わないかと」男がおもねるように言った。「タカムラヨシオという人物の卒業年度はわかりますか？　学部は？」

「年度はちょっと……現在四十歳ですから、十七、八年前でしょう。学部は……」

商学部と聞いています、と博美が言った。男がパソコンのキーボードを叩く音がした。

「タカムラヨシオ……高村光太郎《たかむらこうたろう》の高村、良い悪いの良、加山雄三《かやまゆうぞう》の雄ですか？」

「そうです。高村さんは東悠大の卒業生ですか？　もうひとつ、出身高校を知りたいのですが」

殺人事件と学歴は関係ないが、男は何も言わなかった。捜査に必要だと思ったのだろう。

「ええと、高村良雄、昭和五十五年生まれ。平成十一年本校商学部に入学。本校に在学していたのは間違いありません。熊本県諫妻《いさづま》高校卒となっていますが、他に記載事項はありません」

ご協力ありがとうございましたと言った志郎に、ですが、と男が空咳《からせき》をした。

「この方、高村さんが連続殺人事件の被害者ってことはないですよ」

電話を切ろうとした志郎の指が止まった。

「どういうことです？」

「高村良雄さんは七年前の六月に亡くなられています。大学に連絡がありました」

「東悠大では卒業生が死亡すると、連絡しなければならないんですか？」

高村さんは奨学生《しょうがくせい》だったんです、と男が言った。

「奨学金の返済が途絶えていたため、担当者が問い合わせると、亡くなられたと連絡があったんです。奨学金には特約制度があって、死亡した場合、支払いの義務はなくなります。記録が残っていますから……あの、本当に警察の方ですか？」疑うように男が言った。「高村良雄が殺された可能性があると言ってましたよね？　刑事なのに、亡くなっているのを知らないのは――」

無言で志郎は電話を切った。どういうことでしょう、と博美がまばたきを繰り返した。

「高村さんが亡くなっている？　そんな馬鹿な……」

同姓同名の別人という可能性もあります、と志郎は首を振った。

「珍しい名前とは言えません。詳しく調べないと、憶測になります。正式な手続きを踏んで――」

そんな偶然ってあるでしょうか、と博美が視線を逸《そ》らした。

「同姓同名で年齢も学部も同じ？　高村さんが片方は七年前に亡くなっていて、片方は自殺した？　考えられません」

確かに、と志郎は肩をすくめた。偶然にもほどがあるだろう。

「片山興産に連絡してみましょう」

番号を押すと、すぐに相手が出た。品川桜署の橋口ですと志郎は言った。

「桑山《くわやま》部長はいらっしゃいますか？」

「ああ、私ですよ」桑山です、と明るい声が聞こえた。「先日はわざわざ……」

「あの後、少し調べてみたんですが」

何をでしょう、と桑山が言った。

「ちょっと教えていただきたいことがありまして……高村さんのことなんですが」

「ええと、今から会議がありまして……長くなりますか？」

「高村さんの経歴を確認したいんです。会社に履歴書がありますよね？　ファクスしていただけると助かるんですが」

「構いませんが、どうなんでしょうか？　個人情報ですし、私の一存ではちょっと……」

語尾が尻つぼみになった。では、後ほど伺います、と志郎は言った。

「他にも確認したいことがありますので……」

「わかりました。法務の担当者に確認を取っておきます。大丈夫だと思うんですが、手続きは踏んでおきませんとね。何時頃お見えになりますか？」

「三時でどうでしょう」

お待ちしてます、と桑山が電話を切った。どうするんですか、と博美が目だけで聞いた。

「片山興産を調べてみます。その方がいいようだ」

志郎は自分の名刺にスマホの番号と、念のために自宅の住所を書いて博美に渡した。

「何かあれば連絡してください」

自分も住所を名刺に書き込んだ博美が、高村さんは自殺なんかしていませんとつぶやいた。紀子もそう考えていたようです、と志郎は立ち上がった。

「また連絡します。ところで……あなたは一昨日の深夜十二時ぐらいに紀子に電話をかけていませんか？　公衆電話からなんですが」

「公衆電話？　いえ、かけてません。だいたい、電話するなら、自分の携帯を使います」

今時、公衆電話を使うのは相当な変わり者か、何らかの事情がある者だけだ。博美はそのどちらでもないだろう。

会議室を出て、出口に向かった。振り向くと、薄暗い照明の下で博美が頭を深く下げていた。

12

こちらが高村部長の現況報告書です、と桑山が会議室のテーブルに二枚の紙を載せた。

「年に一度、提出が義務付けられています。もう一枚は就職活動時に本人が書いた履歴書です。十八年前のもので、捜すのに苦労しましたよ」

午後三時過ぎ、志郎は片山興産総務部に着いた。桑山と会議室に入ったが、お茶は出なかった。歓迎されているわけではないようだ。

「何を調べていらっしゃるんですか？」桑山がテーブルの上で両手の指を何度も曲げては伸ば

した。「熱心なのはわかりますが、高村は自殺したわけですから、後はわたくしどもに任せていただければ――」

平成十五年、東悠大学を卒業見込と記載があります、と志郎は書類を指さした。

「二十二歳ということは、現役で入学し、留年もしていなかったんでしょうか？」

そうだと思います、と桑山が答えた。

「東悠大を卒業したのは、本人からも聞いてます。ですが、浪人とか留年とか、そこまでは覚えてませんよ」

「この履歴書には、高校や中学の出身校について記載がありません。どういうことでしょう？」

昔とは違いますよ、と桑山が苦笑した。

「警察は詳しく書かなきゃならんのでしょうけど、企業は違います。コンプライアンスの問題があって、出身とか学歴を細かく聞くのはタブーなんです。いろいろ難しいんですよ……橋口さんは同僚の方がどこの中学出身とか、そんなことが気になりますか？　いちいち聞いたりします？」

「警察官が身元を厳重《げんじゅう》に確認されるのは、やむを得ないと言いますか……」

「あなたご自身は？　同じ部署の方の出身地とか、中学校の名前をご存じですか？」

志郎としても、首を振るしかなかった。刑事課で一番親しい南部が横浜生まれで、修日《しゅうにち》大を卒業したのは知っている。だが高校や中学、子供の頃の話は詳しく知らなかった。

志郎も自分の出身地については、大体のことしか話したことがない。藤元係長、刑事課の他の同僚も似たようなものだ。何か理由がない限り、その辺りに触れないのが常識になっている。

「会社の人間関係なんて、そんなものですよ。よほど親しければ別でしょうけど、なかなかそこまでは話さないんじゃないですか？」

「本籍が熊本になっていますが、それについて高村さんは話していませんでしたか？」

「どうですかね……いや、熊本出身だというのは聞いた事がありますよ。彼は見るからに九州男児という風貌《ふうぼう》をしてましたからね。そうだろうなと笑った記憶も……ですが、深い話をした覚えはありません」

「あなたが聞いていないのはわかります。部署が違いますからね。ですが、営業部の同僚や部下の方なら、知っているのでは？　話を聞くことはできますか？」

「今日は営業の連中が全員出払っていましてね」桑山が薄くなった額を押さえた。「大きな現場が二件重なっておりまして……」

「前もそうでしたね。今日もですか？」

民間会社に社員を遊ばせておく余裕はありませんよ、と桑山が皮肉めいた言い方をした。

「営業マンが社内で油を売っているようじゃ、仕事になりません。公務員とは違うんです」

「では、親しかった方を教えていただけますか？」

もう一度真田《さなだ》社長とお話しいただけますか、と桑山が立ち上がった。

営業部フロアに向かったが、桑山の言葉通り、そこには誰もいなかった。奥の社長室をノックすると、どうぞという声が聞こえた。

「ああ、刑事さん……橋口さんでしたね」

どうぞお座りください、と笑みを浮かべた真田が来客用のソファを指した。

「桑山部長、君もこちらへ……先ほど、彼から報告がありました。高村くんの件を調べている
そうですね？　彼の経歴を知りたいとか」
高村部長の履歴に曖昧な点があります、と志郎は言った。
「確認を上から指示されまして……」
「不明な点がひとつでもあると気持ち悪いですからね」真田が首をゆっくり振った。「です
が、私も高村くんの履歴を詳しく聞いたことはないんですよ」
「そうなんですか？」
提出された履歴書以上のことは聞いていないという意味です、と真田がうなずいた。
「思想信条、政治的なスタンス、宗教とか、そういう話はできません。昭和の頃とは違いま
す。どこかで線を引かざるを得ません」
「部下でも、プライベートなことは聞けないと？」
「例えばですが、彼が結婚していない理由を突っ込んで聞くわけにはいきません。どうして
だ、と軽い気持ちで聞いても、それがパワハラだと言う者もいます。今はどこの会社も似たよ
うなものでしょう。トラブルになりかねませんからね。仲が悪いとか、そういう意味じゃあり
ませんよ。昔とは違うってことです」
「飲み歩いて終電がなくなったら、お互いの家に泊まり合うようなことは……」
今の若い連中が一番嫌うのはそれです、と桑山が笑った。
「電車がなくなるから帰ります、と彼らははっきり言いますよ。その方がお互い楽ですしね。
あなたはどうです？」
そうかもしれません、と志郎は言った。年齢が同じで、親しい南部の家に泊まったことは何

度かあるが、他の同僚の家には行ったことさえない。

藤元の娘の話はしょっちゅう聞かされていたが、実際に会ったことはなかった。志郎だけではなく、他の者も同じはずだ。

「社内の人間関係は把握《はあく》していますが」高村くんのプライベートな交友関係はまったく知りません、と真田が肩をすくめた。「しかし、そういうものじゃありませんか？　高校時代の友人を、働いている職場の同僚に紹介しますか？　ないとは言いませんが、レアケースでしょう」

認めるしかなかった。出席した同僚の結婚式で、昔の友人を紹介してもらったことはあるが、連絡を取り合うわけではない。

休日に友人と飲んでいて偶然同僚などと出くわせば、もちろん紹介するだろうが、それだけのことだ。

個人的な人間関係を会社に持ち込む者が少なくなっている。あるとしても仕事絡みだ。親友だからという理由で、友人を会社に連れてくることはできない。そういう時代になっていた。

「ではもうひとつ、高村さんは品川に住んでいましたよね？」志郎は紀子が口にしていた疑問をぶつけてみた。「こちらの本社までは遠いと思うんですが、不便だったのでは？」

話してなかったのかと視線を向けた真田に、説明したつもりだったんですが、と桑山が口を開いた。

「弊社の最大手のクライアント、寺門《てらかど》建設さんの本社が京急の平和島《へいわじま》にありまして、うちとしても手厚くフォローしなければならない相手です。高村部長は週に二、三回は通っていました。直行直帰も珍しくなかったので、品川にも部屋を借りていたんです」

「あの部屋に住んでいたわけではない？」

「毎日ではありません」

「では自宅はどちらに？　お住まいは――」

ここですよ、と真田が窓の外を指した。

「寮があるんです。社員の多くはそこに住んでいます。仕事には便利なんですが、通勤のアクセスが悪いという欠点があるので、土地は余ってますし、それなら寮を作ればいいと思いましてね。家賃が安いので、なかなか出て行く者がいないのが悩みの種なんですが」

もっと早く話しておいていただきたかったですね、と志郎は眉間《みけん》に皺《しわ》を寄せた。

「私物もあるんですね？　調べないわけには……」

申し訳ありません、と桑山が頭を下げた。

「こちらも動転していたもので、その辺りのことまで気が回らなかったと言いますか……それに、高村部長は月の三分の二ほど品川で暮らしていましたし、住民票もあちらに移していました。実質的にはあそこに住んでいたと言っても、間違いじゃないんですよ」

一応調べることになると思いますと言った志郎に、もちろんですと桑山がうなずいた。

「ただ、今日でなくてもよろしいですよね？　こちらも忙しくて、立ち会える者がいないんですよ」

なるべく早く連絡します、と桑山が何度も頭を下げた。志郎も謹慎中だから、今すぐというわけにもいかない。

手配しますとうなずいた真田が、他に何かありますかと腰を浮かせた。

「今から銀行と打ち合わせなんですよ。融資《ゆうし》交渉で、タフな話になるでしょう。その準備があるので、この辺でよろしいですか？」

質問したいことはまだあったが、急ぎではない。また伺いますと言って、志郎は席を立った。お送りしましょう、と真田が並びかけた。

敷地が広いですね、と階段の窓から志郎は外を指さした。

「山を丸ごと購入されたんですよね？　あの建物は社員寮だったのか……何だろうと思っていました」

社員の半分以上を住まわせております、と桑山が答えた。

「最初はもう少し小さかったんですが、増改築を繰り返しているうちに今の形になりました。団地一棟ぐらいはあるでしょうか」

「奥にあるのは……あれも寮ですか？」

少し離れたところに建てられている大きな建物に目をやった。外観は粗末《そまつ》な造りで、倉庫に近い感じがした。

予算の問題もあって、最低限のことしかできなくて、と真田が階段を降りた。

「仮設の寮です。来春までには建て直すつもりなんですが」

表に出ると、通用門から入ってきた数台の大型トラックとすれ違った。敷地の奥に広大な駐車スペースがあり、そこへ向かっている。

来た時は気づかなかったが、二十台ほどが停まっていた。すべてカバーが掛けられている。

「ここに本社を置くことにしたのは、土地の有効利用が可能だからです」

トラックを眺めていた志郎に真田が声をかけた。

「うちの会社のメリットとして、本社にすべての資材や車両を置けるということがあります。

いざ工事が始まるという時には、ここからすべてをスタートできるわけです。便利ですし、スピード重視はどこの業界も同じでしょう」

資材置き場まであるんですよね、と志郎は辺りを見回した。

「どこです？　鉄骨とかコンクリートですか？」

「山の裏手になります。東京とは思えないほど格安で購入できましたよ」

「メリットはわかりますが、この辺だと買い物が難しいんじゃありませんか？　社員の食事はどうしてるんです？」

その辺は適当に、と小さく笑った真田が建物の中へ戻っていった。社長はやり手でしてと言った桑山に、わかりますよ、と志郎はうなずいた。

「警察にもああいう方が欲しいぐらいです……では、失礼します」

振り向くと、ポケットから携帯電話を取り出した桑山が話しながら頭を下げた。

「すいません、ひとつ忘れていました」志郎は大声で呼びかけた。「ぼくの妹……橋口紀子刑事が先週の金曜、こちらにお邪魔していませんでしたか？」

いえ、と手を振った桑山が背を向けた。間違いありませんか、ともう一度聞いたが、答えはなかった。

もういいでしょう、という声が聞こえたような気がして、志郎は苦笑いを浮かべた。

13

片山興産の前でタクシーを呼んだ。村の税務署へ行ってくださいと頼むと、うなずいた運転手がアクセルを踏んだ。

思いつきだったが、村にとって片山興産の存在は大きいはずだ。

この村に本社を置く企業は少ないだろう。六百人規模の会社は一社だけかもしれない。税務署員に詳しい事情を聞くつもりだった。

二十分ほど走ると、五時前に姫原村《ひめはらむら》税務署に着いた。窓口に座っていた中年の男に名刺を渡し、品川桜署の橋口巡査ですと名乗ると、ご苦労様ですと立ち上がった。

片山興産のことなんですが、と前置き抜きで志郎は本題に入った。

「そこの社員が自殺したため、事情を調べています。詳しい方はいらっしゃいますか？」

うちの人間なら誰でも知ってますよ、と男が笑った。

「本社を置いてますからね。この村で百人以上の社員がいる会社は数社だけです。私でもわかると思いますよ」

「この村に登記しているんですね？」

「そうです」

直接の担当ではないと言うが、片山興産について詳しいようだ。過去に何か問題はなかったかと聞くと、まったくと男が首を振った。

「税務関係に不備はありません。あれば、すぐにわかります」

「そうですか」

「法人税もきちんと納めてます。この二年ほどは、なかなか大変なようですがね。業績が良くないんでしょう。売上が落ちているのは確かです」

「売上が落ちている？」

館山《たてやま》さん、と男が奥に向かって声をかけた。

「こちら、警察の方。片山興産の件で聞きたいことがあるんだって」

「どうしたの」同年配の男が近づいてきた。「何？　トラブル？」

そうではありません、と志郎は言った。

「その会社の社員が自殺したんですが、事件に巻き込まれた可能性があって、詳しいことを調べています」

彼が担当ですから、と最初の男が退いた。入れ替わりに前に出た男が、館山ですと名乗った。

「片山興産の業績が落ちていると伺いましたが、事実ですか？」

「それはちょっと……いくら警察でも、お答えできませんよ」

館山が首を振った。何を聞いても、曖昧に言葉を濁《にご》すだけだ。売上の話だけで構いませんと言うと、まあそうです、と館山が渋々認めた。

「五年前と比べるとかなり……不景気ですからね。ですが、納税はきちんとしています。設備投資に熱心で、本社の裏にある山を買い取って更地《さらち》にしたり、その他もろもろです。会社には行かれましたか？」

「はい」

「いい会社ですよ。何か問題でも？」

口調が刺々《とげとげ》しかった。余計なお節介は止めてくれと言わんばかりだ。

「社員数六百人と聞いています。経営状態はどうなんでしょう？」

「そこは警察の管轄じゃないでしょう。お答えできませんよ」

社員が自殺してるんです、と志郎は身を乗り出した。

「ほとんどの社員が敷地内の寮に住んでいるそうですが、ブラック企業という噂は聞いていませんか？」

去年、労働基準監督署の調査がありました、と館山が答えた。

「そんな訴えはなかったですよ。会社の規模に比して、社員の給与が低いように思いますが、そこは我々が関知することじゃありません。もういいですか？」

それだけ言って、館山が自分の席に戻った。それ以上どうすることもできず、志郎は税務署を後にした。

14

品川に戻ると、午後七時半になっていた。姫原村は遠すぎる、と京浜急行の改札へ向かいながらつぶやいた。

高村はどのぐらいの割合で姫原村の本社に顔を出していたのか。肉体的な負担は大きかっただろう。

タイミングよく、三崎口《みさきぐち》行きの電車がホームに停まっていた。乗り込むと、すぐにドアが閉まり、そのまま走りだした。

七つ目の平和島駅で降り、電車の中で調べていた道順で歩くと、二分ほどで寺門建設本社という巨大な看板のかかっているビルの前に出た。

寺門建設は東証一部上場の建設会社だ。門間《もんま》組、大和《やまと》工務店と並ぶ、いわゆる中堅ゼネコンの代表的な会社だという知識は志郎にもあった。

　ビルに入ると、冷房が怖いぐらいに利いていた。会社を訪問するには遅い時間だが、やむを得ない。

　警備室にいた中年の男に声をかけ、片山興産の担当者をお願いしますと名刺を差し出した。うなずいた中年男が何度か内線をかけ、すぐ参りますと言った。

　広いウェイティングスペースの隅にあるソファに座って待っていると、太ったワイシャツ姿の男が汗を拭いながら近づいてきた。五十歳ぐらいだろう。

「営業の鈴川《すずかわ》と申します」渡された名刺に、課長という肩書があった。「警察の方ということですが……」

　志郎も名刺を出した。品川桜署ですか、とつぶやいた鈴川が、とりあえず、こちらへどうぞと一階の奥にあった小部屋に入った。

　バイヤーが使う部屋なんです、と鈴川が微笑《びしょう》を浮かべた。

「それで、何があったんです？」

「片山興産と取引があると伺っています。ちょっと事情があって、調べているんですが……」

「姫原村の片山興産のことですか？　まあ……お付き合いはあります」鈴川が曖昧に言葉を濁した。「わたしが担当しています。でもそんなに深い関係じゃありませんよ」

「どういう会社なんです？」

　鈴川が尻ポケットから扇子を抜いて顔を扇ぎ始めた。

「あそこはもともと北島建設って土建屋だったんです。うちとは、その頃からの付き合いだと聞いています。昭和三十年代には、間違いなく取り引きしてましたね。わたしの先輩が担当だったんで、よく話を聞かされたもんです」

「ずいぶん古いですね」

高度成長時代の御伽噺《おとぎばなし》ですよ、と鈴川が片目をつぶった。

「古い連中は今でもその時代のことを懐かしがります……ええと、六年前に社長が代わって、その時に私が担当になったんです。新オーナーが前社長以下役員を総取っ替えしたと聞きました。どうしてそうなったかっていうと……要するに前の社長がコレもんだったんですよ」

鈴川が右の人差し指で頰に線を引いた。しかし、と志郎は首を傾げた。

「いきなり役員を解任するというのは、ずいぶん乱暴な話ですね」

カタギの会社じゃないですからね、と鈴川が声を潜《ひそ》めた。

「多少の無茶なら通ったんじゃないですか？」

「なぜ、そんなことを？」

「わかりませんよ、あの連中のやることは……大きな声じゃ言えませんが、昭和五十年代までこの業界はそんなのばっかりだったんです。今は違いますよ。暴対法だって企業コンプライアンスだってある。でも、昔はねえ……」

話の続きを促した志郎に、北島建設は西多摩《にしたま》に昔からあった北島組が母体なんです、と鈴川が言った。

「それなりに勢力があったと聞いています。関西のでかい組の傘下《さんか》に入って、八王子とか立川《たちかわ》とか、そっちの方まで縄張りを広げたんですが、その中のひとつが後の北島建設です。法律的には北島組と無関係なんですが、実態はね……平成に入った頃には、うちの社もかなり引いてましたよ。危ないから近づくなってことです。そうは言ってもつきあいってものがありますし、当時うちが八王子の再開発計画に参加していたんで、すっぱり手を切るってわけにもいかなくて……ほどほどにつきあっていたってことでしょうか」

「なるほど。それで？」

「再開発計画がいち段落した頃、先方が旧北島組の連中を辞めさせたんです。株をすべて買ったのは私も聞きました。つもりとしては、もう反社の会社じゃないですよってことだったんでしょうけど、こっちはそれまでの繋がりやしがらみがなくなったんで、上の判断で無理にお付き合いしなくてもいいんじゃないかってことに……その後は形だけの付き合いになりました」

「株を買ったのは個人ですか、それとも会社ですか？」

「ニワタコーポレーションって会社です。また暴力団関係だとまずいんで、調べた記憶があります。三多摩《さんたま》の金融関係の会社だったか……いや、パチンコ屋だったかな？　でも、その辺は考えなくてもよかったんです」

「なぜです？」

「片山興産になってから、熱心に営業してくるようなことがなくなって、それならそれでいいかと……」

「営業してこなくなった？」

ゴリ押しとか、仕事を取るために裏で動いたりとか、そういうことはなくなりましたね、と鈴川がうなずいた。

「以前から継続していた仕事とか、フォローの必要がある案件もありますから、それはお願いしてましたし、当然ですけど先方も受けました。だけど、この三年ぐらいは新規の仕事をやってませんね」

「片山興産の高村営業部長がこちらの担当だと聞いてるんですが」

高村さん、と鈴川が太い指を鳴らした。

「そうです、彼がうちの担当です。この二、三年は、月に一、二度ぐらい顔を出してました。真面目な方で、我々も――」

「待ってください。月に一、二度？」

「そんなもんだと思いますよ。営業というより、仕事の発注のためです。資材や車両の手配を頼まれて、私が間に入ったり……そう言えば、他の建設会社を紹介して欲しいと言われたこともありました。転職でも考えていたんですかね？」

「下請けから元請けへ仕事の発注をする……そんなことがあるんですか？」

「建築の材料とか機材とかの手配ですね。片山興産は設備投資に熱心で、資金も潤沢《じゅんたく》でした。二年ほど前から、十トントラックやトレーラーの注文が増えて、二十台……いや、三十台以上売ったかな。正直、儲《もう》けさせてもらいました」

「北島建設の頃から、トラックは保有していたはずですよね？　それに加えて三十台というのは、多くありませんか？」

「片山興産の規模から言うと、確かに多いでしょうね。でも、噂じゃ他所《よそ》とも取引をしてたらしいですよ。ずいぶん攻めるなと思いましたけど、高村さんに聞いたら、社長の方針で業務を拡大していると言ってました。いつまでも子会社孫会社じゃ、限界がありますからね。他にもいろいろ手配を頼まれましたよ」

「どんな物です？」

建設用の重機とか、と鈴川が手帳の頁をめくった。

「クレーンとか、そういう大型車両です。特殊トラックと呼ばれる車種も五台売ってますね。そこまでの必要はないでしょ、と言ったこともあります。ユンボやブルドーザーならともかく、ピックアップクレーンとかドラグショベルなんかは、普通の業者だと使いませんからね。でも、こっちも商売ですから、欲しいと言われれば売りますよ。経営方針なら、口を出すわけにもいきませんし」

「そういう特殊車両は高額なはずですが、資金はどこから出ていたんでしょう。潤沢にあったとおっしゃっていましたが、自前で用意したんですか？」

「ニワタコーポレーションですよ。思い出しましたけど、あそこはパチンコのチェーン店、金融業、手広くやってました。三多摩でアミューズメント関係の会社を別に作ったり……でも、無理があったんでしょう。ずいぶん前に経営破綻《はたん》しています。となると、やっぱり銀行から資金を調達してたのかな？」

「親会社が倒産するような会社と取引して、大丈夫なんですか？」

「うちも取引先の財務調査はやるんですけど」片山興産は北島建設が社名変更した会社なんで、と鈴村が曖昧に笑った。「あんまり突っ込めないんです。昔からの付き合いもありますしね。支払いはきちんとしてましたから、問題はなかったですよ」

「大手ゼネコンの系列に入ったとか、そういうことではないんですか？」

「どうなんでしょうね。大手と呼ばれるゼネコンは、片手ぐらいしかないんですよ。片山興産がどこかの系列に入ったという話は聞いてません。どこかの下請けではあったはずなんですが……」

一時間ほど鈴川の話を聞いて、寺門建設を出た。志郎の胸に、うっすらと疑惑の影が浮かんでいた。

15

泉岳寺《せんがくじ》の自宅に戻ったのは、夜九時過ぎだった。コンビニで買った弁当をレンジで温めながら、警視庁に勤務していた時、親しかった鴨川《かもがわ》という警部補の番号をスマホで捜した。

一年前に定年で退職していたが、たまに連絡を取り合い、飲みに行く仲だ。遠慮《えんりょ》なく画面をタッチした。

どうした、と鴨川の張りのある声がスピーカーから流れ出した。

「聞いたぞ。今時被疑者を殴って謹慎になる奴はそういない。立派なもんだ」

「からかわないでください……馬鹿なことをしました」

鴨川の早耳は昔から有名だった。退職してからも、噂話の収集に余念がないようだ。それだけのコネがあるのは、志郎も知っていた。

「妹さんのことだが……大変だったな」鴨川の声が低くなった。「事故っていうのは辛いな……葬式はどうするんだ?」

「署の総務が手配してくれてます。まだ遺体が病院なんで、戻ってくれば葬式ってことになるんでしょう」

「そうか……それで、何かあったのか?」

「鴨さん、西多摩にあった北島組のことは知ってますか? もう解散しているようなんですが」

「ずいぶん懐かしい名前だな」煙草を吸っているのか、鴨川が深く息を吐いた。「おれの若い頃は、ずいぶん暴れ回っていたがね。古い組だよ。戦前からあったんじゃないか？　もとはテキヤだったはずだ」

後ろでレンジが鳴ったが、詳しく教えてくださいと志郎は言った。

「広域指定暴力団砥川《とがわ》組の傘下に入ったのは、昭和四十年だったと思う」四代目砥川弦蔵《げんぞう》から盃《さかずき》をもらったんだ、と鴨川が淀《よど》みなく話し始めた。「砥川組は関西の組織だから、東京に取っ掛かりが欲しい時期でな。テキヤ、愚連隊《ぐれんたい》、博徒《ばくと》、そういった連中と手を結んで、勢力拡大に努めた。北島組もそのひとつだ。砥川組は敵対する組織とは徹底的に抗争するが、一度関係を結べばそれなりに扱う。北島組も砥川組がバックについたことで勢力を大きく広げた。一時は西多摩全体を牛耳っていたぐらいだ。八王子から立川ぐらいまでかな」

「その辺りが縄張りだった？　かなり広いですね」

頭の中にある東京の地図を広げた。三多摩地区でそれだけの勢力があったとすれば、組としては大きいと考えていい。

「八王子に本家を構えていてな。由緒正しいテキヤ組織だよ。組員も数百人ほどいたはずだ。なかなかの勢いだったよ」

鴨川の声にため息が混じったが、昔を懐かしんでいるようだった。

「何をシノギにしていたんですか？」

「おれが知ってる頃は、もう株式会社になってたな。二代目が頭の切れる男で、その辺は早かったんだ。三多摩の飲食店におしぼりや花を納入したり、他の暴力団から護《まも》るという名目でみかじめ料を取ったり、古い手も使ってたよ。暴対法なんかなかった頃の話だ」

「他には？」

「手配師や金融、建設、土木、そんなとこじゃなかったか？　昔気質《かたぎ》なところがあって、悪いヤクザじゃなかった。三多摩だし、無茶をしなくてもよかったってこともあるんだろう」

「解散したのは、暴対法の関係ですか？」

「結局はそうだが、時代の流れにうまく乗れなかったんだよ。二代目が死んで抑えが利かなくなり、幹部が独立して、クスリとか売春とか、非合法なシノギに手を出してたが、三代目はそういう連中をまとめきれなかった。組員が少なくなって、暴対法制定前から、実質的には暴力団と言えなくなっていたんだ」

「北島建設という会社を経営していたはずなんですが」

「そうかもしれない。組織として弱体化した後も、何だかんだ三、四社はやってたはずだ。昔も今も、暴力団は土建業と相性がいいからな」

「いつ組を解散したんですか？」

「十年は経っていないんじゃないか？　時代についていけなくなったヤクザはみじめだよ……最後に建設会社を売ったと聞いた覚えがある。それが北島建設かもしれん」

「そうだと思います」

「ずいぶん古い名前が出てきて、べらべら喋っちまったが、あそこがどうしたっていうんだ？もうとっくに終わってる組だし、残っていた連中も引退したはずだ」

「ちょっと引っ掛かることがあって……」

深くは聞かんが、と鴨川が小さく咳をした。

「何かあれば言ってくれ。橋口、お前のことは知ってる。たまにわけのわからんことをするのもな……。何でも一人でやろうとするな。わかったか？」

何もしませんよ、と志郎は笑った。

「謹慎中なんです。おとなしくしてますよ……ところで、解散した時の組長について、知ってることはありませんか？」

「調べればわかるかもしれんが……引退したのは確かだ。銀座の近くにマンションを買ったとか、そんな噂を聞いたことがある」

「名前は？」

「覚えてない。どうする？　調べてみるか？」

お願いしますと言って、電話を切った。弁当をレンジから取り出したが、すっかり冷えていた。

16

翌日朝九時、志郎は泉岳寺駅から都営浅草線に乗り、東銀座駅で降りた。昨晩遅く、鴨川から連絡があったので、住所はわかっていた。

築地《つきじ》方面へ向かって一キロほど歩くと、西築地二丁目の外れにスカイスクレイパーという五階建てのマンションがあった。

築年数は三十年以上だろう。古びた造りで、オートロックもなく、管理人もいなかった。

四階まで上がり、部屋のインターフォンを押すと、誰だ、というややかすれた声が返ってきた。

「北島忠二《ただじ》さんのお宅ですね？」

「そうだよ」

「警視庁の鴨川元警部補の紹介で来ました。品川桜署の橋口といいます」

「鴨川って、カモのことか？」低い笑い声がした。「そりゃずいぶん……あいつはまだ生きてんのか？」

「元気でやってますよ。本庁にいた頃、鴨川さんの下で働いていました」

「そうか……カモの紹介じゃ仕方ねえな。入んな。鍵は開いてる」

ドアを開けると、玄関に数足の靴があった。廊下の向こうから、ワイシャツとスラックス姿の小柄な老人が顔を覗かせている。悪戯《いたずら》好きな鼠《ねずみ》のような目だった。

「こっちだ。来いよ」

リビングに入ると、テレビがつけっ放しになっていた。クイズ番組のようだ。

ボリュームがやや大きい。耳が遠くなっているのかもしれない。

七十歳ぐらいだと鴨川から聞いていたが、もう少し老《ふ》けている感じがした。座れよ、と北島が椅子を指さした。

「一人暮らしだ。遠慮はいらねえ」

女房《にょうぼう》が死んじまったからさ、と北島がテーブルの向かい側に腰を下ろした。

「五年前だ。あれ以来、お茶っ葉を買わなくなった。何も出せなくて悪いな」

「お構いなく。息子さんがいると聞きましたが」

「ヤクザの息子なんて知られたら、会社をクビになるってよ。十年前に縁を切られた」

「息子さんは、自衛隊員だったんですよね？」

「すぐ辞めちまったよ。居辛かったんだろう。おれの稼業を上官が知ったのかもしれねえな。ヤクザになんかなるもんじゃねえ。つまらんよ」

北島が煙草をくわえた。両切りのピースだ。

「刑事なんだな？　何て言ったっけ？」

「橋口です」

「橋口刑事殿か……おれはさ、おまわりが嫌いでね。今じゃカタギなんだ。ほじくられるようなことは何もしてねえ。用件を話したら、さっさと帰ってくれ」

「北島建設について、聞かせてください」

唇を歪《ゆが》めた北島がピースの茶色い葉を吐き出した。

「馬鹿野郎が……北島建設？　おれの会社じゃねえか」

「あなたが経営から手を引いたのは知っています。今は片山興産に社名を変更してますね？」

「手を引いた？　冗談じゃねえ、騙《だま》し取られたんだ」

「事情を話してもらえますか？」

「いいだろう。コーヒーでも飲むか？　おまわりは嫌いだが、今からでも何とかしてくれるなら、ブルマンでも何でも飲ませてやる」

キッチンに入った北島がケトルに水を入れた。慎重な手つきでインスタントコーヒーの瓶《びん》とカップを戸棚から取り出し、シンクに置いた。

「うちの組のことはカモから聞いてるんだろう？　古いヤクザだよ。おれの親父は二代目でさ、ジイさんが戦争前だか後だかに作ったんだ」

「それは聞いてます」

親父の頃は羽振りがよかった、と北島がケトルをガス台にかけた。

「砥川組と手を結んで、他の組織を潰《つぶ》していってな。おれはガキだったからよくわからんが、やりたい放題だったんじゃねえのか？　昔の三多摩には、利権がいくらでも転がってただろうしな」

「でしょうね」

「高度成長期だ。あの辺はどんどん開発されていった。土建業は組が始まった時からメインの事業で、どんだけ儲かったんだか」

北島がケトルに目をやり、さっさと沸《わ》けよ、この野郎とつぶやいた。気が短いようだ。

ケトルが鳴り、ガスを止めた北島が薬剤を量る科学者のようにインスタントコーヒーの粉をスプーンでカップに入れた。湯を注ぐと、コーヒーの香りが漂った。

親父はいいヤクザだった、と北島が口を開いた。

「頭が切れて、人望もあった。斬《き》った張ったの話はあまり聞いたことがないが、いいヤクザにそんなものはいらねえよ。古いタイプだったかもしれんが、義理人情に篤《あつ》くて組員にも慕《した》われてた」

飲みな、とカップをテーブルに置いた北島が椅子に腰を下ろした。

「だが、父親としては最悪でよ。昔の人間だからすぐ手が出るんだ。こっちも反抗して、商業高校を卒業するとすぐ家を出た。サラ金会社に勤めていたが、三十五の時に戻ってこいと連絡があった。親父は癌《がん》で、治る見込みはなかった。そんなこんなで家に帰り、そのまま組に入った」

「ずいぶん遠回りしましたね」

そうだな、と北島が顔を皺だらけにして笑った。

「その頃になると、組もうまくいかなくなってた。倍々ゲームで儲かってた時代が終わり、社会の目って奴が厳しくなった。親父は古い男だから、うまく切り替えられなかったんだ。おれを組に入れたのは、サラ金の社員が長かったからでさ、そっち方面の知識はあったんだよ」

「それで？」

「いろいろ知恵を絞《しぼ》ったが、難しかったな。砥川組の代紋《だいもん》を見せりゃ、一発で事が決まるなんてこともなくなってたし、下手すりゃ逮捕されちまう。それじゃどうにもならねえ」

北島が独特の枯《か》れた声で言った。鳥のような声だ、と志郎は思った。

「親父が死んだのは、その三年ぐらい後だ。あの頃、ヤクザは世襲《せしゅう》が筋だったから、おれが三代目ってことになった。誰も頼んでねえよ、そんなこと。器量がねえのはわかってた」

しかも経歴が悪い、と北島が右の頬だけを引きつらせて笑った。

「横入りでいきなり親分なんて、力のある奴は納得しねえよ。幹部連中がごっそり抜けて、別に組を構えたり、引退した奴もいた。それからはずっと小銭稼ぎさ。ヤクザ映画でもそうだろ？　新興《しんこう》の組が暴力や汚いシノギで元いた組を潰しにかかるんだ」

ヤクザ映画を観たことがなくて、と志郎は頭を掻いた。若いから仕方ねえ、と北島がくわえ煙草で右膝を抱えた。

「平成に入った頃には、組員も縄張りも半分以下になってた。市議と組んで乗り切ろうと思ったんだが、十年ほど前にどうにもならなくなった。毎晩、金の計算だ。首でも括《くく》ろうかって、何度思ったかわからねえよ」

志郎はコーヒーをひと口飲んだ。テレビから司会者が出題する声が流れている。

ＣＳのクイズチャンネルだ、と北島が言った。

「他に楽しみがねえ。歳を取るってのは、哀しいもんだよ」

「同情してほしいのか？」意図的に志郎は口調を乱暴にした。「それからどうなった？」

「言葉遣いが変わりやがったな。だからおまわりってのは……どうしようもねえから、持ってた会社を切り売りすることにした。最後の砦《とりで》が北島建設だよ。あそこは経営もそこそこうまくいってた。おれだって丸っきりのボンクラってわけじゃない。北島建設だけに絞れば、どうにかやっていけるはずだった」

悔しそうに唇を歪めた北島に、株を買い占められたと聞いた、と志郎は言った。株式から土地や社屋まで丸ごと売れって、訳のわからねえ連中が来た、と北島が鼻毛を抜いた。

「七年、いや八年前かな……間に入ったのは、若頭の門脇《かどわき》だった。無理しなけりゃ何とかなるから、俺は断った。だが、最初から門脇は連中と組んで、北島建設を乗っ取る気だったんだ。親父が生きてた頃から組の金をつまむような、ひでえ野郎でな。要するにお家乗っ取りだ」

「門脇と買収《ばいしゅう》を申し入れてきた連中が組んで、あんたを潰したのか？」

門脇はおれのハンコを勝手に売買契約書に押しやがった、と北島が吐き捨てた。

「会社名義で銀座の高級マンションを買ったから、そこで暮らしてください、こんないい話はないですよって、門脇の野郎が俺を追っ払った。江戸時代じゃねえんだぞ？　所払いか？　馬鹿にしやがって……訴訟《そしょう》沙汰《ざた》になると面倒だから、おれを隠居《いんきょ》させたんだ」

門脇と組んでたのは誰なんだと尋ねた志郎に、よくわからんと北島が首を捻《ひね》った。

「気がついたら、株も全部奴らの物になってたんだ。不思議なもんで、急に何もかも面倒臭くなってな。調べる気も起きなかったよ。後で闇金業者だと聞いたが、本当かどうかは知らねえ。ただ、金融のプロが係わっていたのは間違いねえ」

「なぜわかる？」

株式買い取りの処理が完璧だった、と北島がうなずいた。

「よほど切れる奴がいたんだろう。登記から何から、きれいに書き換えられていた。門脇が協力したのは確かだし、ハンコだって何だって持ってたから、できない話じゃねえが、あそこまで手抜かりなくやるのはプロの仕事だよ。おれはずっとサラ金会社にいたから、その辺は詳しいんだ。正直、なかなかやるじゃねえかって思ったよ」

「そんなにうまくやられたのか？」

「見事だったね。弁護士に確認させたが、法律上の手続きは完璧でどうにもならんとさ。実を言やあ、おれも似たようなことをしてた時期があった。慣れていても、どっかに漏れがあるもんだ。一流の仕事師がいたんだろう」

「その後は？」

「知らねえよ。もう、昔の付き合いはほとんどなくなった。ここで暮らして一年ぐらい経った頃、片山興産に社名を変えたと聞いたが、そんなことはどうでもいい話さ」

「どうしてその連中はあんたの会社に目をつけた？　おかしいと思わなかったか？」

おかしなことだらけだよ、と北島が新しい煙草をくわえた。

「最初から妙だった。門脇が連れてきたのは若い男で、社長だって紹介された。話の流れで歳を聞いたら、四十とか言ってたが、そんなわけねえだろうって。どう見たって三十ちょぼちょぼだよ」

「社長にしては若いな」

名刺には何とかコーポレーション社長とあった、と北島が首を左右に曲げた。

「周りに何人か社員がいたが、そいつらも同じぐらいの歳でさ。一人だけ中年野郎がいたが、他はみんな若かったよ。最初のうちは真っ当な形で会社を買い上げようとしていた。具体的には十億円とか、金額も提示していた。三多摩の土建屋だって、土地建物まで全部となりゃあ、それぐらいにはなるさ。だが、あの若造は十万円の取り引きみたいな面《つら》で話してた」

「ずいぶん慣れてるな」

「おれがヤクザなのもわかってたはずだが、びびったりもしていなかった。目付きが鋭くて、どこかの組員じゃねえかと思ったぐらいだ。迫力のある男だったよ」

「名前は？」

「何だったかなあ」この辺まで出てるんだが、と北島が喉元《のどもと》に手を当てた。「本当は売っても良かったんだ。十億円は妥当な額だからな。だが、北島建設で働いていた社員は要するに組員で、あの若造が社長になったら全員クビにするのがわかったから、断ったんだ。あっさり引き下がったが、そんなのは見せかけでな。門脇や古参の幹部に金を渡して、味方につけた。そうやって会社を乗っ取り、結局は幹部連中も裏切って切り捨てた。血も涙もないやり口だよ。ひでえ話だろ？」

「同情するよ」

「自分で言うのも何だが、おれは民主主義の親分だったんだ。会社をやってたのも、若い連中を食わせていくためで――」

「門脇も捨てられたのか？」

「わかるわけねえだろ。立川でヤクザの看板を上げたのは聞いてる。あの頃、北島建設には百人ぐらい社員がいたが、十人ほどはそっちへ行ったらしい。馬鹿が、門脇のところへ行ったって、どうにもならねえよ」

「なぜだ？」

「平気で親を裏切る奴だぜ？　あんな男の下についたって、ろくなこたあねえよ」北島の声に泣きが混じった。「あいつは金のためなら、クスリだって売春だって何でもする。よその組ともしょっちゅう揉《も》めてる。昭和じゃねえんだぞ？」

しばらく愚痴《ぐち》が続いたが、それ以上詳しいことはわからなかった。また来る、と志郎は立ち上がった。

「何を調べてるんだ？」煙草をくゆらせながら北島が言った。「門脇もそうだが、片山興産に係わったってろくなことはねえぞ。年寄りの忠告は聞くもんだ。下手なことをすると……」

「そんなつもりはない」

じゃあな、と志郎は手を振った。玄関で靴を履いていると、思い出した、という声が聞こえた。

「何だって？」

名前だよ、と北島の声だけが聞こえた。

「おれの会社を乗っ取った野郎だ。真田とか言ったな」

助かるよとだけ言って、志郎は部屋を出た。真田、とつぶやきが漏れた。

17

そのまま東京駅まで歩き、中央線で立川へ向かった。一時間近くかかったが、改札を抜けた目の前の交番に入り、品川桜署の橋口だと名乗った。

「門脇組の事務所はどこにある?」

何かあったんですか、と若い警察官が身構えながら言った。よほど面倒な連中のようだ。教えられた駅前の大きな道路を北へ十分ほど歩いた。駅から離れると、昔風の飲食店が目についた。

住所を聞いていたので、スマホのナビに従い、いくつかの雑居ビルを見て回ると、一番奥にカドワキビルがあった。

一階のドアを押し開けて中に入ると、玄関脇に控えていた若い開襟《かいきん》シャツの男が立ち上がった。

警視庁の橋口だと名刺を渡し、門脇に話があると言うと、無言のまま奥へ入っていった。すぐに太った背広姿の男が出てきて、品川の刑事さんが何の用です、と低い声で尋ねた。年齢は志郎と同じぐらいで、それなりに貫禄のある男だ。

「殺人事件の捜査だ」協力すればすぐ帰る、と志郎は言った。「断れば面倒なことになるぞ。本庁の組対がお前らを潰しにかかる。損得がわかるなら、さっさと門脇に会わせろ」

「うちの組員が人を殺したってことですか?」

「そうじゃない。話を聞きたいだけだ。十分で帰るし、二度と来ない。お前、名前は?」

谷口《たにぐち》ですと名乗った男が値踏みするように志郎を睨《にら》み、正面にあったデスクの電話でしばらく話していたが、構わないと社長がおっしゃってます、と受話器を置いた。

「こちらへどうぞ」

谷口が玄関脇の階段に足をかけた。

「このビルは買ったのか？　新しいようだが、ずいぶん立派だな」

安かったんですよ、とドアをノックした谷口が笑った。入れ、という野太い声に、そのままドアを開けた。二階全体が部屋になっていて、かなり広い。

数人の男が手紙の宛名を書いていた。招待状でして、と谷口が唇だけで言った。

どうでもいいと首を振った志郎に、あちらですと谷口が奥を指さした。ソファセットに白いスーツ姿の五十代の男が座っていた。

唇の端に、刃物でつけられた傷がある。谷口が名刺を渡すと、品川桜署、と男が苦笑した。

「所轄《しょかつ》の刑事が立川くんだりまで、何をしに来たんだ？」

声に不快な粘《ねば》りがあった。砥川組の盃をもらったのか、と志郎は壁にかかっていた代紋を指さした。

「うまく話をつけたもんだ。砥川組は北島組を傘下に置いていたはずだが、筋違いでも通ったのか？」

詳しいな、と門脇が小鼻を掻いた。

「どこで聞いた？」

「北島本人だよ」

「オヤジは引退した。会ったのか？」まあいい、と門脇が向かいのソファに顎《あご》を向けた。「話があるなら、さっさと済ませてくれ。おまわりと話すのは苦手でね」

背後に目をやると、数人の男が睨みつけていた。わかりやすいヤクザだとつぶやいて、志郎はソファに腰を下ろした。

派手にやってるようだな、と志郎は辺りを見回した。

「何でシノいでる？」

さあね、と門脇が肩をすくめた。昔の時代劇俳優のように整った顔立ちをしている。

「いろいろだよ。多角経営の時代だ。何でもやるさ。そうじゃなきゃ、食っていけない」

「そのいろいろが聞きたい」

「刑事に話すことは何もない」

殺人事件の捜査をしている、と志郎は顔を前に出した。わかったよ、と門脇が諦めたように両手を開いた。

「品川で殺しがあったのか？　何で立川へ来た？」

「姫原村の片山興産の社員が死んだ。あの会社とお前の組の関係を話してくれ。長居したくないし、されたくもないだろう？　さっさと済ませよう」

「昔は付き合いがあった」
七、八年前だ、と門脇が手を上げた。若い男が部屋に備え付けの冷蔵庫からビールを出してグラスに注いだ。
「昔の仲間にニワタコーポレーションって会社の役員を紹介されて、債権の取り立てを手伝った。ニワタは知ってるだろ？　金融とパチンコでひと財産作った会社だ。今じゃ潰れちまったがね」

「それで？」

「北島建設を買収できないかって言ったのは、その役員だ。北島のオヤジに何を聞いたか知らんが、あの頃会社は相当ヤバかった。放っておいたら、二年と保《も》たなかっただろう。オヤジは人が良過ぎて、経営ができるタマじゃなかったんだ」

「続けろ」

「北島建設が潰れたら、組は終わりだ。どっちにしても先はない。だったら売った方がいい。そうだろ？　オヤジは俺を裏切り者扱いしてるようだが、そうじゃない。俺は組員のために泥を被ったんだよ」

「それで書類を書き換えたのか？　勝手に印鑑をついて、ニワタに株を売った？」

そんなことはしてねえ、とうんざりした顔で門脇が言った。

「調べりゃわかるが、あれは正当な商取引だった。北島建設は先代が作った株式会社で、株主はオヤジを含め幹部連中だった。俺がそいつらの株をまとめたり、オヤジの息子を説得して株式を売らせたりしたのは本当だが、騙したわけじゃない。経営権を握ったニワタがオヤジを追い出したが、それは俺と関係ない」

「資金はニワタが用意したのか？」

「そうだ。あの頃は景気がよかったからな」

「買収にいくら使った？」

「知らんが、数億円じゃないか？　建前は株式会社だから、辞めた社員には退職金も払った。奴らがまとまった金を手に入れたのは、俺のおかげだよ。オヤジに金を渡せなかったのは、会社に借金があったからだ。社長がケツを拭《ふ》くのは当たり前じゃねえか。それが経営責任ってもんだろ？」

「最初はニワタの役員からの話だったんだな？　そいつは今どこにいる？」

「知るかよ。友達じゃねえんだ」

「ニワタの社長と北島を会わせたのはお前だな？　どんな男だ？」

「どんなって言われてもなあ……一度か二度しか会ってねえんだ。覚えてねえよ」

「名前は真田だったか？」

忘れちまった、と門脇がビールに口をつけた。嘘をついているのがわかったが、言っても認めないだろう。

「それからどうなった？　お前にはいくら入った？」

「手間賃だけだよ。俺が事務所を構えてからは会ってねえ。ニワタが倒産したのは、一、二年ぐらい後だった」

志郎は門脇を見つめた。全部が嘘とは思えない。事実を交えて話している。

だが、肝心なことは隠している。その理由がわからなかった。

確かめたいが、突っ込めるほどの材料を持っていない。無理に聞いても、はぐらかされるだけだ。

邪魔したな、と志郎は立ち上がった。帰るのか、と門脇が足を組み直した。

「谷口、刑事さんを下まで送ってやれ。丁重にな」

ビルの外に出るまで、谷口が背後についてきた。真夏の太陽がアスファルトを照らしていた。

18

その足で立川にある警視庁第八方面本部へ向かった。本庁に勤務していた時の上司、寺尾《てらお》警部が第八方面本部に異動しているのは知っていた。

妹が殺された可能性があると詳しい事情を寺尾に説明すると、暴力組織対策部の植草《うえくさ》警部補を紹介された。警察官同士の仲間意識は市民が思っているより遥かに強い。身内が殺されたと聞けば、情報提供に協力するのはどこでも同じだろう。

「門脇組は厄介でな」通された会議室で植草が口を開いた。「規模は大したことないが、面倒な連中が揃ってる」

植草は大柄で、暴力団組員と言われても信じただろう。警察組織はソフィストケートされているが、暴力団担当の刑事は昔と変わらない。

「門脇と話しましたが、一癖も二癖もありそうな奴でしたね」

それ以上だ、と植草が渇いた笑いを漏らした。

「警察とのトラブルは避けたいから、協力的な姿勢を取っているが、信じたら馬鹿を見る。表向きは金融会社だが、舞台裏は酷いぞ」

門脇はまともじゃない、と植草が渋い表情になった。

「大学出で、会計士の資格を持ってるが、性格は凶暴そのものだ。今時、ああいうヤクザも珍しい。利権の拡大しか頭にないんだ。暴力、脅迫、何でもやる。この辺りは四つの組が共存してるが、どこにでも噛《か》み付く」

「砥川組と繋がってるようですね」

「どう動いたのかわからんが、いつの間にか盃をもらっていた。砥川組としては東京進出の前線部隊ぐらいに思ってるんだろう。戦闘力が高いから、兵隊として使えるのは確かだ」

「金回りがいいようですが、それも砥川組の力ですか？」

そこがわからん、と植草が唇を強く嚙んだ。

「資金提供を受けているのか、はっきりしない。ただ、あんたも本庁にいたからわかるだろうが、めったに砥川組はそんなことをしない」

「では、どこから金を？」

「別に資金源があるんだろう。内偵を続けていたが、武器の密売に関わってるようだ」

「武器？　拳銃の類ですか？」

北島組があった頃から、銃器類の闇取引は門脇が一手に引き受けていた、と植草が言った。

「北島に無断で、半グレ連中に銃を売っていたのはわかってる。組が解散する直前、チンピラを大勢パクったこともあるんだ。だが、仕入れのルートがわからん。門脇の従兄弟《いとこ》がいる神奈川の神竜会《しんりゅうかい》が怪しいと俺は睨んでいるが、証拠がなくてな」

「それで？」

「七年前、稲城《いなぎ》市にある米軍のサービス補助施設が襲撃されて、大量の銃器類が奪われた事件があった。犯人はわかっていないが、門脇が北島組から独立した直後で、どう考えたって奴が怪しい。令状を取って、門脇組のガサ入れをしたが、何も出てこなかった。こっちの動きに気づいて、別の場所に隠したんだろうが、よくわからん」

「半グレに拳銃をさばいてたというのは？」

半年前、オレオレ詐欺グループのアジトがわかって、うちの連中が逮捕に向かった、と植草が言った。

「もぬけの殻《から》だったが、十二丁の拳銃が置き捨ててあった。よほど慌てて逃げたんだろう。その半グレ連中が門脇組の下でオレオレ詐欺をやってたのはわかってる。拳銃類を売ったのは、門脇組しか考えられん」

これは俺の勘だが、と植草が宙を見つめた。

「チャカ何丁とか、そういう話じゃない。もっと威力のある銃器を大量に動かしているはずだ。ただ、何のためかわからん。確かに、門脇組は武闘派で、どこの組とでも戦争する勢いだ。とはいえ、三多摩のヤクザ相手にショットガンやマシンガンがいるか？」

「ショットガン？　マシンガン？　アメリカのマフィアですか？」

「他にもグレネードランチャーや火炎放射器、ダイナマイトやプラスティック爆弾まで揃えている、とタレコミがあった。半グレの一人を情報屋として使ってたんだ。そいつの話では、もっと本格的な装備も取り扱っていたらしい」

「本格的な装備？」

「詳しいことはわからん。情報屋も馬鹿でかい銃を見たと言ってるだけで、種類も不明だが、どうやら重機関銃や携帯型対戦車用の無反動砲、追撃砲の類らしい。革命でもやる気か？」

しかめ面のまま、植草が喉の奥で低い笑い声を上げた。

「他には？　何かわかったことはないんですか？」

その情報屋が姿を消してな、と植草がため息をついた。

「正攻法で調べるしかないが、組員の口が固い。本庁に報告して、大掛かりなガサ入れをかけたが、何も見つからなかった。どこに隠しているのか……」

「情報屋は……消されたってことですか？」

「おそらくな。時間と手間はかかったが、先月の終わりにようやく目鼻がついた。門脇を逮捕するネタがある。何としてでも吐かせてやる。他の幹部も同時に逮捕しないと、また銃器類をどこかに移すだろう。今はそっちの捜査を進めているところだ」

「他の組との抗争に備えてるんでしょうか？　拳銃はわかりますが、他は武器ですよ？」

まともなら必要ない、と植草がうなずいた。

「日本のヤクザの抗争なんて、チャカとヤッパで十分だよ。仮にだが、本家の砥川組と戦争をするつもりなら、武器類がなけりゃ話にならん。傘下一万人の広域指定暴力団だからな。本当にそれだけの装備があれば、砥川組にも勝てるかもしれん。小さな国の軍隊並みだからな。だが、門脇は馬鹿じゃない。砥川組との戦争に勝っても、結局は殺される。それがヤクザの掟《おきて》だ。だいたい、ロケット砲を街中でぶっ放す気か？　そんなことをしたら、日本中の警察を敵に回すぞ。二十万人の警察官と戦って、勝てるわけがない」

「ガサ入れで見つからなかったのは、他の組に売ったからでは？」

買うとすれば砥川組だけだが、そんな動きはない、と植草が肩をすくめた。

「わからないことはまだある。門脇は覚醒剤《かくせいざい》も扱ってる。近隣の大学生サークルにブツをさばかせてるんだ。この三年で二十人以上の馬鹿学生と門脇組のチンピラを捕まえたが、どこから覚醒剤を調達しているのか、それがわからない」

「調達――」

「初代組長の方針で、北島組はヤクを扱わなかった。だから、北島組にはルートがない。だが、奴は長期にわたって、しかも手広くやっている。確実に調達できるルートがあるはずなんだが――」

神竜会ですかと囁《ささや》いた志郎に、そうとは思えん、と植草が首を振った。

「覚醒剤の調達ルートを知っている組員はいない。門脇が自分で動いているんだろう。調達したブツを組員に預け、それを大学生がさばく……その構図は確かだが、門脇がどこから覚醒剤を買っているのか、そこがわからないと話にならん」

「門脇が独立して組を構えたのは七年ほど前だと聞きました。谷口という組員の口ぶりでは、雑居ビルを買ったようです。その資金はどうやって用意したんでしょう？」

「自前で持ってた金もあったはずだ。門脇は北島の下にいた時から、武器の密売の金をごまかしてたからな。あるいは、砥川組から借りたのか……何とも言えない」

「他の可能性は？」

「門脇はルートを持っていたから、銃器類を調達できた。それを担保に覚醒剤を手に入れ、売って資金にしたのかもしれない。銃器類は儲けも大きいが、需要が少ない。覚醒剤はいつだって買い手がいる。時間はかかるが、覚醒剤の方が金になりやすい。だが、どこから買った？何年も続けているのに、情報がこっちに漏れてこないのはなぜだ？」

今話せるのはそれぐらいだ、と植草が立ち上がった。

「妹さんの件は残念だ……この話が役に立てばいいんだが」

差し出された手を志郎は握った。うなずいた植草が会議室を出て行った。

19

第八方面本部を出て立川駅に向かいながら、志郎はスマホをチェックした。着信一件、留守電一件。春野博美からだった。

『高村さんの件で、思い出したことがあります。また電話します』

メッセージはそれだけだった。折り返し電話をかけたが、博美は出なかった。

橋口です、と志郎は留守電にメッセージを吹き込んだ。

「高村さんのことですが、どういったお話でしょうか？　こちらからも連絡しますが、いつでも電話ください」

駅までの道を速足で進んだが、博美の声が耳に残っていた。気になってナグー音楽事務所の番号を押すと、同じ部署の男性社員が出たが、春野は外出先から直帰するようです、と返事があった。

橋口から電話があったとお伝えくださいと言って、改札に入った。ホームで中央線を待っている間、三分間で四回スマホを見たが、博美からの着信はなかった。

20

次の日の朝、泉岳寺のファストフード店でハンバーガーを食べながら、志郎はスマホで時間を確認した。八月二十七日木曜日、午前九時五十八分。

昨夜、春野博美の携帯に二回電話を入れたが、出ることはなかった。あまりしつこいと迷惑だと思い、それ以上連絡をするわけにはいかなかった。

スマホに着信履歴が残っているはずだが、なぜコールバックがないのか。電話をかけてきたのは博美だ。高村のことが気になっていたのだろう。彼女は何を思い出したのか。

三十分前、ナグー音楽事務所に電話をかけると、十時出社予定ですと答えがあった。

アイスコーヒーを飲み終えてから、スマホに触れた。ナグー音楽事務所でございます、という若い女性の声が聞こえた。

「橋口と申しますが、春野さんはご出社されてますか？」

「申し訳ございません、出社が遅れているようです」

音楽事務所は普通の会社と違う。多少の遅刻は見逃されるのだろう。

「ですが、今日は春野が担当するイベントがありますので、間もなく出社するかと……昨日お電話いただいた橋口様ですね？　出社次第、伝えますので……」

よろしくお願いしますと言って、志郎は電話を切った。何かがおかしい、という予感があった。

博美の住所はわかっている。店を出て泉岳寺駅へ向かった。無意識のうちに、速足になっていた。

21

地下鉄とＪＲを乗り換えて新大久保《しんおおくぼ》駅に出た。コリアンタウンを抜け、職安通りに平行している細い道を十分ほど歩くと、大きな食品加工工場のすぐ脇にメゾン・スタディというマンションがあった。

玄関のポストで確認すると、博美の部屋は303号室だった。エレベーターで三階に上がり、部屋のチャイムを鳴らしたが、返事はなかった。

春野さん、と志郎はドアをノックした。

「橋口です。いますか?」

スチールのドアが大きな音を立てたが、それだけだった。会社に向かった博美とすれ違いになったのか。試しにノブに手をかけて引くと、ゆっくりドアが開いた。

「……春野さん?」

隙間から中を覗き込むと、玄関にミュールとパンプスが並んでいた。失礼しますと声をかけてから、玄関に足を踏み入れた。

「春野さん? 橋口です」

短い廊下が目の前にある。右側に部屋があり、奥はリビングのようだ。

右側の部屋の扉を開くと、ベッドが目に入った。誰もいないのはすぐわかった。

そのままリビングへ向かい、ウッドドアを押し開けた手が止まった。手前の椅子が横倒しになっている。カーテンが半分ほどレールから外れているのも見えた。

ドアを大きく開け、視線を左右に向けた。キッチンの壁にもたれかかるように、女が倒れていた。博美だ。

床一面に赤い染みが広がっているのに気づき、足を止めた。博美の腹部に大型のナイフが突き刺さっている。

赤い染みを踏まないように回り込み、常備している薄い手袋をはめて博美の肩に触れると、体が横に倒れた。顔に血の気はない。

首筋に手を当てたが脈はなく、呼吸もしていなかった。

手袋越しに、生々しい感触が残っている。博美の体はまだ温かかった。

服や床の血痕も濁っていない。死後一時間も経っていないのだろう。

背広の内ポケットからスマホを取り出し、番号を押した。はい警視庁です、という声が聞こえた。

「事件ですか、事故ですか？」

「人が……女性が殺されています。刺し殺されているようです」他に外傷がないか、目で確認しながら志郎は言った。「腹部をナイフで刺されています。それ以外はわかりません」

「被害者は女性ですか？　名前は？　住所はわかりますか」

新大久保二丁目です、と志郎は住所を言った。

「メゾン・スタディという マンションの３０３号室に住んでいる春野博美という女性です」

「すぐに手配します。あなたの名前は？」

窓の外で急ブレーキの音がした。外れていたカーテン越しに見ると、狭い路地に二台の車が停まっていた。

「もしもし？　名前を言ってください」

前の車から降りてきた男が指示を出している。後ろの車の男たちが携帯を耳に当て、道路の様子を窺《うかが》っていた。

どんな商売でも、同業者はわかるものだ。特に警察官はわかりやすい。あの連中は刑事だ。

もう来たのか、と志郎はつぶやいた。早すぎる。

「……もしもし？　あなたの名前は？」

品川桜署刑事係の橋口巡査長、と志郎は名前と階級を言った。

「教えてほしいことがある。どうやってここの住所を伝えた？　誰と話した？」

「何のことです？　巡査長というのは本当ですか？」

四人の男がエレベーターに乗り込むのが見えた。志郎は通話を切り、部屋の外に出た。

あの四人が刑事なのは間違いないが、通報を受けて駆けつけたのではない。周りを見つめる険しい視線は、犯人確保に当たる刑事の目だ。

廊下の奥に非常階段があった。二階へ降り、外廊下から様子を窺っていると、エレベーターを降りた男たちが３０３号室を目指して走っていた。

橋口はどこだ、と刑事が携帯電話に向かって叫んでいる。ドアを開けた二人の男が部屋に飛び込んでいった。

「橋口！」

怒鳴り声に顔を上げると、三階の外廊下から若い男が身を乗り出していた。表情が殺気立っている。

志郎は二階の外廊下の手摺《てす》りから一階へ飛び降りた。猟犬の顔になっている刑事に、事情を説明しても無駄なのは経験則でわかっていた。彼らは偽の情報を摑まされ、志郎を追っている。何を言っても信じないだろう。

まだ調べなければならないことが山ほどある。今、捕まるわけにはいかない。

「待て！」

路地から飛び出した志郎の腰に、中年の男がしがみついた。その腕を振り払うと、勢いで男が倒れた。

反対側から、二人の背広の男が走ってくる。志郎はすぐ横にあった私道に入った。大きなポリバケツを蹴り倒し、前に出た。

こんな馬鹿なことがあるか。刑事が刑事に追われるなんて、笑い話にもならない。

金網に飛びつき、乗り越えた。志郎は刑事で、犯人逮捕のための配置パターンはわかっていた。

マンションの位置、周囲の道路事情から考えれば、刑事は八人だ。

博美の部屋に向かったのは四人、タックルを仕掛けてきた中年の刑事、背後にいる二人、もう一人は覆面パトカーで待機しているはずだ。それなら、裏をかけばいい。

細い道にいれば、いずれは追い詰められる。周辺の地図を頭に浮かべる。大久保通りに出るしかない。

志郎は路地の奥にあった一軒家の庭に飛び込んだ。ガーデニングをしていた主婦が腰を抜かして座り込んだ。

すいませんと片手で拝んで、開いていた窓から家の中に入る。女が叫び声を上げたが、構わずそのまま玄関へ向かった。

ドアを押し開け、外に飛び出したが、段差で転倒した。右膝に激痛が走り、左手から血が垂れたが、構わず走りだした。大久保通りまで三百メートル。

左手から突っ込んできた車が前を塞いだ。覆面パトカーだ。

運転席の男がクラクションを鳴らしたが、志郎は車のボンネットを飛び越え、路地を走り続けた。

車がバックしてくる。タイヤがきしむ音と、怒声が重なった。

右手が大久保通りだ。十メートル走ると、大勢の通行人が行き交う交差点に出た。

数人のＯＬが突然飛び出してきた志郎を見て足を止めた。顔に怯えの色が浮かんでいる。

交差点の信号が赤になり、志郎は足を止めた。このまま新宿駅に向かうべきか。それとも通りを渡った方がいいのか。

大久保通りには数十台の車が走っていた。かなりのスピードだ。

背後で悲鳴が聞こえた。見なくても刑事たちが追っているのがわかった。

黒いカローラがすぐ横で停まり、降りてきた二人の男が志郎を指さした。新宿駅の方からも別の刑事が走ってくる。

志郎は車道に飛び出し、両手を広げて走っている車を強引に止めた。凄まじい勢いでクラクションが鳴り始めた。

大久保通りを渡ろうとしたが、振り切れないとわかり、志郎は足を止めた。動くな、と一人の刑事が叫んだ。

「こっちへ来い。逃げても無駄だ」

おれは品川桜署の橋口だ、と志郎は叫んだ。

「刑事係の藤元係長に問い合わせれば、すぐにわかる」

志郎は左右に目をやった。六人の刑事に取り囲まれている。

「逃げてるわけじゃない。あんたらが追ってきたから……何があった？」

春野博美の件だ、と年かさの男が言った。

「事情を聞きたい。お前は重要参考人だ」

「重要参考人？　おれが行った時には、彼女は死んでいた。殺されてたんだ！」

「いいから来い。手間をかけさせるな」

男たちが近づいてくる。勝手にしろ、と叫ぶのと同時に、長いクラクションの音が聞こえた。

振り向くと、濃紺のミニクーパーが突っ込んできた。志郎の目の前で急停止する。

助手席のオートウインドウが開き、運転席から叫ぶ声が聞こえた。女だ。

「乗って！」

「早く！」

女がクラクションを叩く断続的な音が通りに響いた。志郎は助手席に飛び込んだ。

女がアクセルを踏み、ミニクーパーが急発進した。狭い助手席で体勢を変え、後方に目をやると、数人の刑事が車道を走っていた。

「どういうことだ？」

無言のまま、女がハンドルを右に切った。遠心力でドアに頭からぶつかる。

横断歩道を渡っていたカップルの横をぎりぎりで擦り抜け、更にスピードを上げた。

女の運転は下手だった。ハンドルさばきも怪しい。右、左と車線変更を繰り返しているが、勘だけでハンドルを切っていた。

信号無視、一時停止無視、一方通行逆走、スピード違反。あらゆる交通法規を無視して三十分以上走り、気づくと第二京浜に出ていた。旗の台駅五分という標示板が見え、品川区に入っていた。

「大丈夫ですか？」

女が初めて口を開いた。声が震えている。スピードは四十キロまで落ちていた。

「何とか……あなたは？」

ハザードをつけて路肩に停まり、ハンドルに額を押し当てた女の唇から、ペーパードライバーなんです、とつぶやきが漏れた。

「免許を取ったのは十五年前で……この十年、運転したことはありません」

長い黒髪、痩《や》せた横顔、黒のパンツスーツ。顔色が真っ白なのは、緊張のためだろう。

三十歳ぐらいだろうか。美人だが、どこか神経質そうな感じがした。生真面目な女性教師、というイメージが志郎の頭に浮かんだ。

謎の美女に救われたってことですか、と女を落ち着かせるために、志郎はわざとおどけた口調で言った。そんなつもりはありません、と女が顔を向けた。

「ただ、橋口さんがヤクザに襲《おそ》われていたので、助けようと……」

「ヤクザ？」

あの男たちです、と女が振り返った。

「十人近くいましたよね？　橋口さんが刑事でも――」

あの連中はヤクザじゃない、と志郎は手を振った。

「ぼくと同じ、刑事です……待ってください、どうしてぼくが刑事だと？　名前を知ってるのはなぜです？」

「あの人たちが刑事？」まさか、と女が目を丸くした。「だって、どこから見ても……」

「後で説明します。その前に、あなたのことを――」

「法務省の入国警備官、竹内有美《たけうちゆみ》です」

女がジャケットの内ポケットから身分証を出した。

「法務省？　何がどうなってるのか——話してもらえますか？」

うなずいた有美がウインカーを出し、アクセルを踏んだ。午後十二時、まだ陽は高かった。

22

東急池上《いけがみ》線・大井町《おおいまち》線旗《はた》の台《だい》駅まで移動し、近くにあったパーキングにミニクーパーを停めた。落ち着いて話を聞きたかった。

駅から二百メートルほど離れたファミレスに入り、ドリンクバーを二つ注文してから、改めて有美を見つめた。

「聞きたいことが山のようにあります。法務省勤務ということですが、どうしてぼくが刑事だと知ってるんですか？　なぜあそこにいたんです？　ぼくの名前をどうやって知ったんです？」

「妹さん……紀子さんに伺いました」

「紀子に？　知り合いなんですか？」

いえ、と有美がアイスティーにストローを差し、最初からお話ししますと座り直した。

「片山興産の社員が自殺したというニュースをテレビで見ました」

先々週の土曜日です、と有美がグラスにミルクを注いだ。

「ネットで調べましたが、詳しいことはわかりませんでした。自殺ですから、詳報がないのは

か？」

「高村良雄のことですね？　どうしてあなたは彼の自殺について調べようと考えたんですか？」

順番に説明します、と有美がストローの端を噛んだ。

「高村という人物について、わたしは何も知りません。部長という肩書がネットに載ってましたが、片山興産の社員で名前がわかっているのは真田社長と数名の役員だけです。理由があって、以前から片山興産のことを調べていました。あの会社で何か起きているのではないかと思い――」

「そう思った理由は？」

待ってください、と有美が右手を上げて制した。

「法務省には人事交流で警察庁から派遣されている男性職員がいます。彼に頼んで、事件の詳しい情報を教えてもらいました。翌日、現場の品川のマンションへ行ったんです」

「何のためです？　警察庁のキャリアなら、高村の住所を調べるのは簡単だったでしょう。ですが、あなたが現場へ行っても何もできなかったはずです。それはわかっていたでしょう？」

はい、と有美がうなずいた。自殺は変死扱いになります、と志郎は言った。

「部屋は封鎖され、立ち入り禁止になってましたし、マンションへの出入りも警察の許可が下りない限りできません。誰でも入れる自殺現場なんてありませんよ」

「その通りです。後先考えずにマンションへ向かいましたが、近づこうとしただけで立っていた警察官に睨まれました。でも、無駄ではありませんでした。マンション近くから様子を窺っていると、わたしに気づいた刑事さんが声をかけてきたんです。不審人物に見えたのかもしれません」

「そんなことはないと思いますが……」

「それが橋口紀子さんでした」あなたの妹さんです、と有美が言った。「最初は新聞記者かテレビ局の報道部員だと思いました。わたしの中で、紀子さんと刑事のイメージが結びつかなかったんです。紀子さんの方も、わたしを怪しんでいたと思います。身分証を提示して法務省外局の出入国在留管理庁の職員だと伝えると、同じ公務員だったんですねと苦笑していました」

「話をしたんですか？」

「高村という片山興産の社員の自殺について、詳しい事情を教えてほしいとお願いしました。わたしがあの会社のことを調べている理由を話すと、うなずいていました。紀子さんも自殺ではないと思っていたんです。婚約者の春野博美さんと会ったことも話してくれました。春野さんの話を聞いて、自殺はあり得ないと考え、あなたにも話したと……」

「ですが、証拠はなかったんです」

あなたも春野さんの話を聞いたそうですね、と有美が顔を上げた。

「紀子さんは春野さんと高村さんの関係が良好だったと感じていました。女性は同性の嘘に敏感です。春野さんの言葉に嘘はなかったと思うと話してました。少なくとも、それが自殺の原因ではないはずだと……そうなると、考えられるのは仕事関係のトラブルです」

心証は重要です、と志郎は苦笑いを浮かべた。

「いわゆる刑事の勘ですが、馬鹿にできないと経験でわかっています。しかし、勘だけで動くわけにはいきません」

「根拠がある、と紀子さんは言ってました」部屋には鍵がかかっていたが、と有美がポケットから取り出した手帳の頁を開いた。「本人が施錠《せじょう》したと断定はできなかった。そうですね？　誰かがスペアキーを持っていたのかもしれないし、ピッキングその他の方法で閉めることもできた。高村さんの鍵はマンション室内で見つかっているが、第三者の関与があったのかもしれないと疑っていたんです」

「可能性なら、何でも言えますよ」

　第三者がマンション内にいたことは証明できると言っていました、と有美が手帳の別の頁をめくった。

「エレベーターの防犯カメラに五人組の男が映っていましたが、他の部屋にその五人が行っていないことを紀子さんが全戸を回って確認したんです。残っているのは高村さんの部屋だけです。時間を考えると、その五人が高村さんの死に関与していた可能性は高いと思いますが」

　さあ、と肩をすくめた志郎に、インコのこともあります、と有美が早口になった。

「高村さんがそのインコを可愛がっていたのは、春野さんも証言しています。自殺なら、なぜ餌《えさ》を入れておかなかったんでしょう？」

　考える余裕がなかったからです、と志郎は言った。

「自殺を決めた人間は、それだけで頭が一杯になります。何も考えられなくなっていたのかもしれません。むしろ、その方が普通でしょう」

「ですが、おかしな点が多過ぎませんか？　偶然とは思えません。高村さんの死は自殺ではない、と紀子さんは確信していました。わたしも同じです。五人の男が高村さんを殺し、自殺を偽装《ぎそう》した……そうとしか考えられません」

「何のために？　その五人は誰なんです？」

顔見知りだったんでしょう、と有美が言った。

「強引に押し入ったとすれば、高村さんも助けを求めて叫んだはずです。無理やり入ったのではなく、来意を告げ、高村さんがドアを開けたんです。部屋で何があったのかはわかりません。話をしたのか、問答無用で襲《おそ》ったのか……五対一です。襲われれば抵抗できなかったでしょう。叫んだのかもしれません。隣室の住人が声を聞いています。でも、口を塞《ふさ》がれ、取り押さえられた。荒れた部屋は彼らが片付けた。誰も部屋に来ないとわかっていた。悠々《ゆうゆう》と、丁寧にその作業をした。時間はあったんです」

「証拠はありません。それはあなたと紀子の想像に過ぎないんです」

もうひとつ言えば、と有美が人差し指を立てた。

「高村さんとその五人は話し合った、とわたしは考えています。高村さんの体に目立った外傷はなかったそうですが、それは抵抗しなかったことを意味します。自殺を示唆《しさ》され、高村さんはそれを受け入れた。理由はわかりませんが、そうは考えられないでしょうか」

考えられませんね、と志郎は首を振った。

「自殺を強制されて、従う人間はいませんよ。五人の男に力ずくで押さえ付けられれば、抵抗はできません。外傷がなかったのはそのためだ、と考えるべきです」

そうでしょうか、と不満げに有美がアイスティーを飲んだ。仮に、と志郎は言った。

「五人の男が高村さんを殺し、自殺を偽装したとしましょう。しかし、何のためにそんなことを？　あなたの説に従えば、五人はその後もしばらく部屋にいたことになります。殺人犯は一刻でも早く現場から逃げようとします。ぼくも素人じゃありません。殺人犯の心理はわかります」

「高村さんの部屋を徹底的に調べたはずだ、と紀子さんは言っていました」パソコンやスマホなどのデータが改竄《かいざん》もしくは消去されていた可能性についても教えてくれました、と有美が言った。「彼らにとって不都合な何かを、高村さんが保管していたとすれば、それを発見、隠滅《いんめつ》するのが目的だったのでは？　最後に犯人たちは遺書を作ってパソコンに残しましたが、すべてが終わるまで数時間は必要だったでしょう」

「偽装工作をしても、警察の目はごまかせません」鑑識が調べています、と志郎は肩をすくめた。「プロの目は節穴じゃありません。不審な点があれば必ず気づきます」

彼らもプロだったんでしょう、と有美が首を振った。

「五人の男は組織的かつ効率的に行動し、あらゆる痕跡を消していった。室内はきれいだったと紀子さんは言ってましたが、徹底的に掃除機をかけたとすれば筋が通ります。すべては計画的な犯行だったんです。後処理についても十分に考えていたでしょう。経験があったのかもしれません。警察にもわからないほど完全な偽装をした、そうは考えられませんか？」

あり得ません、という言葉を志郎は呑み込んだ。ベテラン鑑識官が殺害に加わっていたとすれば、痕跡を消すのは不可能と言えない。

それは極端過ぎるが、あの時現場にいた刑事や鑑識官は、状況から高村は自殺だと考えた。常識で言えば、他の理由はあり得ない。

だから、自殺という前提で室内を調べた。先入観があったのは、志郎自身もそうだったから確かだ。現場で最も危険なのは先入観を持つことで、何らかの形で間違いや見落としが起きやすくなるのは、経験的にわかっていた。

「インコの餌のことがなければ、確信は持てなかっただろうと紀子さんは話してました。でも、そうなると新たな疑問が出てきます。そこまで完璧な偽装工作をできる犯人が、なぜインコをそのままにしていったのか、それがわかりません」

「そうですよ、矛盾しています。やはり高村さんの死は自殺で――」

紀子さんはその答えも持っていました、と有美が微笑《ほほえ》んだ。

「犯人たちはインコを見過ごしていたわけではなかった。ただ、高村さんの死体が発見されるのは、もっと後になるはずだった。犯人たちは高村さんの交友関係を把握していた。恋人である春野博美さんのことも、彼女がイベント会社に勤務していて、月曜まで高村さんの部屋を訪れないと知っていた。数日後、春野さんが部屋に入った時にインコの餌がなくなっていても、おかしいとは思わない。インコを殺せば、それが別の疑いを招くかもしれない。放っておくべきだと考えた……それが紀子さんの答えです」

「しかし……」

ですが、犯人たちにとって想定外の事態が起きました、と有美が先を続けた。

「マンションの住人が伝染病に感染したことです。その男性はナイジェリアから帰国後、発熱、吐血《とけつ》その他の症状が出たため、119番通報しています。コロナウイルスの流行で常識になりましたが、感染症の患者及び自宅、濃厚接触者も消毒の対象になることが法律で決まっています。医師たちは強制的にマンションの各部屋に入室できたし、それは義務でもあったんです。感染症がどこまで拡大するか、それは専門家でも予測できません。高村さんの死体が犯人たちの計画より早く発見されたのはそのためです」

志郎はコーヒーを飲んだ。舌に残ったのは苦みだけだった。

「犯人たちは組織的に動いています。証拠は何も残していません」有美が声を低くした。「冷静で計画的な犯行です。当初、紀子さんは反社組織の構成員による殺人と考えていましたが、わたしと会った時には違うようだと話していました。確かに、粗暴犯やチンピラにできることではないと思います。片山興産に社名変更するまで、暴力団組長が社長を務めていたのはわたしも知っていましたが、何かトラブルがあったとしても、あんな周到なやり方で殺したりはしないでしょう。単に殺すだけなら、もっと簡単に殺せたはずです」

「紀子は……妹は誰が殺害したか話してましたか？」

「それを調べていると言ってました。わたしも片山興産について知っていることをすべて伝えました」

「そこがわかりません」どうして片山興産のことを知ったんですか、と志郎は尋ねた。「三多摩の奥にある建設会社です。出入国管理官とは関係ないでしょう」

それも説明します、と有美が言った。カップが空になっていたが、志郎は話の続きを待った。

23

社長室の窓際に並んでいた観葉植物に水を注いでいると胸ポケットが震えた。着信名を確認してから、真田は画面をスワイプした。

「桑山です。警察があの男を取り逃がしました」

荒い呼吸音が聞こえる。真田はスマホを持ち替えた。

「作戦は順調に進んでいたのです」桑山の声が低くなった。「警察には私が通報しました。あの男が女を殺すところを見たと……七、八人の刑事が追っていたのですが、途中で妨害が——」

「妨害？」

女です、と桑山が言った。

「女があの男を助けたんです。車でつけていたんでしょう。今、身元を調べていますが、我々が現場に駆けつけた時には逃げていました。中古のミニクーパーに乗っていたようですが、ナンバーは不明です」

どうかな、と真田は窓のブラインドを降ろした。

「それだけでは予想のつけようがない」

「警察が行方を追っています。内部協力者と連絡を取り、詳しい情報を出せと伝えましたが、まだ見つかっていないようです。あの男は何をするつもりでしょう？」

現時点ではわからない、と真田は水差しを取り上げ、ベンジャミンの葉に直接水をかけた。

「だが、困った存在なのは確かだ。対処する必要がある」

「はい」

「我々に橋口を探す余裕はない。人的にも、時間的にもだ。警察に拘束させればいい。その間に我々は計画を実行する。今から四十時間、誰も気づかなければ問題ない」

「その通りです」

「これも想定内だ。対抗措置は立案済みだ。君が直接担当してくれ。ミスは許されない。わかってるな？　余計面倒なことになる。作戦の根幹に関わってくるだろう」

必ず任務を全うしますと答えた桑山に、そんなに気負うことはないと真田は言った。

「相手は女子供だ。傷つける必要はない。身柄を押さえるだけだ」

「準備は整っています。今から向かいます」

頼む、とだけ言って真田は通話を切った。黄色く変色したベンジャミンの葉を無造作にちぎり、そのままゴミ箱に捨てた。

24

「わたしは一九九一年生まれで、福井県の出身です。地元の大学に通っている頃から、県会議員の城下《しろした》先生の私設秘書を務めていました」

有美が話し始めた。福井、と志郎は首を傾げた。

「大学生でも県会議員の秘書になれるんですか？」

「正式な身分ではありません」報酬もゼロで、一種のボランティアです、と有美が微笑んだ。「地方都市では珍しくありません。どこでも同じだと思います」

「政治的な活動をしていたんですか？」

違います、と有美がはっきりした口調で答えた。

「そんなに身構えないでください。城下先生の政治的な立場にわたしは関係ありません」

「ですが、政治家の秘書をしていたんですよね？」

「城下先生は元弁護士で、県議会内で超党派の議員が作った拉致《らち》被害者の家族の会の副会長をされていました」

「拉致被害者？　梨緑《リリヨク》共和国の？」

梨緑共和国、正式には梨緑国家民主共和国は東南アジアの一角に位置する社会主義共和制国家だ。第二次世界大戦後、陸軍将校の梨緑一《リ・リヨキ》がクーデターを起こし最高指導者となり、現在は孫の梨百緑《リ・ニヨク》が独裁者の座に就いている。

そうです、と有美がうなずいた。

「一九九四年、わたしの兄は梨緑国の工作員に拉致されました。当時九歳で、わたしとは六歳離れています。ある日突然、わたしの前から姿を消しました。両親は県や警察に拉致を訴えましたが、取り合ってもらえませんでした。城下先生はわたしたちの唯一の相談相手でした。その関係で、わたしは拉致被害者家族の会に参加するようになり、そのまま先生の私設秘書になったんです」

「そういうことですか」

「大学卒業後、わたしは先生の勧めもあって公務員試験を受け、法務省に入省しました。同じ頃、先生は民自党の公認を受けて参院選に出馬し、当選して参議院議員になっていました。先生の働きかけで、法務省の上司は拉致被害者家族の会でのわたしの活動を認めてくれました。もちろん、極力仕事に支障を来さない範囲、という条件付きですが、ある程度自由に動けるようになったんです」

有美が名刺をテーブルの上に置いた。竹内有美という名前の横に、法務省入国管理局特別入国警備官という肩書があった。

「現内閣は拉致問題の解決に強い意欲を持っています。はっきり言えば、誰が総理大臣になってもこの問題を避けて通ることはできません。与党、野党、全国会議員が同じです」

「わかります」

「城下先生がわたしに法務省入りを勧めたのは、一般の会社より調査活動が自由にできると考えたからです。先生の配慮《はいりょ》で、被害者家族の会の活動を優先したこともあります。両親の代わりに全国を飛び回り、海外へも行きました。何百人もの人と会い、十年近く調査を続けています。ほとんど何もわかっていません。国家的な規模の事件なので、踏み込めない部分も多いんです」

「ぼくも警察の人間ですから、事情は理解しているつもりです」詳しいわけではありませんが、と志郎は頭を掻いた。「日本人として、警察官として恥ずかしいと思っています」

いいんです、と有美が手を軽く振った。

「一昨年の一月、福井に帰った時、ある老人から被害者家族の会に訴えがありました。その方は七〇年代に娘さんを拉致されていたんです。当時は拉致そのものが公に認められていませんでした。その方……Aさんと呼びますが、Aさんは一人で娘さんを探し続け、九〇年代の終わりにようやく政府から特定失踪者と認定されました。二〇〇九年の総理訪梨にも自費で同行しています。Aさんは二十年以上梨緑語を学び、訪梨の際に民間人と接触しました。その時、ある人物の写真を見たそうです。軍に所属している将校で、その男が約五十年前に自分の娘を拉致した人物だとわかったと……Aさんは娘を奪われた際、犯人の顔を見ていたんです」

「わかりますが、それは――」

「証拠にならないのはその通りです。五十年前の記憶ですし、Aさんは犯人の顔を一瞬しか見ていませんでした。それだけでは告発できないとAさんもわかっていましたが、確信があるだけ悔しいと……訪梨していた政府関係者からは、今は耐えてほしいと説得されたそうです。政治的配慮が必要な時期だったのは確かで、他にも拉致被害者がいましたから、諦めるしかなかったんです」

「将校を告発しても、事態が紛糾《ふんきゅう》するだけだ……そう考えたんですね？」

「でも、Aさんは帰国後も捜索を続けました。娘さんは福井に住んでいましたが、新潟での旅行中に拉致されています。Aさんはその後何年もかけ、新潟県内の会社をしらみつぶしに調べました。あの将校が出入りしているかもしれない、と考えていたからです」

雲を摑むような話ですね、と志郎は首を振った。

「気持ちはわかりますが、見つかるとは思えません。新潟県内にどれだけの会社があるか……数万以上かもしれません。個人で調べるのは限界があります。その将校が日本に来ているかどうかもわからないわけですよね？　それで調べると言っても……」

妄執《もうしゅう》だったとしか言えません、と有美が顔を伏せた。

「他に辿《たど》るべき線がなかったためかもしれません。Aさんはその将校の写真を持っていなかったので、頼れるのは自分の記憶力と目だけです。訪梨から帰国してすぐ、被害者家族の会にも支援の要請があったそうですが、断わらざるを得なかったと聞いています。二〇一〇年から約九年間、Aさんは一人で新潟県の会社を回り続けました。誰もAさんの話に耳を貸さず、協力してくれる者もいない……孤独な戦いだったと思います。ですが、二〇一九年の春、ある会社を訪れた時、Aさんは長年探し続けていた将校を見つけたんです」

「信じられません。確かに九年は長い時間ですが、そんな偶然が起きるとは……確証はないんでしょう？」

思い込みだったのかもしれません、と有美が言った。

「一昨年の一月、Aさんが被害者家族の会を訪れたのは、詳しく調べてほしいと頼むためでしたが、その直後に脳溢血《のういっけつ》で倒れ、亡くなられました。正直に言えば、最初はわたしもAさんの話を信じられませんでした。Aさんが話していたのは、新潟市内の片山興産という建設会社の支社で将校を見たということだけだったんです」

「……本当にAさんはその将校を見たと思いますか」

法務省はもちろんですが、外務省、警察庁にAさんの件を報告しました、と有美が肩をすくめた。少年のような仕草だった。

「調査はできないというのが結論でした。Aさんはその時八十五歳で、視力が低下していましたし、確かな証拠はないというのがその理由です。ただ、Aさんは最期までしっかりした方でしたから、見間違えたのではないとわたし自身は思うようになっていました。被害者の会に現れた時の顔を思い出すと、本当に見たのだと信じています」

「それから、どうしたんです？」

「企業情報を調査する民間業者に依頼して、片山興産のことを調べました。二〇一四年頃まで、片山興産が北島建設という暴力団系列の建設会社だったこと、同年秋、ニワタコーポレーションという金融会社が全株を取得し、社名変更したこと、会社の規模や取引先、社員数、社長以下役員の名前、その他多くのデータが集まりました。ですが、詳細な内部事情まではわかりません。民間の会社では、それ以上調べることができないんです。片山興産新潟支社にはわたしや被害者家族の会の担当者が行き、事情を聞きましたが、心当たりはないということでした。その一年後、支社は閉鎖され、社員は全員東京本社に戻っています」

「事情を聞くと言っても、Aさんは写真すら持っていなかったんですよね？　それでは調べようがないでしょう」

「わたしがAさんから聞いたのは、七十代の背の高い男ということだけです。該当する者は当社にいません、と回答がありました。新潟支社長をはじめ、社員は協力的でしたし、社員名簿も見せてもらったのですが、それ以上はどうすることもできませんでした」

「でも、あなたは調べ続けた？」

「どうしても諦めがつかなくて、城下先生に紹介していただいた国交省など他の省庁を通じて、片山興産のバックを探りました。先生のお力もありましたし、わたし自身も拉致被害者の家族です。力を貸してくれる方はいました」

「何かわかりましたか？」

調べれば調べるほど、わからなくなりましたと有美がアイスティーをストローでかき回した。

「この一年、新規の建設関係の仕事を受注していません。数年前から関わっている八王子の道路工事など、継続している仕事はありますが、事業規模が縮小しているのは確かです。社員数は六百人、人件費だけでも年間三億円前後が動いているはずですが、今請け負っている工事だけではとても支えきれないでしょう。会社を維持していくのも厳しいと思います」

「売上が減っているという話はぼくも聞きました」

「調査会社によると、社員は会社に隣接している寮で暮らし、そこから会社へ出勤しています。工事現場へ直行する社員もいますが、多いとは言えません。ほとんどの社員は会社の敷地内から出ていないんです。仕事を受注するための営業活動もしていませんし、工事現場にも行かないなら、社員は何の仕事をしているんでしょう？」

「確かに……妙ですね」

「そもそも、社員がどうやって生活しているのか、それもわかりません。食事は会社の寮でとっているようです。定期的に社員が安売りスーパーで食材を買い込んでいるのは、報告書にもありました。社員は常に会社にいて、食事は自炊？　社員のほとんどは二十代、三十代で、飲みにも行かず遊ぶこともせず、ただ会社で仕事だけをしているなんて、信じられません」

新興宗教では、と志郎は言った。新興宗教の信者が外界との接触を拒むのは珍しくない。独特の教義があり、それに従って生活しているとすれば、それなりに筋は通る。

「わたしもそう思いましたが、取引先のゼネコンに確認すると、宗教に勧誘されたことはなかったそうです。よくわからない会社と言うしかありません」

「そうですね」

「わたしは何度か片山興産へ行っています。外から見ただけですが、まず姫原村の奥に六百人規模の本社があることに違和感を覚えました。定期的に調査を依頼していますが、この二年、社員たちの生活はまったく変わっていません。もしかしたら、片山興産に社名を変更してから、ずっとそうなのかもしれません。六年間、六百人の社員が会社の敷地内で暮らしている……常識では考えられません」

本当に新興宗教かもしれません、と志郎は腕を組んだ。

「ぼくはあの会社に行ってますが、そういう雰囲気がありました。総務部長や社員の真田社長に対する傾倒ぶりは、宗教的な感じがすると思ったのを覚えています。確かに、真田社長にはある種のカリスマ性があるんですよ。社長には会いましたか？」

法務省の上からストップがかかりました、と有美が首を振った。

「事情はわかるが、法務省の職員がそこまですれば問題になると……名前はわかっていますが、会ったことはありません」

頭のいい男です、と志郎は言った。

「言葉に重みがあって、説得力のある人物でした。宗教的と言ってもいいでしょう。四十六歳だそうですが、あれだけ求心力のある人はめったにいないと思います」

そうでなければ、何年もあんな暮らしを社員に強制できないでしょう、と有美がうなずいた。

「ただ、今年の春頃から、人の出入りが多くなっていると報告がありました。早朝、数台のトラックで外へ行き、翌日まで戻ってこないことも珍しくないそうです。建設会社ですから、深夜の作業があるのかもしれませんが……」

「他には？」

「新しい社員寮を建ててます。本社の裏にあるので、全体の大きさはわかりませんが、搬入している資材の量を考えると、かなり大きな建物のようです。社員数は同じです。どうして新しい社員寮を建てているのか、わたしにはわかりません」

「手狭になったので、と総務部長が説明していました」

旧社員寮が老朽化《ろうきゅうか》したとか、そんなこともあるのかもしれません、と志郎は言った。わからないことばかりで、と有美がため息をついた。

「社員たちの表情が暗いと調査会社の人が話してましたが、高村さんの死と関係あるんでしょうか？」

「同僚が自殺したと聞けば、明るい顔はできないでしょう」

そうですね、と有美がうなずいた。納得していないのがわかり、志郎は窓の外に目をやった。通りを乗用車やトラックが行き交っていた。

25

デスクに向かっていた数人の男が素早く立ち上がった。うなずいた真田に頭を下げてから座り直し、パソコンのキーボードを叩き始めた。

自分の方から説明に伺うつもりでした、と一人だけ立っていた背の高い男が敬礼した。あの部屋は息が詰まる、と真田は親指で天井を指した。

「現場で指揮を執《と》る」

了解しました、と緊張した表情で答えた男に、座りたまえと真田は促《うなが》した。

「順調か？」

ソファに腰を下ろし、真田は長い足を組んだ。問題ありません、と立ったまま男が答えた。

「警視庁とマスコミ各社に情報を流しています。他に数人、ネット工作を展開しています。数時間以内に、日本中の人間すべてが橋口について知ることになり、捜索が始まるでしょう。写真もアップしますので、すれ違っただけでもわかるはずです。発見されるまで約十時間……遅くても明日の昼までに片がつくと考えます」

「わかった」

「警察に逮捕されるのは確かです。橋口は無関係だと主張するでしょうし、我々のことを話すかもしれません。ですが、何よりも自分の潔白を証明しなければならない立場です。警察はすべての事情が判明しないと動けません。彼らの責任ではなく、責任の所在を曖昧にする組織上の欠点のためです。警察がここへ来る頃、既に我々は退去しているでしょう」

うなずいた真田の顔に微笑が浮かんだ。

「身内のことは身内で対処してもらう。我々が捜す必要はない。警察に任せる」

了解しました、と男が小さくうなずいた。状況の報告を、と真田は顔をデスクに向けた。男たちがキーボードを叩く音が高くなった。

26

片山興産に不審な点があるのは間違いありません、と有美が言った。

「紀子さんはあなたとあの会社に行ったと話していました」

そうです、と志郎はうなずいた。

「中にも入りましたよ。総務部長と真田社長に会ってます」

紀子さんが会社の印象を話してくれました、と有美が軽く目をつぶった。記憶を辿っているのが志郎にもわかった。

「社員数六百人の会社なのに、社内には数十人もいなかった。全フロアを回ってはいないが、人の気配を感じなかった。そして、女性社員を一人も見なかった……確かに、建設会社は女性に不向きな業種かもしれません。でも、総務部にもいなかったというのは……そんな会社があるだろうかと思ったそうです」

「ぼくにもそう言ってました。会社の業種や規模にもよるだろうと答えたのを覚えています。ぼくの高校は男子校で、女性は保健室に一人いるだけでした。二十年ほど前ですが、平成の話です。それが伝統なんだ、と学校は言ってましたね。片山興産もそうだったのかもしれないし、ぼくも紀子もそれほど長くいたわけじゃありません。実際には女性社員がいたのかもしれませんし、そこは聞いてないんです」

「総務部の社員や営業部で見かけたのは、二十代、三十代の男性だけだったと話してましたが、わたしが調べた範囲でもそうです。真田社長は三十代にしか見えなかった、とも言っていました」

「確かにそうです。ずいぶん若い社長だなとぼくも思いました」

もうひとつ、と有美が自分の足元を指した。

「真田社長と話している時、数人の営業部員がフロアに戻ってきたそうですが、スーツ姿なのに靴が汚く、ズボンの膝が破れていた人もいた、薄汚れた感じがしたと紀子さんは話してました。橋口さんは気づきませんでしたか?」

「覚えてません。紀子は昔からファッションにうるさくて、ぼくにもコーディネートを考えて、とよく言ってました。注意力はある方でしたから、社員の服装がおかしいと気づいたのかもしれません」

「彼らと桑山総務部長の様子も変だったと……真田社長に対し、畏怖《いふ》しているように見えた、徹底的な規律があり、上下関係があるのがわかったそうです。社員と社長の立場は違います。そこに節度があるのは、どんな会社でも同じでしょう。でも、紀子さんはそれ以上の何かがあると直感していたんです」

「それ以上の何か?」

「調べてみる、と……わたしも片山興産のデータを渡す約束をしました。連絡先を交換して、また会うことになっていたんです。轢き逃げで亡くなったと聞いて、わたしがどれだけ驚いたか……」

小さなため息と共に、有美が話を終えた。しばらく沈黙が続いた。

事情はわかりました、と志郎は口を開いた。

「反対するようなことばかり言いましたが、意図的にそうしたんです。何でも疑ってかかるのは警察官の習性で、申し訳なく思っています。実は、ぼくも紀子の死に疑いを持っています。轢き逃げではなく、殺されたと考えているんです」

「……殺された？」

有美が顔を上げた。根拠があります、と志郎はうなずいた。

「現場を調べましたが、別の場所で轢き殺され、犯人が死体を動かした可能性があります。車の速度、ブレーキ痕、紀子の外傷、その他の状況を考え合わせると、最初から殺すつもりで轢いたのかもしれません。ですが、紀子には、事件関係者から恨みを買うほど警察官としての経験はなかったんです。誰が、何のためにそんなことをしたのか――」

「橋口さんはどう思ってるんですか？」

有美の問いに、何とも言えませんと志郎は答えた。また沈黙が続いた。

あなたのことは紀子さんに伺いました、と有美が話し始めた。

「紀子さんは高村さんの死について、自分の考えを話したそうですね。でも、取り合ってくれなかったと苦笑していました」

そういうわけじゃないんですが、と志郎は首を振った。

「紀子はまだ刑事になって一年しか経ってません。経験不足なのは本当で、そんなに簡単な仕事じゃないんです。直感だけでは通用しません」

「婚約者の春野さんが訴えた時も、額面通りには受け取れない、と言ったそうですね。紀子さんに言わせると、兄は女性の気持ちがわからない人だから、ということになります」

「そんなことはないつもりですよ」

でも、頑固ではないとも言っていました、と有美が小さく笑った。

「小さくても証拠があれば、一から捜査をやり直すはずだ、だからその証拠を見つけると……」

「そうですか」

「紀子さんが亡くなられたのは、ニュースを見て知りました。それからずっと、橋口さんを探していたんです。紀子さんは信頼できる人で、彼女が信じているあなたなら、力になってくれると思ったんです。品川桜署に電話をしましたが、紀子さんを轢き殺した犯人を殴って謹慎処分を受けていると……本当ですか？」

ノーコメント、と志郎は肩をすくめた。何度も電話をして、聞き出せたのはそれだけです、と有美が頬に手を当てた。

「言うまでもありませんが、品川桜署はあなたの連絡先を教えてくれませんでした。そうなると、わたしには捜しようがなくて……処分が解除された時に会うしかないと考え、その前に高村さんの婚約者、春野さんに話を聞こうと思ったんです。勤務先は紀子さんに聞いていたので、ナグー音楽事務所に電話を入れると、まだ出社していないと言われて、出入国管理所の職員だと伝え、住所を確認しました」

「ナグー音楽事務所が春野さんの住所を教えたんですか？　個人情報保護がうるさい時代で

す。電話一本で、よく聞き出せましたね」

　春野さんは海外アーティストとの仕事を担当していたと紀子さんに聞きました、と有美が言った。

「アーティストの中にコロナウイルス感染者がいた、と伝えたんです。春野さんは濃厚接触者になると話しました。もちろん、私が女性だったこともあったでしょう。男性だと不審に思われたかもしれません……住所がわかったので、直接自宅へ行くことにしました。携帯に電話を何度も入れましたが、出なかったので、そうするしかなかったんです」

「それで、春野さんのマンションに向かった？」

「そうです。マンションが近いのはナビの音声案内でわかりましたが、パーキングがなくて周りを走っていると、突然橋口さんが車道に飛び出してきたんです」

「どうしてぼくの顔を知ってたんです？」

　紀子さんが写真を見せてくれました、と有美が言った。

「記憶力はいいんです。驚いたのはあなたが逃げていたこと、そして数人の男が追いかけていたことです。顔を見て、てっきり反社の構成員だと……」

　連中は刑事です、と志郎は苦笑した。

「人相が悪いのは否定しませんが」

「あなたを救おうと、車で追いかけました。どうしてあんな……スタントマンみたいなことをしたのか、自分でもわかりません」

「助けてもらったのは確かです。感謝していますよ」

　どうして彼らに追われていたんですかと有美が尋ねた。今度はぼくが話しましょう、と志郎は口を開いた。

「紀子の死は単なる轢き逃げ、あるいは事故ではありません。それには確信があります。理由があって殺されたんです。高村の死が関係しているのは間違いないでしょう。春野さんは刺殺《しさつ》されていました。おそらく犯人は同じ人物だと思います」

「そんな……」

「春野さんの部屋へ行ったのは、ぼくが決めたことで、誰かに命令されたわけではありません。これでも刑事ですから、監視されていなかったのはわかっています。つまり、犯人は春野さんのマンションを見張っていたんでしょう。いずれはぼくが彼女の部屋に向かうとわかっていた。ぼくは彼女に何度か電話をしていますが、盗聴されていたのかもしれません。ぼくが行くことを前提に、一石二鳥を狙ったんです。口封じのために春野さんを殺し、嗅《か》ぎ回っているぼくを逮捕させるつもりだったんでしょう」

こんなこと言っていいのかわかりませんが、と有美が視線を外した。

「犯人はどうして橋口さんを殺さなかったんです？」

ぼくを殺せば、紀子の轢き逃げも殺人だったのではないかと疑う者が必ず出てきます、と志郎は言った。

「刑事が二人も殺されて、通り一遍の捜査しかしない警察署はありません。徹底的に調べますし、犯人が逮捕されるまで捜査は続きます。それは避けたい、と犯人は考えたんでしょう。春野さんは詳しい事情を知っていたから殺すしかないが、何もわかってないぼくを殺すのはかえってリスクになります」

「わかります」

おそらくですが、春野さんは昨夜の段階で監禁されていたはずです、と志郎は額を手のひらで押さえた。

「犯人はあの部屋でぼくが来るのを待っていた。駅を見張っていた仲間がいたんでしょう。ぼくを見つけ、犯人に連絡を入れ、その時点で春野さんを殺害した。犯人は逃げ、間抜けな話ですが、ぼくがのこのこそこへ入っていったんです」

「犯人の罠が巧妙だったのだと思います」

「春野さんの部屋で彼女の死体を発見し、ぼくはすぐに110番通報しました。死体を見つけたと通信指令センターの担当者に話し、状況の説明を始めようとしましたが、その前にあの刑事たちが現場に着いていました。刑事だからわかりますが、殺人が発生すれば警察官は現場に急行します。一分で到着することもあるでしょう。ですが、十秒はあり得ません。ぼくは説明を始めたばかりで、通信指令センターの担当者に指示を出す時間はなかったんです」

「つまり？」

「ぼくが110番をするより前に、犯人が通報していたんです」志郎はこめかみを指で突いた。「刑事たちはぼくの名前を叫んでいました。品川桜署の橋口志郎だとわかっていたんです。他の所轄署の刑事がぼくの名前や顔を知ってるわけがない。犯人が名前を警察に伝えていたんです。ぼくが春野さんを殺すところを目撃したと言ったのかもしれない。刑事たちの切迫《せっぱく》した様子から考えると、そうとしか思えません」

「誰かがあなたを陥《おとしい》れようとしている？」

「そうかもしれませんが、何のためなのか……」

失礼、と断って志郎はスマホを取り出し、係長の藤元の番号を呼び出した。もしもし、という不機嫌な声がした。

「橋口です」

いつかけてくるかと思ってた、と藤元が唸《うな》り声を上げた。

「何をしている？　謹慎中のはずだぞ？」

「すいません。実は――」

本庁の警務課から非公式に連絡があった、と藤元が声を低くした。

「お前が春野博美のマンションに行ったことはわかってる。女が殺されていたことも、その部屋にお前がいたこともだ。はっきり言うが、面倒なことになってるぞ」

「そうでしょうね」

「お前が犯人だと断定されてはいない。だが、何らかの関係があると上の連中は思ってる。誰だってそう考えるさ。今、本庁や所轄の連中が必死でお前を捜している。ずいぶん偉くなったな」

「皮肉は止めてください」

「うちの署にも責任がある。総務がお前の個人情報を本庁の捜査一課に渡した。お前の部屋にも誰かが行ってるだろう。戻れば捕まるし、町を歩いていても見つかる。その前にこっちへ戻ってこい。本庁で事実を話せばいい。付き合ってやる。お前の上司になったのはおれの運が悪かったからで、お前の責任じゃない」

「それはどうも……しかし、どうしてこんなことになったんです？」

「今のところ、おれたちも蚊帳《かや》の外だ。詳しい情報は誰も教えてくれない。ただ、お前が春野を殺してないのはわかってる。理由があればやらんでもないだろうが、手当たり次第の殺人鬼じゃないのは知ってるつもりだ。それともおれの勘違いか？」

「勘弁してください、そんなわけないでしょう……他にわかったことは？」

「紀子を轢き殺した村川は、南部が調べてる。フリーターと言ってたが、立川の暴走族上がりのチンピラだった。門脇組とかいう小さな暴力団と関係があったようだ」

「門脇組？」

　昨日会った組長の門脇の顔が頭を過《よ》ぎった。村川には門脇の息がかかっていたのか。紀子の死と関係があるのか。

「お前が紀子が轢き殺された現場を調べていたのは聞いてる。鑑識からも不審な点があると報告があった。うちから人を出して、徹底的に調べてる。別の場所で轢かれたかもしれない、とお前は大塚ドクターに言ったそうだが、それが本当なら、村川が何か知ってるはずだ。おれは非暴力主義だが、そんなことも言ってられん。どうやってでもあいつの口を割ってみせる」

　藤元がかすれた声で笑った。無茶は止めましょうと言った志郎に、どの口が言ってる、と藤元が怒鳴った。

「暴力刑事はお前だろう。今、どこにいるんだ？　何をしてる？」

「警察に追われて逃走中です」志郎は目を上げて有美を見た。「とにかく、そっちへ戻ります。いきなり本庁の連中に捕まりたくありません。ぼくの話なんか聞きませんよ。隣に上司がいれば、扱いも少しは違うんじゃないですか？」

「さっさと戻れ」

「了解です。係長、紀子の件を調べてください。できれば、ぼくの潔白を証明してもらえると助かるんですが」

もうやってると呻いた藤元が電話を切った。どうなってるんだ、と志郎はつぶやいた。

27

黒いセダンの助手席を降り、桑山は目の前の家を見つめた。大田区田園調布《でんえんちょうふ》。駅から多少離れているが、庭つきの一軒家だ。

二人の男が背後に立った。運転席にも一人待機している。

そこにいろ、と命じてから桑山はインターフォンを押した。

「本庁から参りました桑野と申します。総監の命令です」

「本庁……ですか？」

「そうです。ご主人の部下で、同じ刑事部の管理官です」

目を上げると防犯カメラがあった。録画されているのだろうが、構わなかった。

「緊急の用件でお伺いしました。よろしいでしょうか？」

「どうぞ、お入りください」

門が自動で開いた。五メートルほどの小道を歩き、玄関扉の前に出る。そこにもカメラがあった。

内ポケットから警察手帳を取り出し、カメラに向けると、玄関のドアが開いた。背の高い三十代半ばの女性が立っていた。色白で、黄色のワンピースが似合っている。

本庁刑事部管理官の桑野です、と桑山は一礼した。

「ご主人、中山《なかやま》刑事部長の下で働いています」

こちらこそお世話になっております、と中山文乃《ふみの》が微笑んだ。

「何かあったんでしょうか？　今日、主人は定例の会議があって警察庁に……」

緊急の事態が起きました、と桑山は声を潜めた。

「公安部からの報告で、イスラム過激派グループがテロを企図していたことが判明しました。警視庁各部の部長宅に爆弾を送付しています。まだ公表されていませんが、国枝《くにえだ》副総監宅で爆発があり、夫人が重傷を負いました」

そんな、と文乃が口に手を当てた。白い頬が青みを帯びる。事実です、と桑山は低い声で言った。

「公安部が犯人の一人を逮捕しましたが、所持していたリストに中山刑事部長の名前が載っていました。私も見ていますが、間違いありません」

「まさか――」

「郵便関係は押さえました。宅配便その他もです。しかし、直接ご自宅を襲撃する恐れがあります。お伺いしたのは、奥様とお嬢様の保護を命じられたためです。本庁までお連れします。今、対策会議中ですが、本庁舎内は安全だと……」

軽い足音に続き、だあれ、という幼い声が聞こえた。母親の足元に駆け寄ってきた少女の手を文乃が握った。

「ママ、どうしたの？」

少女が整った顔を上げた。大丈夫よ、と文乃がうなずいた。車が玄関前で待機中です、と桑山は囁いた。

「我々の指示に従ってください」

「わかりました。主人に電話を……」

「もちろんです。部長も心配しておられます。わたしからも連絡を入れますが、無事だとお伝えください。ですが、その前に車に乗っていただけますか？　車は防弾仕様でテロリストの攻撃に耐えられますが、ここで襲われたら対処できません」

すぐに、とうなずいた文乃がリビングのテーブルにあったスマホとエルメスのポーチを摑んだ。

どうしたの、と見上げている娘を抱き上げ、心配しなくていいと顔を覗き込んだ。

「パパが守ってくれる。小夜子《さよこ》のパパはおまわりさんでしょ？　だから、絶対にだいじょうぶ。わかるよね？」

お急ぎください、と桑山は玄関のドアを大きく開いた。文乃がパンプスをはいて外に出る。小夜子はキャラクターのついたスニーカーだ。

文乃がポーチからICタグを取り出してノブの辺りにかざすと、小さな緑のライトが赤に変わり、鍵がロックされた。

桑山に続いて、母娘が門を出た。男たちが油断なく周囲を窺っている。

桑山は車の後部座席のドアを開け、奥様とお嬢様はこちらへと言った。少々窮屈《きゅうくつ》ですがご辛抱を、と座っている文乃と小夜子を挟《はさ》んで、二人の男が乗り込んだ。

桑山はドアを閉め、助手席に回った。シートベルトを、と運転者が指示している。

文乃が自分と娘の体にシートベルトを装着した。手を振った桑山に、うなずいた運転者がアクセルを踏み込んだ。

車が走りだし、スマホを取り出した文乃が画面に触れた。

「もしもし、あなた？　文乃です……今、家を出ました。小夜子も一緒です。心配しなくても……あなたは無事なんですか？　警視庁の桑野管理官がお見えになって……」

失礼、と桑山は手を伸ばした。

「電話をお借りできますか？　私から説明した方がよろしいでしょう」

二人の男が両脇から文乃の腕を押さえた。桑山はスマホを取り上げ、もしもしと話しかけた。

28

ファミレスを出たのは、話の区切りがついたすぐ後だった。一カ所に留まっていることができない逃亡者の気持ちが実感できた。

有美の車はそのままコインパーキングに置き捨てた。ナンバーが割れているから、いずれは見つかるとわかっていた。

「どうしますか？」

歩きながら有美が聞いた。二人ともマスクをかけているが、コロナ禍でのマナーだから、不自然ではない。

高性能な防犯カメラはマスクの有無にかかわらず、人物を認識できるが、まだ設置台数は少ない。しばらくはごまかせるだろう。

落ち着いて考えてみたいですね、と志郎は言った。

「署に戻れば、動きが取れなくなります。その前にできることがあるかもしれません。いろいろ考えてみないと……」

「当てはあるんですか？　自宅は見張られているんですよね？」

「上司はそう言ってました」

わたしの家はどうでしょう、と有美が足を止めた。

「大森《おおもり》ですから、割りと近いです。橋口さんとわたしは今日初めて会ったので、警察も気づかないでしょう」

「いいんですか？」

仕方ありません、と有美が苦笑した。志郎はその顔に目をやりながら考えた。

喫茶店やレストランは駄目だ。ホテルも危険だろう。親戚や親しい友人の家には本庁の刑事が向かっているはずだ。他に選択肢はない。

手を挙げると、タクシーが停まった。

「車の方がいい」有美を押し込むようにして、志郎は後部座席に乗り込んだ。「駅には防犯カメラがある。電車は使えない」

大森駅の方へ行ってください、と有美が言った。うなずいた運転手がアクセルを踏んだ。

三十分ほど走ったが、車内では話さなかった。運転手に聞かれたくなかったし、考えをまとめる方が先だ。

誰が、何のために紀子を殺したのか。高村を自殺に見せかけて殺したのはなぜか。

タクシーが大森駅の北口から住宅街に入っていった。コンビニに寄って飲み物とマスクを買い、ＡＴＭで金を下ろした。

数分走ると、ここでいいですと有美が言った。タクシーが停まった。

先に降りた有美が赤い外壁の建物を指さした。マンションではなく、アパートだ。尖った屋根のデザインが特徴的だった。

階段で二階に上がった。四階建てで、各階に部屋が二つずつあるのがわかった。有美が2号室とプレートのかかった部屋の鍵を開けた。

中は1Kで、狭かった。六畳ほどのフローリングに、申し訳程度のキッチンがついているだけだ。

小さなデスクにノートパソコンが一台載っている。テレビはないが、パソコンで見ているのだろう。

壁は三面とも本棚で塞がれていた。それ以外何もない。二十九歳の女性が住むには殺風景な部屋だった。

座ってください、と有美がデスクのウッドチェアを指し、キッチンから持ってきた丸椅子に腰を下ろした。ノートパソコンをデスクの端に寄せ、空いたスペースに志郎は買っていたペットボトルを置いた。

「恥ずかしいんですけど、食器はほとんどありません」有美が困ったような表情を浮かべた。「部屋では食事しないんです。飲み物はコンビニで買います。だから食器の必要がなくて……」

「入国警備員は入国管理局の所属ですよね」志郎はペットボトルのキャップを開けた。「公務員ですから、給料もそれなりにありますよね？　それにしては……」

警察官ほど給料は高くありません、と有美が薄笑いを浮かべた。

「不自由はしてませんけど、わたしは拉致被害者家族の会の活動もあって、福井、新潟、他県へ行くことが多いんです。それは自費ですから、家賃を抑えるしかないんです」

「お兄さんが拉致されたのは二十六年前ですよね？　あなたは十代の頃からお兄さんを捜し続けている。気持ちはわかりますが……」

「両親は共働きで、わたしは兄に育てられました」有美がペットボトルに手を伸ばした。「まだ小さかったので記憶は曖昧ですけど、優しかったのはよく覚えています。兄が大好きでした。いなくなった寂しさは、言葉にできません。生きていてほしい。もう一度会いたい。それだけを願っています」

「お兄さんが羨《うらや》ましいです。紀子とは口げんかばかりで――」

「そんなことはないと思います。紀子さんは橋口さんのことをとても楽しそうに話していました。仲が良かったんですね」

「……どんなお兄さんだったんですか？」

「わたしのことをいつも見守っているのは、子供心にもわかりました。誰に対しても優しかったと思いますけど、わたしが寂しさを感じないように、とても気を配っていました。三歳の時、つまずいてストーブに倒れ込んだことがありました。飛び込んできた兄がストーブを素手で動かして、わたしは無事でしたが、兄は手に大火傷《おおやけど》を負いました。だけど、大丈夫か、大丈夫かって……あの時のことははっきり覚えています」

反省しないといけないな、と志郎は苦笑いを浮かべた。

「ぼくは紀子を何度泣かせたかわからない。よく母に怒られたもんです」

志郎は部屋を見回した。冷静さを取り戻しているのが自分でもわかった。

「忙しいのはわかるけど、この部屋では寝るだけ？」

意識的に言葉遣いを変えた。有美の方が年下だし、その方が自然だろう。

そうですね、と有美がうなずいた。

「物が少ないけど、収納は？」

玄関に有美が顔を向けた。

「靴箱の横にスペースがあるんです。公務員ですから、そんなにオシャレな服を着ることもないですし」

「平日は入国警備官として働き、休日は拉致被害者家族の会の活動？　大事なことなのはわかるけど、君には君の人生があるんじゃないか？　お兄さんを捜すのはいいが、もっと余裕を持っても……」

「たまに、わたしもそう思うことがあります。でも、諦めることはできません」

「どうして？」

「拉致されていたのは、わたしだったかもしれないからです」

有美がお茶を飲んだ。どういうことだ、と志郎はつぶやいた。

29

八月二十七日午後一時、中山泰三《たいぞう》刑事部長は部長室で朝刊に目を通していた。

警察庁と警視庁合同の定例部課長会議から戻ったばかりだ。疲れた、とため息が漏れた。

部課長会議そのものは部署間の情報確認がメインで、慣習の意味合いが大きく、長引くことはめったにない。今日もそうだった。

捜査一課長の相澤《あいざわ》がインフルエンザで休んでいたため、そのフォローをしたが、特に問題はなかった。

ただ、気疲れはある。警察庁キャリアへの配慮のためだ。

読み終えた新聞を畳み、パソコンでメールをチェックした。新宿で女性が刺殺されたと報告があったが、捜査に口を出す立場ではない。いずれ、詳しい報告があるはずだった。

一時半から本庁内で会議があるが、中途半端に時間が空《あ》いている。デスクのリモコンでテレビをつけようとした時、携帯電話が鳴った。ママ、という表示が画面にあった。

結婚したのは十五年前だ。十歳下の妻に子供が産まれたのは四年前で、その時から登録名をママに変えていた。

「私だ。どうした、何かあったのか？」

勤務中、文乃が電話をかけてくることはめったにない。かすかに嫌な予感があった。

「もしもし、あなた？　文乃です……今、家を出ました。小夜子も一緒です。心配しなくても……」

「何を言ってる？」

「あなたは無事なんですか？　警視庁の桑野管理官がお見えになって……」

文乃の声がはっきりと震えていた。家を出たとは、どういう意味なのか。

桑野、と中山は眉を顰《ひそ》めた。聞いたことのない名前だ。

「誰だ、そいつは？　部署はどこだ？」

文乃の声が聞こえなくなり、耳に強く携帯電話を押し当てた。僅《わず》かな間を挟み、もしもし、と男が言った。

「品川桜署の橋口刑事が人を殺した」聞いているだけで不快になるような声だった。「大久保で春野博美という女性を橋口が刺したのを見た」

　君は誰だ、と中山は立ち上がった。

「何の話だ？　新宿で女性が殺されていたと報告があったが、詳しいことは聞いてない。個々の事件についての情報は……」

　橋口には問題がある、と男が中山の声を遮《さえぎ》った。

「以前、警視庁で暴力団担当だった頃、金やヤクを受け取っている。知ってるか？」

「君はどこかの組員か？」

「これは忠告だ。問題になる前に、橋口を逮捕した方がいい」

「待て。橋口が女性を刺し殺したと言ったな？　君はそれを見たのか？」

　そうだ、と男が言った。

「その後、数人の刑事が来たが、橋口は逃げた。故意に逃がしたのか？　身内をかばうのは警察の悪癖《あくへき》だな」

　そんなことはしていない、と中山は電話を持ち替えた。

「刑事であっても、人を殺せば殺人犯として逮捕する。それはいい。私の妻と代わってくれ」

　娘もいる、と男が渇いた笑いを漏らした。

「警察の不正は見逃せない。我々に奥さんと娘さんに危害を加えるつもりはないが、橋口が逮捕されるまで預かる。中山刑事部長……テレビの記者会見でお前を見たことがある。橋口を逮捕しろ。人殺しを野放しにしておくつもりか？」

「橋口が女を殺すのを見たというが、それだけで逮捕はできない。他に証拠はあるのか？　なぜ君は殺害の現場を見たんだ？」

「橋口をマークしていたんだ」まさか人を殺すとは思っていなかったが、と男がため息をついた。「話はそれだけだ。橋口を逮捕して調べればわかる。報道で逮捕が確認され次第、奥さんと娘さんを解放する。あえて期限は切らない。後は自分で判断しろ」

唐突に電話が切れた。すぐ折り返したが、留守電に繋がるだけだった。

中山はデスクの電話の内線ボタンを押し、受話器を取った。捜査一課です、という声がした。

「中山だ。相澤一課長を呼んでくれ」

「すいません、一課長はインフルエンザで……」

そうだった、と中山は舌打ちした。

「長谷部《はせべ》理事官はいるな？　すぐ来いと伝えろ」

返事を待たず、中山は受け台に受話器を叩きつけた。手が激しく震えていた。

30

わたしは三歳でした、と有美が静かな声で言った。

「兄は六歳上の九歳で、家は福幸町にありました。敦賀《つるが》湾の近くの漁村です。何もない港町ですが、わたしは大好きでした。今も思いだします」

「……そうか」

「わたしは保育園児で、兄は小学校の授業が終わると二キロ離れた保育園まで迎えにきて、一緒に帰るんです。子供の頃、わたしは人見知りで、兄だけが遊び相手だったんです。二人で毎日過ごし、それだけで幸せだったんです」

「それで？」

「一九九四年十月一日……あの日を忘れたことはありません。わたしと兄は海岸へ行って、波打ち際で砂遊びをしていました。わたしたちの前に男が現れたのは陽が沈む直前で、一緒に遊ぼうと言ったんです。なぜかわかりませんが、怖くなって泣き出したわたしの手を兄が引いて、二人で家へ向かいました」

有美の唇がかすかに震えていた。

「いきなり男がわたしの腕を掴んで、抱き上げました。止《や》めろ、と兄が叫んだのをはっきりと覚えています。男は三十代くらいで、三歳のわたしには怪物のように見えました。でも、兄は飛びかかっていったんです。落ちていた流木を拾って、男の臑《すね》を思いきり殴りました」

「それは……すごい勇気だな」

「男が足を押さえてしゃがみこみました。その隙《すき》にわたしは逃げたんです。走れ、と兄が叫び、わたしは家の布団部屋に駆け込んで隠れました。どんなに怖かったか、誰にもわからないでしょう」

「お兄さんは？」

帰ってきませんでした、と有美が目をつぶった。

「気がつくと、夜になっていました。物音で母が帰宅したのがわかり、お兄ちゃんが変な男に連れていかれたと訴えたんです。すぐに母は警察に電話しました」

「警察は？　調べたのか？」

「制服警官が家に来たのは夜七時ぐらいだったと思います。近所の人たちと一緒に兄を探しましたが、見つかりませんでした。一九九四年です。その頃は日本人が拉致されている事実を誰もわかっていなかったんです。報道もされていなかったと思います」

「お兄さんはその男に拉致された……そうだね？」

「間違いありません。でも、あの時はそんなことがあるなんて、誰も思っていませんでした。誘拐の可能性を警察は考え、兄の行方を捜したんです。でも、わたし以外目撃者はいませんし、三歳の子供の証言は当てにならない、と判断されたようです。一九八八年、拉致問題が国会で取り上げられましたが、マスコミは報道していません。それまでも同じような事件が何十件も起きていましたが、すべて犯人不明の誘拐もしくは蒸発としか認知されていなかったんです。梨緑共和国による組織的な犯罪とわかったのは九七年でした」

「……そうか」

「正確に言えば、わたしの兄について、政府は今も拉致被害者と認定していません。証拠がないからです。他県でも同様の事例は多く、特定失踪者と呼ばれています。二〇〇二年以降、政府は特定失踪者の調査を始めていますが、兄のことは何もわかっていません」

志郎は何も言えなかった。事実の重さだけが心に残った。

北陸地方にはそういった事例が他にもあります、と有美が小さく息を吐いた。

「でも、ほとんどが拉致被害者と認められていません。二〇〇四年、中学に入った時からずっと調べ続けています」

「そうか」

高校の同級生に城下先生の姪《めい》がいました、と有美が言った。

「彼女を通じて兄は拉致されたと訴えました。先生は県議会で取り上げてくださいましたが、何も変わりませんでした」

「悔しかっただろう」

わたしはそういう人生を歩んできました、と有美が肩を落とした。

「わたしを抱き上げた男から救ってくれたのは兄です。あの時、兄はわたしを捨てて逃げることもできたんです。でも、そうしなかった。わたしの身代わりになって、拉致されたんです。今度はわたしが兄を救い、あの時のお礼を言う……そう決めています」

有美の目にうっすらと涙が浮かんでいた。よくわかった、と志郎はうなずいた。強い風が吹いて、窓が鳴った。

31

理事官の長谷部玲二《れいじ》が目の前に立っている。捜査一課のナンバーツーだ。

春野博美の件について報告しろ、と中山は命じた。本日午前十一時半過ぎ、と長谷部が口を開いた。

「新宿区大久保東町《あずまちょう》二丁目のマンションで女性が殺されたと通報がありました。通報者は不明です」

目撃者がいると聞いた、と中山は声を荒らげた。

「犯人の顔を見たと言ってるそうだな。刺し殺したのは刑事だと……」

確かにそうですが、と長谷部が首を傾げた。

「部長はその情報をどこから得たんです？」

地獄耳なんだ、と中山は突っぱねた。妻子が誘拐されたとは言えない。

現場に品川桜署の橋口刑事がいたと通報者は話しています、と長谷部は言った。

「おそらく、通報者自身が目撃したんでしょう」

「橋口の名前を言ったんだな？」

「そうです」

「なぜ名前を知っていた？」

「わかりませんが、橋口は数年前まで本庁勤務でした」組織犯罪対策部で私の下にいた時期もあります、と長谷部がうつむいた。「通報者が橋口を知っていたのは、そのためかもしれません。橋口は事故を起こして、品川へ転属しています」

「事故？　中国人マフィアを撃ったあの件だな？」

中山の脳裏に橋口志郎の顔が浮かんだ。

「それはいい。大久保の事件について、詳しく知りたい」

「通報の五分後、本庁及び所轄の刑事が現場に向かいました。全員がマンション内で橋口を見ています」

「本当に橋口がその女を殺したのか？」

中山はデスクを平手で叩いた。まだ結論は出ていません、と長谷部が言った。

「ただ、女の部屋から出てくる橋口をマンションの住人が見ています。室内から橋口の指紋も出ました。発見された時、春野博美の体から血が流れていたと報告が入っています。状況だけを考えれば、橋口が殺した可能性はあります」

「なぜ今まで報告しなかった？」

「詳しい状況が判明したのは十分ほど前です。それとは別に、インターネットのSNS上に橋口が新宿で女を刺し殺したと書き込みがあった、とサイバー犯罪対策課から連絡がありました。通報直後で、作為が感じられます。不確かな情報を上げるわけにはいきません」

「もっと早く報告するべきだったな。現職の刑事が殺人犯なら大問題になる。わかりきった話だろう」

事態の確認が先だと判断しました、と長谷部が言った。

「橋口の身柄を押さえるため、緊急手配を命じています。対応が遅れたわけではありません。部長に報告する段階ではないと――」

「刑事が現場に向かったと言ったな？　どうしてその場で逮捕できなかった？」

「突っ込んできた車に橋口が乗り、逃げたということです」運転者は女性で、協力者でしょうと長谷部が言った。「ナンバーは判明しており、関東運輸局に照会依頼して車の所有者を確認中です。すぐに報告が入るでしょう。付近の防犯カメラもすべて調べています。橋口の確保は時間の問題です」

まずいぞ、と中山は立ち上がった。

「現職の刑事が女を刺し殺した？　どうなると思ってるんだ？　どれだけ叩かれるかわかってるのか？」

「しかし……」

品川桜署の署長が辞めて済む話じゃないぞ、と中山は長谷部を睨みつけた。

「こっちにも火の粉が降りかかってくるだろう……橋口はどこにいるんだ？」

調査中ですとだけ言って、長谷部が口をつぐんだ。何かを察したのか、目付きが険しくなっていた。

「橋口を探しているのはどこの部署だ？」

三係と新宿区内の所轄署です、と長谷部が答えた。

「部長、橋口は協力者の女と車で逃げています。ナンバーも車種もわかっているんです。既に関係各所への手配は済ませました。数時間以内に橋口を確保できると――」

冗談じゃない、と中山は怒鳴った。

「単なる殺人事件とは訳が違う。最悪の不祥事《ふしょうじ》だ。すぐ橋口を見つけろ。三係？　所轄署？　そんな生ぬるいことをしてどうする？　二十三区内の全警察署に通達を出し、橋口の確保に専念させろ。わかったな？」

「しかし……これは個人的な意見ですが、橋口がその女性を殺したとは思えません。他にも事件は起きています。二十三区内の全警察署というのは……」

「橋口が女を殺したのか、そうではないのか、身柄を押さえればすぐわかることだ。そうだろう？　彼を信じたいという気持ちはわからなくもないし、作為……橋口が罠にはめられたのかもしれない。だが、女が殺されたのは事実だ」

「その通りです」

橋口が女の部屋にいたのも確かだ、と中山は額の汗を拭った。

「犯人ではなくても、何か知っているはずだ。違うか？　何であれ、奴には事情を説明する義務がある。命令だ。二時間以内に見つけろ！」

「了解しました」

これは刑事部長命令だ、と中山は座り直した。

「二十三区内の全警察官を動員して、橋口を探せ。本庁刑事部捜査一課三係に専従班を設置、捜査支援分析センター、その他関連部署に協力を要請、橋口の身柄確保を最優先とする」

「はい」

「銀行、クレジット会社に情報提供を命じろ。金の動きを追うんだ。キャッシュディスペンサーから金を引き出せば、どこにいるかすぐわかる。カード払いも同じだ。コンビニチェーン、スーパー、デパート、その他考えられる限りの会社に協力を仰げ。隠れるといっても場所は限られる。ホテル、サウナ、ネットカフェ、とにかく全部当たれ。必ず橋口を見つけろ」

「はい」

マスコミも使え、と中山は視線を外した。

「顔写真を出しても構わない。一般からの目撃情報を募るんだ。どんなことをしてでも奴を確保しろ。万一だが、長引くようなら指名手配も考えざるを得ない」

待ってください、と長谷部が半歩前に出た。

「現段階で橋口は容疑者と言えません。参考人ならともかく、指名手配というのはさすがに……」

そんなことを言ってる場合じゃない、と中山は顔をしかめた。

「重要なのは、一刻も早く奴を押さえることだ。私だって、橋口が犯人でなければいいと思ってる。だが、奴が女を殺していたらどうなると思う？　君が考えているより、警察不信、検察不信の声は根強い。下手をすれば、総監の進退にまで話が及ぶかもしれない。何としても奴の身柄を押さえなければならない。逃げているのは、後ろ暗いところがあるからだろう。そうでなければ堂々と無実を主張すればいい。身の潔白を証明する義務が奴にはあるんだ。今のままだと、埒《らち》が明かない。警視庁が橋口をかばっているわけではないと示すためにも、強い態度に出るべきだ」

私は橋口を知っています、と長谷部が肩をすくめた。

「例の件で本庁勤務から外されましたが、人殺しをするような男ではありません」

あの件は覚えてる、と中山は歯を食いしばった。

「三年前か……あの男のせいでどれだけ迷惑を被ったか。品川に飛ばしたのは私だ。君も一時的にだが方面本部に回されたじゃないか。なぜ奴をかばう？　トラブルメーカーだぞ？」

「あれは橋口だけの責任ではなかったと思います」

「奴が発砲したのは事実じゃないか」

同僚の刑事を救うためだったんです、と長谷部が言った。

「まだ若いですが、刑事としての能力は高く、我々のやり方もよく知っています。大量の警察官を動員すれば、こちらの動きに気づくでしょう。裏を掻かれるかもしれません。どんな事情があるのかわかりませんが、指名手配すれば地下に潜《もぐ》りかねません。ますます面倒なことになると考えますが」

「そういう問題じゃないと言ってるだろう！」

中山は摑んだボールペンを二つに折った。

「いいか、これは命令だ。絶対に橋口を捕まえろ。必ず見つけて、ここへ連れてこい！」

私も彼の話を聞きたいと思っています、と長谷部がうなずいた。

「必ず身柄を押さえます。ですが……ひとつだけ聞かせてください。部長、何があったんです？」

「何もない」

「橋口を追い詰め、逮捕してどうするつもりですか？　確保の必要性は私も理解しています。現職刑事が殺人を犯せば、市民の警視庁、警察庁への信頼が揺るぎかねません。しかし、まだ情報も出揃っていない段階で指名手配というのは――」

「理事官の立場ではわからないだろう」

中山は吐き捨てた。妻と娘を正体不明の男に誘拐された気持ちなど、わかるはずがない。

声だけの印象だが、危険な男なのは間違いない。何をするかわからなかった。

我々、と一度だけ言っていたが、何らかの組織がバックにいるのだろう。おそらくは反社だ。

警視庁刑事部長の妻子を誘拐し、橋口の逮捕を要求している。三年前まで、橋口は本庁組織犯罪対策部に籍を置いていた。

中山は深く息を吐いた。過去に橋口が逮捕した者が復讐している。要求に従わなければ、妻と娘は殺されるだろう。

「橋口の身柄を押さえる義務が警察にはある」

確かにそうです、と顔を伏せた長谷部に、煙草を持っているかと中山は尋ねた。

「持っていますが……禁煙されているのでは？　お嬢さんが嫌がると――」

ポケットのラークをパッケージごと長谷部が差し出した。どうだっていいだろうと乱暴に答えて、中山は煙草にライターで火をつけた。

Part 4　裏切り

1

チャイムの音に、志郎《しろう》と有美《ゆみ》は同時に顔を上げた。壁のボタンを有美が押すと、若い男の姿がモニターに映った。

「すいません、警察です」

制服警官だった。反射的に志郎は隠れようとしたが、意味がないことに気づいた。向こうからは見えていない。

「何でしょうか？　今、食事の準備を……」

落ち着いた声で有美が答えた。新宿で事件がありまして、と警官が言った。

「逃走中の犯人がこの辺りにいたのは確かで、行方を追っています。お宅は大丈夫ですか？」

「はい。でも、どうしてここへ？」

こちらだけじゃないんです、と警官が脇に挟《はさ》んでいたファイルを開いた。

「近くのコンビニの防犯カメラに、犯人が映っていたんです。近隣の家をすべて廻《まわ》ってまして……この男ですが、見ていませんか？」

ファイルに挟み込まれていた写真のプリントアウトを、警官がカメラに近づけた。キャッシュディスペンサーの前に立っている志郎の顔がそこにあった。

「……見てません」

お騒がせしました、と警官が軽く頭を下げた。

「ですが、気をつけてください。凶暴な男です。戸締まりは厳重にお願いします。この男を見かけたら、必ず110番してください」

失礼しますという声と共に、画面がオフになった。凶暴な男、と有美がボタンから指を離した。

笑えない冗談だ、と志郎は顔をしかめた。

「だが……どうなってる？」

家へ来る前、コンビニに寄りましたよね、と有美が言った。

「あそこで防犯カメラが橋口《はしぐち》さんを撮影していたんです」

それはわかってる、と志郎は言った。

「コンビニに寄り、買い物をして現金を下ろした。防犯カメラが撮影しているのは気づいていた。だが、画像は警備会社が管理している。警察が防犯カメラを設置しているわけじゃないんだ」

「それは……そうでしょうね」

画像を調べるのが早すぎる、と志郎は首を振った。

「早すぎる？　どういう意味ですか？」

ここへ来てから一時間も経っていない、と志郎は部屋を見回した。

「おれが大森《おおもり》方面へ逃げたのは警察もわかっていただろうが、場所の特定まではできない。大田区にコンビニがどれだけあるか知らないが、百や二百あってもおかしくない。各店の画像データを持っているのは警備会社で、それには個人情報も含まれる。警備会社が警察に協力する義務なんてないんだ」

「それはわかります」

簡単に言うが、と志郎はテーブルに肘をついた。

「防犯カメラの画像解析には少なくとも十人以上の専門家が必要だ。全データをチェックしておれを見つけ、顔写真を所轄や交番の警官に配った。交番のコピー機でプリントアウトしていたら、百枚で一時間はかかる。大勢の警官がこの辺りの家を回っている。一軒家、マンション、アパート、店舗、公共施設……すべてを調べるのは百人態勢でも無理だ。動員を命じられた警官はその十倍以上いるはずだ」

「刑事のあなたが春野《はるの》さんを殺したから？」

君の冗談は笑えない、と志郎は肩をすくめた。

「現職刑事が人を殺せば、警視庁にとって大問題だが、今の段階で千人以上の警官を動かせるはずがない。誰であれ、普通はそんな無茶な命令は出せない」

志郎は腕時計に目をやった。午後二時半になっていた。

「しばらく様子を見てからここを出よう。警察はコンビニ周辺の家を徹底的に捜索している。さっきの警官がドアを開けてくださいと言わなかったのは、君が一人暮らしの女性だからだ」

「どうして一人暮らしだと？」

部屋の広さだ、と志郎は言った。

「外から見てもワンルームだとわかる。コンプライアンス強化で、男性警官が一人暮らしの女性の家に入るのは原則禁止されている。あの警官は若かった。無理はできない」

そういうことですかとうなずいた有美に、次は違うと志郎は唇を嚙《か》んだ。

「その時は室内に入ってくるだろう。警察は車のナンバーで住所を割り出す。今すぐ来たっておかしくないんだ」

友達の車です、と有美が言った。

「今日は有休で、春野さんに会った後、姫原村《ひめはらむら》の片山《かたやま》興産に行くつもりでした。不便な場所なので、車の方がいいと思って借りたんです」

不幸中の幸いだな、と志郎は胸を撫で下ろした。

「警察は君の友人を探すだろう。その分時間が稼げる……とりあえず、都心に出よう。人の多い場所なら、目立たずに済む」

志郎はコンビニで買ったマスクをレジ袋から取り出した。

2

刑事部長の直命には従わざるを得ない。長谷部《はせべ》は捜査一課の全刑事に橋口志郎の捜索を指示し、都内の全警察署に協力要請を手配した後、品川桜署に向かった。

事前に署長の大沢《おおさわ》に連絡を入れ、関係部署の捜査員の緊急招集、橋口志郎捜索本部の設置を命じていた。

この段階で、志郎の行方を追っていたのは本庁捜査一課三係の一部の刑事と新宿区内の警察官だった。指揮を執っているのは三係長の森田《もりた》だ。

長谷部は命令を差し替え、自分が総指揮官になると通達した。手配に手間取り、品川桜署に入ったのは午後五時過ぎだった。

大会議室に入り、長谷部は奥の席に座った。大沢署長以下、各部署の捜査員が顔を揃《そろ》えている。

橋口はどこにいると尋ねた長谷部に、全員が目を逸《そ》らした。

「直属の上司は？」

私です、と中年の男が手を挙げた。苛立《いらだ》ちが顔に浮かんでいた。

「刑事係長の藤元《ふじもと》です。橋口の居場所はわかりません。正直、私は事態を把握していないんです」

橋口が被疑者への暴行で謹慎処分になっていたと聞いた、と長谷部は言った。

「どうして放っておいた？　連絡は？　謹慎中でも定時連絡は警察官の義務だろう」

連絡は取ってます、と藤元が手で顔を拭《ぬぐ》った。

「橋口が処分を受けてから、私を含めうちの連中が毎日橋口と連絡を取っていました。今日の昼過ぎ、本人から電話が入っています」

「どこにいるんだ？」

都内にいるのは確かです、と藤元が言った。

「新宿の件はこっちにも情報が入っています。被害者の女性の部屋にいたのは、橋口も認めていました。いきなり本庁の連中に逮捕されたくない、うちの署に戻って詳しい事情を説明すると言ってました」

他人事みたいな言い方は止めろ、と長谷部は渋面《じゅうめん》を作った。

「橋口は君の部下だ。謹慎中であっても、行動を把握する義務があるはずだ」

面目ありません、と藤元が頭を下げた。

「ですが、一時間おきに居場所を連絡しろとは言えませんよ」

「開き直ってるつもりか？」

まさか、と藤元が手を振った。

「本庁の理事官にそんなことをするわけがないでしょう……殺された春野博美《ひろみ》と橋口の間に面識があったのはわかっています。この三時間、五分おきに電話をかけていますし、留守電に伝言を残してますが、電源を切っているため、所在は不明なままです。携帯会社に協力を依頼しましたが、難しいということでした」

「言い訳はいい。そんなことより――」

橋口が何をしたって言うんです、と藤元が唸《うな》り声を上げた。

「春野博美の部屋に行ったのは確かです。死体を発見したのも橋口ですよ。ドアノブや壁に山ほど指紋がついていたと聞きました。本庁の組対にいた時、理事官の部下だったと橋口本人が話していましたが、奴のことは知ってますよね？　殺人現場に指紋を残すと思いますか？　橋口は馬鹿かもしれませんが、間抜けじゃありませんよ」

「被疑者を殴った男だ。春野と話していて、かっとなって殺したとすれば、指紋を残していてもおかしくない」

理由があったんです、と藤元が首を振った。

「橋口は妹を殺されています。理事官はどうです？　奥さんを殺されても、感情的になりませんか？」

「話を逸らすな。身内を殺されたら、誰だって冷静ではいられない。だが、暴力を行使していいはずがないだろう」

「もちろんです。だから謹慎を命じました。警察官として間違ったことをしたんですから、当然でしょう。ですが、気持ちはわかります」

「自分が何を言ってるかわかってるのか？」

藤元、と大沢が苦い顔になった。そのままお返ししますよ、と藤元が薄笑いを浮かべた。

「橋口がうちに来てから、三年ほど経ちます。です。筋の通らないことはしない男ですよ。少なくとも、かっとなって一、二度しか会っていない女性を殺すようなことはしません。それはわかってるでしょう？」

この件は中山《なかやま》刑事部長の直命なんだ、と長谷部は声を低くした。

「刑事が市民を殺せば、上層部の責任問題になるし、進退にも関わってくる。橋口と殺された女性の間に何かがあったのかもしれない。誤って刺してしまった可能性もないとは言えないだろう。詳しい事情を本人の口から聞く必要があると私も考えている」

そんな可能性はありません、と藤元が唇の端だけを曲げた。

「そもそも動機がないんです。一度か二度会っただけの女性を殺す理由なんて考えられませんよ。しかも、橋口は現場から警察に通報しています。通信指令センターの担当者に聞きましたが、橋口は驚いていたそうです。当然でしょう、死体を見つけるなんて思ってもいなかったはずです。驚かない方が不思議ですよ。それでも、110番通報したんです。人殺しがそんなことをしますか？」

聞け、と長谷部は藤元を手で制した。

「私も橋口を信じている。春野を殺したと思っているわけじゃない。だが、何か知っているはずだ。なぜ黙ってる？」

昼に電話で話した時、と藤元が言った。

「橋口は駆けつけた刑事を現場で見たそうです。確認しましたが、橋口が通報する直前、女性が部屋で刺し殺された、犯人は品川桜署の橋口刑事だという通報があったと聞きました。だから、刑事たちは橋口を犯人だと考えたんです。奴は何かがおかしいと直感したんでしょう。勘のいい男です。嫌な臭いを嗅《か》げば逃げますよ。本庁が橋口を疑っているのも気づいているはずです。警察は予断と偏見の塊《かたまり》ですから、とりあえず身を隠すと決めたんだと思いますね」

それが事態を複雑にしている、と長谷部はため息をついた。

「橋口をかばうつもりなら、間違っている。かえって奴が不利になるだろう。出頭して何があったのか話すべきだ。奴を逃せば、君の責任問題になる。辞職するつもりか？」

冗談でしょう、と藤元が言った。

「地方公務員は潰《つぶ》しが利きません。再就職先を捜すのは厳しいですよ。しかし、部下を見捨てた係長はいずれ辞めざるを得ません。それが警察という組織です。かばってなどいませんし、橋口を見つけるつもりです。言われなくても説得して、出頭させますよ」

君の態度には問題がある、と長谷部は藤元を睨《にら》んだ。

「警察は階級がすべてだ。君は警部補だろう？　警視正に対し、それなりの敬意を持って接するべきだろう」

私はあなたのことを知りません、と藤元が肩をすくめた。

「ただ、橋口はあなたを信頼していました。警察官として、上司として、人間として尊敬できる人だと話してたんです。奴がそう言うなら私も信じよう、そう思っていましたが、こんな無茶な話は聞いたことがありません。橋口一人を逮捕するために、東京中の警察官を動員する？　馬鹿らしくて話す気にもなれませんよ」

「中山刑事部長の命令で――」

こんな無法な命令を通すなら、理事官なんていてもいなくても同じです、と藤元が言った。

「警察官の犯罪が増えています。世間から非難されるのは当然ですよ。何よりまずいのは、警察官が警察官の犯罪の意味をわかっていないことです。検察庁の検事長が賭けマージャンで起訴された事件がありましたが、上から腐ってるんでしょう」

「関係のない話だ」

ありますよ、と藤元が身を乗り出した。

「腐った上を見習って、下も腐り始めています。それでも、諦めていない刑事が警察を支えているんです。橋口もその一人で、優秀で熱心な男です。あなたはそれを知っているはずだ。違いますか？　奴は自分が窮地に立たされているとわかっています。様子を窺《うかが》っているだけで、いずれは出てきてすべてを話すでしょう」

待っているわけにはいかない、と長谷部は天井に目を向けた。

「今、重要なのは――」

そんなことはわかってます、と藤元が言った。

「うちも署を挙げて橋口を探しています。その責任があるのは確かです……理事官に伺いたいのは、本庁が何を考えてるかです。繰り返しになりますが、この体制はどう考えたっておかしいでしょう。奴がテロリストで、東京中にサリンをばらまくつもりならともかく、もし橋口が女性を殺したとしても、単なる殺人犯に過ぎません。警視庁が総掛かりで奴を探す理由は何です？」

そこをきちんと説明してもらわないと、確保だ逮捕だと言われても納得できませんね、と藤元が横を向いた。

わからなくもない、と長谷部は尖った鼻梁《びりょう》に触れた。

「だが、この件は――」

藤元の胸ポケットから着信音が流れ出した。

「公衆電話です」

画面に目をやった藤元が低い声で言った。

「……橋口か？」

「そうでしょう」

どこにいるのかを聞き出せ、と抑えた声で長谷部が言った。

「ここへ戻るように言うんだ。逆探知を始めろ。橋口の位置を探れ」

大沢がうなずくと、二人の係長が同時に大会議室を飛び出していった。

七回目のコールが鳴り、藤元が画面に触れた。スピーカーに切り替えると、橋口です、と疲れた声が大会議室に広がった。

「何をしてる？　今どこだ？」

銀座です、とくぐもった声がした。

「何が何だか……こっちが聞きたいですよ。スマホの充電は切れるし、そこら中に警察官がうようよいます。テレビで見ましたが、ぼくが春野さんを殺したことになってるんですか？」

「違うのか？」

喉の奥で笑った藤元に、勘弁してください、と不快そうに志郎が言った。

「警察がぼくを追っているのはわかってます。本気でぼくが彼女を殺したと思ってるんですか？」

「説明すると長くなる。とにかくこっちに戻れ。本庁もうちも、お前が犯人だと考えているわけじゃない。ただ、現場にいたのは確かだ。違うか？」

「いましたが……」

「詳しい事情を話す責任がお前にはある。それはわかってるはずだ。今すぐ戻れ」

「了解です」

「待ってる。悪いようにはしない。俺たちを信じろ……それにしても、スマホの充電ぐらいしておけ。刑事だろ？」

電話が切れた。同時にドアが開き、係長の一人が飛び込んでくる。

「逆探知成功しました。中央区銀座七丁目第1247公衆電話。生香堂ビルの二階です」

「大至急、銀座を警邏《けいら》中の警察官に連絡」長谷部は机を叩いた。「銀座六、七、八丁目を包囲して、橋口を確保しろ。ここからも人を出せ」

もちろんです、と大沢がうなずいた。藤元がスマホを上着の内ポケットに入れ、空《あ》いていた左手で額の汗を拭った。

橋口が人を殺したとは私も思っていない、と長谷部は立ち上がった。

「だが、今は彼の話を聞くことが最優先だ。銀座か……警察官の数は多い。橋口を確保できるだろう。万一、包囲を抜けたとしても、奴はここへ戻ってくる。確保できればそれでいい」

うなずいた藤元に、ポケットから手を出せ、と大沢が舌打ちした。

「それが理事官と話す態度か？　どうかしてるぞ」

失礼しました、と藤元がポケットから手を抜いた。

3

署に戻る、と志郎は受話器を置いた。わかりました、と有美がうなずいた。

大森から京浜東北線《けいひんとうほく》で有楽町に出て、その後銀座までは徒歩だった。人込みに紛れて移動を続けていれば見つかりにくい、と経験でわかっていた。

考えてみれば、逃げる必要なんてないんだと志郎は言った。

「おれは春野さんを殺していない。追われる筋合いはないんだ」

志郎の手の中で、スマホが一度だけ鳴った。メールの着信音だ。

藤元の携帯番号を覚えていなかったため、有美がコンビニで買ったバッテリーチャージャーでスマホの充電をしていた。

まずい、と志郎はスマホの側面にあるスイッチに触れた。

「居場所を探知されると面倒だ。いきなり本庁に連れていかれたら――」

「橋口さん？」

何かありましたかと尋ねた有美に、志郎はスマホの画面を向けた。

「〝もとるなにけろ〟……どういう意味です？」

電源を切り、志郎はビルの外に出た。通りかかったタクシーを止めて有美と一緒に乗り込み、まっすぐ行ってください、と指示した。

顔を強《こわ》ばらせた有美が見ている。LINEだ、と志郎は囁《ささや》いた。

「藤元係長が戻るなと言ってる。逃げろと……なぜだ？　話が違う。あの人は――」

有美が運転席のシートに据え付けられていた液晶画面を指さした。そこに志郎の顔が映っていた。

〝大久保女性会社員殺人事件の重要参考人〟とテロップが入り、その下を文字が流れている。橋口志郎巡査長、と名前もあった。

「君のスマホでニュースを見ることはできるか？」

有美がスマホを操作してアプリを呼び出し、ニュースサイトを開いた。トップページに〝警視庁現職刑事が女性会社員を刺殺？〟〝銀座近くで目撃〟とあった。

お客さん、と運転手がバックミラー越しに声をかけた。

「どうします？」

並木通りと晴海通りの交差点に出ていた。右へ行けば東銀座、左は有楽町方面だ。

降ります、と志郎は言った。まだ五百メートルも走っていない。怪訝《けげん》な表情を浮かべた運転手に、用事を思い出したと言い訳を口にしながら千円札で料金を支払った。

首を傾げている運転手から顔を背けてタクシーを降りた。目の前に銀座四丁目マルチビジョンがある。巨大な画面に志郎の顔が映っていた。

「……どうなってるんですか？」

マルチビジョンの映像に有美が目をやった。マスクに手を当て、顔が隠れているのを確かめたが、通りを歩く人々の目がすべて自分に向いているような気がした。

通りには人が溢《あふ》れている。サラリーマン、ＯＬ、学生、主婦、子供、老人。すれ違う人々の目を避けながら、志郎は速足で進んだ。人の列は途切れない。

東京の中心地、銀座だ。人がいない場所はない。

すれ違った男が携帯電話を耳に当てて何か話し出した。

立ち止まった女がスマホをスワイプしている。

女子高生が自撮りをして、笑っている。

周囲にいる数百人が警察に通報している。そんなはずがないとわかっていても、足が動かない。

すぐ横をミニパトが通り過ぎていった。駐車違反の取り締まりだ。

慌てて目を逸らした。交通課でも警察官は警察官だ。不審に思われただろうか。

背を向けて路地に入ろうとしたが、制服姿のガードマンに制止された。

「すいません、この先で電気工事をやっていまして……」

志郎は顔を伏《ふ》せたまま通りに戻った。不自然とわかっていても、顔を隠さないではいられなかった。

なぜ銀座にいるとマスコミが知っているのか。藤元にかけた電話を逆探知したのは品川桜署の担当者だろうが、情報をリークする理由はない。

春野博美殺しの現場にいたことは事実だ。本庁が事情を聞きたいと考えているのもわかるが、いきなり重要参考人扱いで、テレビに顔写真を流すことなどあり得ない。

人権無視というレベルではない。どんな理由があっても、証拠もなしに個人情報をオープンにしていいはずがない。

「裏切り者がいる」

志郎のつぶやきに、有美が顔を向けた。おれを春野博美殺しの犯人にするつもりだ、と志郎は小声で言った。

「だが、理由がわからない。そんなことをしたって、誰の得にもならないんだ」

顔を隠しながら歩き続けた。誰かに見られていないか、気づかれていないか、通報されていないか。立ち止まることができなかった。

本庁は志郎の確保に大量の警察官を動員している。銀座周辺に千人以上の警察官を投入しているのかもしれない。

他にもある、と志郎は顔を上げた。至るところに防犯カメラが設置されていた。デパート、コンビニ、店舗、信号機、ＡＴＭ。撮影した画像データを解析するための人員も集められているはずだ。

銀座にいる、と志郎は電話で藤元に話した。逆探知されたのは間違いない。オンにしたスマホの電波を辿った可能性もある。志郎がどこにいるのか突き止めるのは簡単だ。

誰が指揮を執っているにしても、と志郎は額に指を押し当てた。

まず、銀座周辺を包囲するだろう。大きく網を張り、当該区域を徹底的に捜索すれば、必ず確保できる。タクシーに乗っていたら、検問に引っ掛かったはずだ。

「待ってください……どうするつもりですか？」

腕を掴まれて立ち止まった。有美が不安そうに見ている。

どこにも行けない、と志郎は首を振った。

「タクシーも使えない。駅も駄目だ。警察は真っ先に交通機関を押さえる。逃げ場はない」

「どうしてそんな……」

わからない、と志郎は左右に目を向けた。

「警視庁はおれを追っている。ホテルや店にも入れない。銀座に隠れる場所はないんだ。奴らが全部押さえている。どうにもならない」

「橋口さんは警察がどう動くかわかっているんですよね？　それなら、裏をかけば……」

無駄だ、と志郎は肩をすくめた。

「君も公務員なら組織の力はわかってるはずだ。四万二千人の警察官を相手に逃げきれるわけがない。しかも、奴らはおれの顔写真を公表している。銀座にいるすべての人間が監視者になったのと同じだ。なぜ、ここまでする？」

自分から出頭するべきです、と有美が言った。

「あなたは春野さんを殺していません。それを話せば、わかってくれる人がいるはずです」

警視庁もそこまで腐ってはいない、と志郎はうなずいた。

「いずれは真相がわかるはずだ。だが……何かが違う。おれを陥《おとしい》れようとしている奴がいるんだ。目的はわからないが、おれの動きを妨害したいと考えている。何のためにそんなことをする？」

ビルとビルの間に入った。通行人は多いが、そこだけがエアポケットになっていた。

出頭するわけにはいかない、と志郎はマスクの位置を直した。

「おれを足止めするのが目的なんだ。出頭すれば思う壺《つぼ》だ……意図がわからない。おれは所轄の刑事に過ぎない。何ができるわけでもないのに……」

有美が路地の左右に目を向けた。入ってくる者はいない。

「だが、ここにいてもいずれは見つかる。銀座は警視庁が制圧している。ビル、店、レストラン、サウナ、ホテル、至るところにカメラがある。顔認識ソフトを使って調べれば、いつ見つかってもおかしくない。本庁は即応体制を整えている……誰の命令だ？　所轄の署長レベルじゃない。捜査一課長でも、ここまではできない」

「では誰が？」

本庁のトップだ、と志郎は言った。

「警視総監とは言わないが、それに準ずるクラスだ。だが、所轄の巡査長を捜すために、東京中の全警察官に動員をかけるような無茶をするはずがない。奴らは警察官僚だ。こんなことをしたら、絶対に責任を問われる。マイナスにしかならないとわかっているはずなのに……」

「官僚が保身を考えるのは、わたしもわかります」

品川桜署にも本庁から誰かが来ているはずだ、と志郎は大きく息を吐いた。

「一課長か理事官、管理官クラスだろう。おれを見つけるために指揮を執っている」志郎は手の中のスマホを見つめた。「藤元係長は命令に従い、戻ってこいとおれに言ったが、それは見せかけだった。何かおかしいと感じた。だから、すぐにＬＩＮＥを送ってきたんだ」

「すぐ？　他にも人がいたはずです。目の前でＬＩＮＥを送ったんですか？」

違う、と志郎は首を振った。

「係長は親ばかで、それは本人も認めている。娘にＬＩＮＥをブラインドで打つやり方を教わったと自慢していた。机の下か、ポケットの中で文章を打ったんだ。本庁の連中が刑事係の電話をすべてチェックしているから、電話で警告することはできない。だからＬＩＮＥを送ったんだろう」

どこにも逃げられません、と有美がため息をついた。

「マルチビジョンに橋口さんの写真が出ているぐらいです。ネットでも顔写真が出回っているでしょう。橋口さんの友達、知人、親戚まで手が回っていてもおかしくありません。近づいただけで見つかります」

「どっちにしても遠くまでは行けない。交通手段がないんだ。今は銀座全体を包囲しているんだろうが、網を縮めるのが警察の常套《じょうとう》手段だ。いずれは見つかる」

「どうするんです？」

ひとつだけ当てがある、と志郎はマスクを確かめた。

「行こう。遠くはない」

顔を伏せたまま歩きだした。夕闇が迫っていた。

4

マンションの部屋の前に立ち、志郎はチャイムを押した。誰だ、という男のかすれた声がした。

「夜分すいません、新聞の集金なんですが」

「新聞？」

目を丸くした有美に、ウーバーイーツの方がよかったかな、と志郎が首を傾げた時、ドアが開いた。顔を覗《のぞ》かせたのは枯れ木のように痩《や》せた老人だった。

「どうも、北島《きたじま》さん」志郎はドアの隙間から中に潜《もぐ》り込んだ。「先日は失礼しました」

人殺しのデカか、と北島が視線を逸らした。

「テレビで見たよ。この前の刑事だとすぐわかった。何しに来た？　この女は誰だ？」

「あんたの部屋が近くて助かった。友達でも何でもない知り合いは、この辺じゃあんただけだ」

短い廊下を志郎は進んだ。

「匿《かくま》ってくれ。拒んだらあんたを殺す。何しろおれは殺人犯だからな」

おめえはそんなタマじゃねえ、と北島が薄笑いを浮かべた。

「人を殺して平気でいられるほど神経が太くねえだろう。おれもそうだからわかる。これでも暴力団の親分だったんだ。人殺しは何人も見ている。殺せる奴と殺せない奴がいるのも知ってる。おめえにはできんさ。つまらん脅《おど》しは止《や》めろ」

頼むよ、とリビングに入った志郎は椅子に腰を下ろした。

「あんたの会社を乗っ取った真田《さなだ》のことを調べていたら、殺人犯になっていた。協力してくれ。うまく行けば、片山興産をあんたに返してやる。それが無理でも、あの会社を潰す。会社を騙《だま》し取られて恨んでるんだろ？　敵の敵は味方って言うじゃないか」

「おまわりを味方だと思ったことはねえよ」あんたも座りなさい、と北島が有美に椅子を勧めた。「警察なんか大嫌いだが、真田って野郎はもっと気に食わない。あいつを潰してくれるなら、手を貸してやらんでもない」

「一泊十万払う。彼女と二人でだ。食事も込みでいいな？　それから、電話を貸してくれ」

「おめえに布団は貸さんぞ。お嬢さんの分しかない……お名前を伺ってもよろしいでしょうか？」北島が目尻を下げた。「あと、星座と血液型は？　わたしはいて座のB型で、魚座でO型の女性以外は相性抜群なんですよ」

「ナンパか？　スケベな爺さんだな」

「職業に貴賤《きせん》はないと学校で教わらなかったのか？　刑事だろうが裁判官だろうが、美人はいつだって歓迎する」

北島を無視して、志郎はリビングにあった固定電話の受話器を摑んだ。頭の片隅にあった番号を非通知で押すと、南部《なんぶ》だ、と声がした。

「おれだ」

「……橋口？　何をしてる？　今どこだ？」

「まだ言えない。お前こそどこにいる？」

「署に決まってるだろう。ちょっと待て」

一分ほど保留音が鳴り、大丈夫だと南部が言った。

「場所を変えた。お前、いったい何をしたんだ？　今、うちに本庁の長谷部理事官が来てる。お前を見つけろと机を叩いてるぞ。春野博美殺しの捜査本部もうちに設置された。連中は藤元さんの電話を押さえてる。お前がかけたら、一発で逆探知されるぞ。担当者が五分置きにお前の携帯に電話をかけ続けてるが、電波で位置を調べるつもりだ」

「それぐらいわかってる。電源は切った」

「そうか……春野殺しの件だが、本当に関係ないんだろうな？　現場にいたのはわかってる。通報もしたと聞いたが……」

「何でおれが彼女を殺さなけりゃならないんだ?」

「大声を出すな。おれは信じてるさ。だが、本庁は違う。お前が通報する直前に110番があったそうだ。お前の名前を出して、女を刺したところを目撃したと話している。信憑性《しんぴょうせい》は高い、と本庁は判断してるんだぞ」

「馬鹿馬鹿しくて説明する気にもなれない」

人間はわからんからな、と南部が小さく笑った。

「本庁の刑事が春野の部屋に急行したが、正体不明の女が車でお前をつれ去って逃げたと聞いたが、そいつは誰なんだ?」

時間がない、と志郎は声を低くした。

「どうなってる? 状況を教えてくれ」

「本庁の一課が総出でお前を捜してる。一課長に代わって、ナンバーツーの理事官が直接指揮を執《と》ってるんだ。普通じゃあり得ない。所轄《しょかつ》も交番も総動員だよ。おれもその一人で、お前を捜していた」

「なぜそこまでする?」

「知らんよ。銀行やクレジット会社にも協力要請が出た。お前がATMやディスペンサーを使えば一発でわかる。本庁は民間の警備会社に通達を出し、任意で防犯カメラの画像提供を要請しているが、実質的には命令だ。テレビやネットにもお前の写真が出てる。明日の朝刊の一面にも載るだろう」

「無茶苦茶じゃないか」

「現職刑事が一般市民を殺せばそういうことにもなるさ。世間の目が厳しくなってる。不祥《ふしょう》事《じ》は許されない」

「おれは殺してない。証拠もないのに……」

ないわけじゃない、と南部の声が険しくなった。

「通報があったのは、目撃者がいたからだ。お前が春野の部屋に入った姿がマンションの防犯カメラに映っていた。春野の死体に触れたのも鑑識の調べでわかってる。まずいのは本当なんだ」

「……わかってる」

「どうするつもりだ？　逃げ切れないぞ。警察はもちろん、日本国民すべてがお前を殺人犯だと知ってる。すぐ見つかるだろう。出頭した方がいい」

その前に知りたいことがある、と志郎は受話器を持ち替えた。

「長谷部理事官が動いてると言ったな？　頭のいい人だ、おれが犯人じゃないことぐらいわかってるだろう。誰かに命令されたんだな？」

本庁の中山刑事部長らしい、と南部が声を潜《ひそ》めた。

「お前を捜し出せと厳命するのはわからんでもない。広い意味では、お前もあの人の部下なんだ。不祥事の責任を回避したいんだろう。無理筋だが、他部署にまで命令を出している。マスコミに情報をリークしているのも中山さんの指示だ」

「ネットを見た。おれが春野を殺したと掲示板サイトにアップしてる連中がいるようだ。それも本庁のサイバー犯罪対策課がやってるのか？」

「そんなわけないだろう。ネットに春野殺しの情報や、お前が犯人だと実名を出して告発しているのは別の誰かだ。しばらく前から、複数のパソコンを通じて書き込みを続けている。インターネット関連の部署はお前を捜すので手一杯だ。匿名《とくめい》の告発者を捜す余裕はない」

「サイバー対策課やハイテク犯罪対策センターがおれの行方を追っているのか……おれが動くと、すぐに刑事たちが飛んでくるわけがわかったよ」

「都内の防犯カメラの類《たぐい》は、鉄道やバスなど交通機関も含めて全部押さえられてる。それも中山刑事部長の命令だ。お前を一刻も早く逮捕しないと大不祥事になる、指名手配しろと言ったらしいが、さすがにストップがかかった。警視総監が止めたって話もあるが、本当かどうかはわからん」

どうして中山さんはそこまでするんだ、と志郎は首を捻《ひね》った。

「あの人はキャリアだ。不祥事の隠蔽《いんぺい》がキャリアの仕事だろ？」

皮肉がうめえな、と北島が笑った。横領やセクハラのレベルならそうだ、と南部が言った。

「だが、現職刑事の殺人は話が違う。中山さんは危機管理の専門家だ。組織を守るためには、隠蔽より情報開示の方がいいと判断したんだろう。間違っちゃいないが、やり過ぎているのも確かだ。何かあったのか？」

おれが中国人マフィアを撃った時、と志郎はため息をついた。

「中山さんが責任を取ることになった。おれは品川に飛ばされ、あの人も一時は閑職《かんしょく》に回されたんだ。だが、そんなことをいつまでも引きずりはしないだろう」

中山さんの奥さんに色目でも使ったんじゃないか、と南部が小声で笑った。

「あの人は愛妻家だし、子煩悩《こぼんのう》で知られている。家族に何かあれば、部下だって殺しかねない人だ」

冗談にもならない、と志郎は顔をしかめた。

「部長の奥さんとは一度挨拶しただけだ。娘は幼稚園児だろ？　ストライクゾーンはそこまで広くない」

「キャリアが短期間でも冷や飯を食わされたっていうのは、将来に係わってくる問題だ。やっぱりお前を恨んでるんじゃないか？」

「そんなはずはない。おれの件で責任を負ったが、二年後には刑事部長に昇進している。嫌っているのは確かだが、報復しようなんて思うわけがない。立場が違い過ぎるんだ」

「長谷部理事官が動いているのは、中山さんへの忠義立てだろう。お前が犯人じゃないのはわかってるようだ。意外だな、嫌われてると思ってたよ。昇進が遅れたのは橋口の責任だとこぼしていたって噂を聞いてる」

「組織犯罪対策本部にいた時、おれの件で本庁勤務から外されたが、事情はわかると言ってくれた。冷酷《れいこく》な警察官僚という人もいるが、おれはそう思っていない」

「とにかく、調べてみよう。どうも裏がありそうだ。何かわかったらお前の留守電に残しておくから、後で聞けばいい。お前も――」

いきなり電話が切れた。志郎は受話器を受け台に戻した。

5

匿ってやらんでもないが、事情を話してもらおう、と北島がソファに腰を下ろした。

「いったい何があった？　おめえはまんざら馬鹿には見えねえ。だが、どう見たって間抜けな立場にいる。おれはヤクザだから、シケた奴の面倒は見たくない。こっちまでくすぶっちまう」

　自分でもよくわからん、と志郎は言った。

「気がついたら、人殺しの濡《ぬ》れ衣を着せられていた。どうなってるのか、こっちが知りたい」

　典型的な負け犬の言い草だ、と北島が吐き捨てた。

「負ける奴はみんな同じだ。おれのせいじゃねえ、自分には関係ないとかぬかしやがる……他人のことは言えんがね」

　誰がどう動いてるのかわからないが、発端は高村《たかむら》という男の自殺だった、と志郎は手短に事情を説明した。

「高村の死には不審な点があった。奴は何かを知って、そのせいで殺された可能性がある。おれの妹も、春野という女も殺された。どちらも高村の死に絡んでいる。高村は片山興産に勤めていた。あんたの会社だ」

「いちいち言うな」

「教えてくれ。片山興産は何の仕事をしていた？　本当に建設会社だったのか？」

「知らんよ。おれが奴らに会社を乗っ取られたのは六年前だ。その後どうなったかはおれと関係ない。わかるわけねえだろう」

「あんたは過去に奴らと接触している。気づいたことはないか？」

「そう言われてもなあ……とにかく、好きになれない連中だったよ。この前は面倒で詳しく言わなかったが、真田より周りの奴らが妙でな。今時の会社員だから、上の顔色を窺うのはわからんでもない。だが、あんなに露骨《ろこつ》にやるかね？　ご機嫌を取るとか、イエスマンになるとか、そういうんじゃねえんだ。真田の一挙手一投足、それどころか呼吸ひとつにまで反応してやがった。よく仕込んだ番犬だって、あそこまではしねえさ。あいつらは何なんだ？」

「こっちが聞きたい。あんたの印象は？」

「何でも命令を聞くんだろうって思ったよ。騙されて会社の経営権を奪われたと言ったが、本当はヤバい臭いがしたからだ。最後の最後、書類にハンコを押すのを拒否することもできたが、何をされるかわからなかったし、殺されるかもしれねえ、そんな雰囲気があったんだ。おれは怖くなって逃げたんだ」

「あんたの会社にそこまでこだわる理由があったのか？」

「わかんねえって言ってんだろ。優良会社じゃなかった」利益なんかこれっぽっちだよ、と北島が小指を立てる。「あいつらだって、おれのことは調べていただろう。会社が暴力団系列だってこともわかってたはずだ。そんな面倒臭い会社と絡みたがる奴がいると思うか？　どうしてうちを狙ったのか、おれの方が知りてえよ」

「場所も三多摩《さんたま》の奥だ。あんな山、二束三文だろ？」

何かメリットがあったのでは、と有美が口を開いた。

「不便な場所にあって、暴力団に関係している方が都合がいいような……」

そんな馬鹿な話はない、と志郎は首を振った。お嬢さんは世間知らずだ、と北島が苦笑した。

「暴対法は知ってるだろ？　あれ以来、商売がうまくいかなくなった。暴力団に絡んだって……いや、メリットがないわけじゃない。ろくでもないことをしたけりゃ、都合のいい会社だったんだ」

「ろくでもないこと？」

「真田って野郎は会社を買収してから、おれや古参の幹部を切り捨てた」

だが、若頭の門脇《かどわき》とだけは関係を繋いでいた、と北島が煙草《たばこ》をくわえた。

「門脇の扱いは難しくてな。やたらとよその組とトラブルを起こすんだ。威勢がいい奴が組には必要だよ。何かあった時、役に立つからな。だが、平和な時には無用の長物でね」

「門脇と会った。あんたの言いたいことはわかる」

「奴は独立して、自分の組を構えた。ここだけの話、門脇は覚醒剤《かくせいざい》に手を出してる。かなりの量を扱ってるようだ。だが、奴はうちの組にいた時にヤクを扱ったことはない。ルートを持ってねえんだ。どうやってヤクを入手してるのか、おれもわからねえ」

「つまり？」

真田たちが流していたんじゃねえか、と北島が深々と煙を吐いた。

「考えられなくもない。どんなルートを通じてかも心当たりがある。中国だろう」

「中国？」

「うちの会社には全国に支店があった。おれが引き継いだ頃で十ぐらいかな？　採算が取れなくなって、最後は休眠会社にしたんだ。真田はほとんどを処分したが、新潟の支店だけはしばらく残していた。新潟支店は中国から資材を輸入してたから、ルートはあったんだ。おれは覚醒剤に手は出さねえ。リスクが高いから避けてたんだ。だが、ヤクを仕入れるんなら中国はいい相手だよ」

真田は新潟支店を使って中国から覚醒剤を仕入れ、門脇に売っていた、と志郎は腕を組んだ。

「門脇が武器類を買い集めていたと噂を聞いた。拳銃一丁二丁って話じゃない。軍隊並みの装備で、量も半端じゃなかったようだ。覚醒剤と物々交換していたって噂もある。それが本当だとしたら、相手は真田しかいない。何のために真田は武器類を買ってたんだ？」

「あり得ねえよ。武器なんか揃えたって、建設会社には一文の得にもならん」

「確かにそうだ」

軍隊並みの装備ってのは奴らにぴったりだな、と北島が顔を歪《ゆが》めて笑った。

「真田も、桑山《くわやま》とかいう奴も、あいつらの部下も、軍人みたいな目をしてやがった。おれの爺さんは元陸軍だったから、見りゃあわかる。軍人ってのはあんな目になるんだ」

「どんな武器類を調達していたんですか？」

有美の問いに、はっきりとはわからない、と志郎は肩をすくめた。

「警察も正確な情報は摑んでいなかった。継続的に少しずつ買い集めていたようだ。アサルトライフルや機関銃、対戦車ミサイルも買っていたらしい。派手にやれば警察も気づくが、長い時間をかけていたからわからなかった。慎重に動いていたのは間違いない。それで思い出したが、片山興産の裏山で爆破音を聞いた。ダイナマイトで山を切り崩していると説明していたが、どうやって入手したんだ？」

「不思議な話じゃねえ。建設会社にとっては必需品だよ。許可さえあれば、合法的に手に入る」北島が新しい煙草の封を切った。「建設会社は家を建てるだけが仕事じゃねえんだ。公共事業だって請け負うし、うちにはトンネル専門の部署もあった。江戸時代じゃねえんだ、シャベルとツルハシだけで掘るわけにもいかねえだろう」

トラックの台数がやけに多かった、と志郎はつぶやいた。

「四十台以上あった。奴らは何年もかけて、合法、非合法ルートで武器類や爆発物を集めていた。何のためだ？」

さあな、と北島が欠伸《あくび》をした。もしかしたら、と有美が顔を上げた時、チャイムが鳴った。立ち上がった北島がインターフォンのモニターに触れた。

「誰だい？」

「警察の者ですが、よろしいでしょうか？」

志郎は有美の手を取って、リビングの奥に移動した。制服だな、とつぶやいた北島が玄関のドアを開くと、初老の警察官が人の良さそうな笑みを浮かべて立っているのが見えた。

「何か用かい？」

逃走中の殺人犯がいまして、と警察官が言った。

「この付近に潜伏しているのは確かなので、ご協力をお願いします。この男を見ていませんか？」

渡された写真をじっくり見ていた北島が、知らねえなと答えた。

「人殺しか？　そんな面《つら》をしてやがる……さっさと捕まえて死刑にしてくれ。物騒でいけねえ」

「もちろん早急に逮捕を……本当に見ていませんか？」

おれは足が不自由だからさ、と北島が右足を軽く振った。

「部屋から一歩も出ていない。こんな奴が来たって入れるわけねえだろ。見かけたら必ず連絡するよ。市民の義務だもんな。どうだい、上がってくかい？　一人暮らしの老人の相手をしてくれよ」

「いや、それは……まだこの辺りの家やマンションなどを調べなければなりませんので。不審《ふしん》な男を見かけた際はご連絡をお願いします。それでは」

ドアが閉まった。チェーンをかけ直した北島が、素早い足取りでリビングに戻った。

「ご苦労なこった。このマンションは全部で百戸以上ある。あのオッサンが一人で調べてるのか？　銀座だぜ？　何だかんだ言ったって、人の数は多い。おまわりも辛い仕事だな」

「人手不足なんだ」

「だが、ここまで来たってことは、警察もおめえの足取りをある程度摑んでるんだろう」

北島が写真をテーブルに置いた。志郎の顔がアップになっている。防犯カメラの画像をプリントアウトしたものだ。

「相当な数のおまわりが銀座一帯をうろうろしてるんだ。どうやって逃げる気だ？」

「それは……」

「冗談だよ。面白くなってきたじゃねえか」北島が志郎の肩をどやしつけた。「刑事の味方なんかしたくねえが、おめえは仲間から追われてる。そういう奴は嫌いじゃねえ。真田には恨みもある。敵の敵は味方だ、しばらく匿ってやろう。静かにしてりゃ見つからねえよ。ここで待ってろ」

「待ってろ？　何をする気だ」

片山興産へ行ってくる、とハンガーに吊るしていた麻のジャケットとパナマ帽を取った北島が答えた。

「おれの会社だったんだぞ？　何をしているか知る権利がある。心配すんな、ドジは踏まねえよ。じゃあな」

北島が部屋を出て行った。施錠を確認してから、志郎はテレビをつけた。

ニュース速報です、と有美が画面を指さした。

「橋口志郎巡査部長が銀座周辺に潜伏中……」

ネットを調べてくれ、と志郎は言った。スマホで検索を始めた有美が、トップニュースに名前がありますと言った。

「写真も載ってます。いくらでも出てきますけど、あなたの個人情報、住所や学歴も晒《さら》されてますね」

もう逃げ場はない、と志郎は目をつぶった。

6

スマホを取り上げた長谷部が慣れた手つきで操作した。着信履歴をスクロールし、橋口だな、とつぶやいた。

「君が彼と一番親しい、と署長が話していた。奴はどこにいる？」

長谷部がスマホをデスクに置いた。わかりません、と南部は首を振った。

「橋口が言うわけないでしょう。理事官、あいつが女を殺したとは思えません」

「私もそう思ってる。だが、疑われても仕方のない立場だ」

長谷部が椅子に座った。南部との距離は一メートルもない。

「一刻も早く奴を見つけて、事情を聞かなければならない。それが橋口のためだし、警視庁のためでもある」

「そうなんですが……」

「中山刑事部長の動きがおかしい。理由はわからないが、精神のバランスを失っているんだ。下手をすれば、橋口確保のために狙撃命令まで出しかねない」

「まさか……そこまではしないでしょう」

「常識で考えればそうだが、今のあの人は何をするかわからない。早急に橋口を見つけ出さなければならない。どこにいる？　本当に何も言っていなかったのか？」

　都内だと思いますが、それ以上はわかりません、と南部が言った。

「いいだろう。では、橋口の居場所を調べろ」

「……どうやってです？」

　奴と連絡を取れ、と長谷部が命じた。

「電話をかけ続けろ。電源を切っているが、留守電やメールをチェックする必要があるはずだ。オンにしている時にかかってくれば出るだろう。どこにいるかを聞き出せ。橋口を保護するためだ。わかるだろう？」

　南部が手を伸ばし、スマホに触れた。リダイヤル。繋がらない。

　かけ続けろ、と長谷部が立ち上がった。

「君に電話をかけてくる可能性は高い。今から逆探知の手配をする」

　わかりました、とかすれた声で南部が答えた。無言のまま、長谷部が去って行った。

7

　夜十時、北島は姫原村の片山興産本社から数百メートル手前でタクシーを降りた。

もとは自分の会社だ。身を隠す場所がほとんどないのはわかっていた。

会社を乗っ取った後、隣接していた山や土地を片山興産が買収し、自社の敷地にしたと昔の社員から聞いていた。自分が経営していた頃と比べて、敷地面積は数倍になっている。だが、たかが三多摩の建設会社だ。規模を大きくする意味はない。

百メートルほど進むと、農家のゴミ集積場があった。小走りで近づき、トタン板の陰に身を寄せた。

しばらく片山興産を見張ったが、人の出入りはなかった。ただ、建物の三階から明かりが漏《も》れている。十一時近くなっても、まだ働いているのか。

煙草を吸いたいと思ったが、そうもいかない。何でこんなことをしてるんだ、と苦笑が漏れた。

橋口のためではない。片山興産で何が起きているか知りたかった。

非合法な臭いがするのは確かで、うまくすれば片山興産を潰すことができるかもしれない。自分の手に戻ってくることはないが、せめてもの腹いせだ。会社を奪われた恨みを忘れたわけではなかった。

エンジンの音が聞こえ、北島は身を縮めた。三台の車が近づき、正門の前に停まった。車種は同じで、黒塗りのセダンだ。

乗っていた男たちが降り、門の前に整列した。全部で八人、統制の取れた動きだった。

リーダー格の男が携帯電話で話している。北島はゴミ集積場から離れて、音を立てないようにゆっくりと近づいた。街灯もない道だ。気づかれることはない。

一台の車が走ってきて、セダンに並んだ。似たような車種だが、ひと回り大きい。後部座席に乗っていた男の顔を門灯が照らした。

桑山、と北島はつぶやいた。顔は覚えていた。

六年前、会社の株を譲渡《じょうと》した時に会っている。総務部長という肩書にふさわしい好々爺《こうこうや》然とした顔付きだったが、今は表情が険しい。

カタギじゃねえな、とつぶやきが漏れた。どうしてあの時わからなかったのか。

運転席の男や門の前に並んでいた男たちが、桑山を畏怖《いふ》しているのがわかった。同じ会社に勤めているとは思えない。異常な上下関係だ。

男たちが周囲に目をやっている。桑山が車から降りた。北島は路肩にしゃがみこんで様子を見守った。

数分後、門が開いた。出てきたのは真田だった。

左右を四人の男が固めている。秘書ではない、と一目でわかった。たかだか六百人の会社だ。四人も秘書をつけるわけがない。

先頭のセダンのドアを一人が開いた。無言で真田が乗り込み、指示している。桑山が近づくと、窓が開いた。

「作戦は進行中です」静かな闇に、桑山の声が低く響いた。「問題ありません。新宿の例のマンションに、母娘《おやこ》を軟禁《なんきん》しています」

危害を加えてはならない、と真田が鋭い声で命じた。危害、と北島は眉を顰《ひそ》めた。

「何もするな。あと二日もない。八月二十九日午前七時、すべてが始まり、すべてが終わる。それまで警視庁に気づかれなければいい。意味のない犠牲を出したくない。我々はこの国の人民に平和な暮らしを与えたいだけだ」

わかっています、と桑山がうなずいた。

ここの処置は君に任せる、と窓から手を伸ばした真田が桑山の手を握った。

「負担ばかりかけて済まない」

「あなたと働けることが私の喜びです」

桑山が敬礼した。止《や》めたまえ、と真田が苦笑した。

「誰が見ているかわからない。何をしているのかと思われる」

誰も見てません、と桑山が微笑を浮かべた。

「こんな場所に誰が来ると？」

そうでもねえぞ、と北島はつぶやいた。

セダンの窓が閉まり、走りだした。残っていた数人の男と共に、桑山が門の中へ入っていった。路上には誰もいなくなった。

しばらく様子を窺ってから、北島は門に近づいた。危害と言っていたが、何のことなのか。奥で人が動いている気配がした。かなりの人数だ。

門は開いていた。閉め忘れたのではなく、その必要がないと考えたのだろう。

中を窺ったが、そこには誰もいなかった。北島は門をくぐり、建物の通路に足を踏み入れた。

手近のドアを開け、フロアを見渡すと、夜十一時を過ぎているのに明かりが煌々《こうこう》とついていた。

デスクがいくつかの島に分かれて並んでいる。それ以外何もない。パソコンや電話の類も置かれていなかった。

天井から足音が聞こえる。二階と三階を往復しているようだ。

いずれは一階へ降りてくるだろう。ここにいるのは危険だ。

北島はフロアを出て、通路の奥へ進んだ。小さなドアを開くと、そこは裏庭だった。

懐かしい、と辺りを見回した。社員たちとソフトボールの試合をした記憶が蘇《よみがえ》った。

裏庭に三つの大きな建物が並んでいた。志郎が話していたが、社員寮のようだ。

明かりはついていない。一番右の建物はまだ建設中なのか、外壁に沿って資材が置かれていた。

建物の造りはかなり粗雑で、窓も小さい。部屋も狭いようだ。

ここに六百人が暮らしているのか、と周囲に目をやった。社員寮と言えば聞こえはいいが、これはタコ部屋だ。

ひとつの部屋に四、五人が暮らしているのではないか。おれはそんな無茶をさせたことはねえ、とつぶやいた。もうちょっと人間らしい暮らしをさせていたつもりだ。

真田は何を考えてる、と北島は首を捻った。こんなところに六百人の社員を閉じ込め、働かせていたのか。非人間的もいいところだ。

娯楽施設があるとも思えない。よく社員が黙っていたものだ。

こんな馬鹿げた生活を六年も続けていたのか。ヤクザだって耐えられないだろう。訳がわからなかった。

更に奥へ進むと、裏山に出た。山の半分ほどが切り崩されている。

その奥に巨大な建物があった。大型コンテナ二台分ぐらいの大きさだ。

無骨としか言いようがない鉄の塊だった。窓もない。何のためにこんなものを作ったのか。

建物を一周して、スマホで写真を撮った。裏側に鉄製の扉があり、そこだけ小さな窓がついていた。中を覗きこんだが、暗くてよく見えない。

それでも、内部の壁に数百本の鉄管が通っているのがわかった。通路は広い。何かの工場のように見えた。

足音が聞こえ、反射的に裏山へ小走りで向かった。びっしりと生えている草の茂みに飛び込み、そのまま建物に目だけを向けた。

暗褐色《あんかっしょく》の作業服を着た十人ほどの男たちが、巨大な建物に入って行った。指示しているのは背広姿の桑山だ。

桑山の耳にブルートゥースイヤホンがあった。時々唇が動いたが、命令を下しているようだ。中の男たちからも連絡が入ってくるのか、耳を手で押さえたまま話している。

十分ほど経つと、男たちが建物から出てきた。報告を受けた桑山が大きく手を振った。

「総員、退避」

その声だけが北島の耳にも聞こえた。男たちが駆け足で離れていく。

ゆっくりと歩きだした桑山がポケットからライターほどの小さな機械を取り出した。

足が勝手に動き、北島は茂みから更に奥へ向かった。離れないと危険だ、と直感が囁いていた。

林の中へ十メートルほど入ると、そこで行き止まりだった。後は山に登るしかない。

背の低い木々の間に分け入ると、背後で爆発音が聞こえた。空間が広いためか、音は拡散してそれほど大きくない。

辺りがいきなり明るくなった。顔を向けると、巨大な建物が炎上していた。燃え上がる炎に、男たちが消火器のノズルを向けている。

爆発の威力は大きかったようだ。数十メートル離れている北島の周りにも、鉄骨や天井板、壁の一部などが落ちていた。

鎮火したのは五分後だった。焼け跡を男たちが入念に確認している。

離れた場所に立っていた桑山に、数人が駆け寄って報告した。うなずいた桑山が敬礼を返している。

全員の報告が終わったところで、桑山が大きく腕を振った。一糸乱れぬ陣形で、男たちが本社の建物へ走っていった。

誰もいないとわかり、北島は林を出た。巨大な建物があった場所には何もない。

建物は粉々に破壊され、黒焦げになった鉄骨や鉄柱などの残骸《ざんがい》があるだけだ。他にもさまざまな部品が辺り一帯に散らばっていた。

ダイナマイトじゃねえな、と北島は首を捻った。建設会社の社長だったから、工事現場でダイナマイトを使ったことがある。

男たちが爆発物を運び入れたのは確かだが、ここまで木っ端《こぱ》みじんに破壊するためには、十倍近い量が必要だろう。

プラスティック爆弾だ、と北島はうなずいた。ビルの解体工事に立ち会った時、その威力を見たことがある。ダイナマイトとは比較にならない。

奴らはどこでプラスティック爆弾を入手したのか、と北島は闇に目をやった。ダイナマイトなら建設会社に取り扱い資格を持つ者がいるし、専門の業者とも取引がある。

プラスティック爆弾は話が違う。建設会社が使用するのは特殊な場合だけで、法律上の規制も厳しい。片山興産レベルの会社だと、取り扱い許可が出ないはずだ。

その場で自宅に電話した。留守電に切り替わったが、おれだ、と何回か呼びかけると、志郎が出た。

片山興産にいる、と北島は辺りを見回した。

「フロアに踏み込んだが、デスクがあるだけで、パソコンとかキャビネットとか、そんなものは一つもなかった。ここに来たことがあるんだよな？　裏山には入ったか？　奴らはそこに馬鹿でかい建物を建てていた。知ってたか？」

「社員寮を建て増すと話していたが、見たわけじゃない」

「船で運ぶ業務用のコンテナがあるだろ？　あの二倍ぐらいの大きさで、頑丈な造りだが、人が住めるわけがねえ。社員寮ってのは真っ赤な嘘だ。内部に鉄の管が何百本も取り付けられている。何千本かもしれねえ。工場みてえだが、何だかわからん」

「何のためにそんなものを作った？」

わかるわけねえだろ、と北島は吐き捨てた。

「たった今、奴らが爆破したよ。使ったのはプラスティック爆弾だろう。そうでなきゃ、ここまできれいにぶち壊せやしねえよ。おれは土建屋の社長だったんだぞ？　それぐらいの見当はつく」

「爆破した？　なぜだ？」

「わからねえと言ってるだろうが。もっとわからんのは、でかい割りに残骸が少ないことだ。中は空っぽだったのかもしれねえな。何をしたかったんだ？」

さあ、とだけ志郎が言った。こいつはおれの勘だが、と北島はスマホを耳に押し当てた。

「奴らは会社も何もかも、全部爆破したかったんじゃねえか？　だが、社屋は道路からも見える。大火事になったら、消防も来るだろう。だから、裏山のでっかい建物だけを爆破したんだ」

　訳がわからんとつぶやいた志郎に、おれもだよ、と北島は前を透かし見た。

「消火器を準備して消し止めたが、ひとつ間違えりゃ延焼して大騒ぎになっただろう。それでも、あの建物だけは跡形もなくぶっ壊さなけりゃならなかった。何か隠したかったのかな？」

　工場みたいと言ったな、と志郎が声を低くした。

「覚醒剤をそこで作っていたのか？」

　そんなことはねえ、と北島は首を振った。

「あんなでかい工場でヤクを作ってたら、一日何トンもできちまう。それじゃ値崩れするだけだ。大量に作るより、純度の高いヤクを少しずつ作った方がコストパフォーマンスはいいんだ」

「なぜ知ってる？」

「細けえことは言うな。昔の話じゃねえか……ちょっと待て」

　スマホを握ったまま、北島は正門の方向に目を向けた。門の前に停まっていた数台の車に、作業着の男たちが乗り込んでいる。

　桑山の指示で、先頭から順に走りだした。最後に桑山がセダンに乗った。

　スマホを構えて、北島はセダンの写真を撮った。車が走りだし、見えなくなったのを確かめてから、聞こえるか、とスマホに向かって言った。

「今、奴らが出て行った。桑山も一緒だ。あいつが乗った車を撮影した。ナンバープレートが映ってる。おめえが連れていたお嬢さんのスマホに写真を転送するから、ＬＩＮＥのＩＤを教えろ。大丈夫だ、個人的に使ったりはしねえ」

「あんた、七十歳を越えてるんだろ？」志郎が数字とアルファベットのＩＤを伝えた。「ずいぶん器用だな。スマホはともかく、ＬＩＮＥまで使いこなせる老人は珍しくないか？」

年寄りをなめんなよ、と北島は薄笑いを浮かべた。

「好きこそ物の上手なれって言うだろ？　おれは銀座のコスプレパブの奈々《なな》ちゃんと仲が良くってな。いい子なんだよ。金を払えばデートしてくれる。その子とやり取りしてるうちに覚えた。人間、やりゃあできるんだ。努力は報われる」

「写真も送ってるのか？」

「二十歳の女の子のコスプレはいいぞ。寿命が延びる。あんたの連れてたお嬢さんは美人だが、三十を越えてるだろ？　女は二十五までと決めてる。おい、聞いてんのか？」

「聞きたくない」

「おれもそっちへ戻る。こんなところに長居したくねえ。ネオンがないと寂しくて死んじまうよ。じゃあな」

北島は電話を切り、片山興産本社ビルを見つめた。もう二度と、ここには誰も来ない。

スマホのアプリでタクシーを呼んだ。終電に間に合えばいいんだが、と北島は唾を吐いた。

8

有美がスマホを操作して、ラインの着信を確認した。

「文字だけならともかく、写真も一緒に送ってくるなんてすごいですね」

女だ、と志郎は苦笑いを浮かべた。

「女のコスプレ姿を見て、にやついてるんだ。写真は？」

有美が差し出した画面に、車のナンバープレートが写っていた。車体は一部分しか見えない。

南部のアドレスを有美に教えて、写真の転送を頼んだ。品川桜署の捜査官のアドレスは個人名の後に桜がつくだけだから、思い出すまでもなかった。

転送を確認してから、志郎は自分のスマホの電源を入れた。さっさと立ち上がれ、と画面を睨みつける。この時点でも電波は発信されているはずで、位置を探知されてもおかしくない。だが、確認は必要だ。

三十件以上の着信履歴、メール、ＬＩＮＥをチェックした。留守番電話にはメッセージが六件残っていた。

最初のメッセージを再生すると、今どこだ、とスピーカーから南部の声が流れ出した。

『署に戻るのはまずい。本庁の連中が手ぐすね引いて待ち構えてる。銀座一帯に緊急配備が敷《し》かれた。おれのマンションに行け。鍵の場所はわかるな？　着いたら連絡しろ』

一時間以上前の伝言だ。スマホの電源を切ってから、志郎は部屋にあった固定電話のボタンを押した。ワンコールで南部が出た。

頼みがある、と志郎は言った。

「今、お前の伝言を聞いた。メールで車の写真を送ったが、届いているな？　ナンバーが写ってる。交通課に調べさせろ。少し前、その車は三多摩の姫原村を出ている。どこへ向かっているのか知りたい」

「それは何とかするが、今、どこにいるんだ？」

銀座にいるのはわかってる、と早口で南部が言った。

「電車には乗っていない。本庁の連中が周辺の駅にある防犯カメラを全部調べた。バスやタクシーも同じだ」

「どこまで本庁はやる気なんだ？」

お前を見つけるまでだ、と南部がため息をついた。

「銀座二丁目から五丁目まで、すべての通りに警察官が立っている。付近のホテル、喫茶店、レストラン、飲み屋、インターネットカフェ、その他考えられるすべての場所を調べてるんだ。時間の問題で、必ず見つかる」

「お騒がせして申し訳ない」

「冗談言ってる場合じゃないぞ。立ち入り捜査が終わるのは一、二時間後だが、お前はそんな店にいない。そこまで馬鹿じゃないだろう」

「理解のある友人がいてくれて嬉しい」

どこにいるか想像はつく、と南部が言った。

「マンションの空き室でも見つけたか？　どうやって入った？　知り合いでもいるのか？　本庁はお前の交友関係は全部調べている。銀座に知人がいるという話は聞いてないが、いずれは連中もそこへ行くぞ。千人以上の警官が銀座に投入されてるんだ」

「だから何だ？」

どこに隠れても見つかるってことだ、と南部が声を尖らせた。

「本庁は本気だ。二丁目から五丁目までに住む全市民の家や部屋に警官が踏み込む。夜中だろうが何だろうが関係ない。令状がなくたって構わないと中山刑事部長が命令を出した。空き室は真っ先に調べられる。このままだと、夜明けまでにお前は捕まる。それが嫌なら銀座から脱出するしかない」

「そうか」

「だが、二時間前からお前の名前がツイッタートレンドの一位になってる。テレビもネットもお前の顔を出してるんだ。一歩外に出れば、市民が通報するだろう。諦めて出頭する手もあるぞ」

テレビよりネットが怖い、と志郎はつぶやいた。ツイッターその他SNS上で、橋口志郎祭り状態が続いている。見つかればリンチに遭《あ》ってもおかしくない。

出頭するか、おれのマンションに来るかの二択だ、と南部が言った。

「本庁の連中も、刑事の自宅は捜索対象にしていない。おれのマンションは青物横町《あおものよこちょう》だから、場所も離れてる。安全なのは確かだが、銀座を出るのは無理だろうな」

ここを離れる、と志郎はうなずいた。南部のマンションには何度か行ったことがあった。

「さっきのナンバーを使って、車の位置を割り出してくれ。お前の部屋で事情をすべて話す」

「わかった。深夜十二時を廻った。少しは警戒も緩んでいるだろう」

志郎は電話を切り、ここを出る、と有美に言った。

どうやってですか、と有美が左右に目をやった。

「この辺りには警察官がたくさんいるんですよね?」

どうにかしよう、と志郎は部屋を見回した。

9

日が変わり、二十八日になった。深夜一時半、志郎と有美はマンションを出た。

「表通りに出て、タクシーを捕まえる」

うなずいた有美の姿に、志郎は肩をすくめた。橋口さんもです、と有美が囁いた。

二人とも北島の服を着ている。志郎には小さく、有美には大きい。そして、志郎はゾンビのマスク、有美は妖怪のお面をつけていた。

酔っ払った感じを出そう、と志郎は歩きだした。

「夜中だ。そんなバカップルがいてもおかしくない」

人通りはまだ多い。終電はもうないが、銀座で飲む者にとっては夜が続いている。

「外堀通りまでは五百メートル、そこまで出ればタクシーが走ってる」

「どうして北島さんはこんなものを部屋に置いているんですか？」

「ジイさんがつきあってる女はコスプレパブ勤務だ」こっちだ、と有美の腕を引いて志郎は脇道に入った。「そういう趣味があるんだろう。とんでもない年寄りだ」

「それにしても……」

「ハロウィンで使ったんじゃないか？　流行に弱いんだ。情けないジイさんだよ」

脇道を抜けると、目の前に外堀通りがあった。かなりのスピードで車が行き交っている。

タクシーを停めるため、志郎は手を上げた。十メートルほど離れたところに制服の警察官が立っていたが、目は向けなかった。

「逃げたら追ってくる。それが奴らの習性だ。同業だから、おれにはわかる」

横断歩道の向こうで、スーツ姿の男が志郎と有美を見つめたまま信号待ちをしている。視線で刑事だとわかった。

信号が変わり、男が急ぎ足で横断歩道を渡り始めたが、それより早く志郎の前にハザードをつけたタクシーが停まった。

「すいません、京急《けいきゅう》の青物市場駅まで」

乗り込んできたコスプレのカップルに眉をひそめながら、青物市場ですね、と運転手が復唱した。ゆっくりとタクシーが走りだした。

振り向くと、スーツの男が車道に立って首を横に振っていた。

10

深夜一時半、桑山はマンションのリビングのドアを開けた。女がソファに座っている。膝の上で、少女が眠っていた。

ソファの後ろに立っていた二人の男に、遅くなって済まなかった、と桑山は脱いだジャケットを渡した。二人の男が目配せを交わし、リビングを出て行った。

申し訳ありません、と桑山はソファに腰を下ろした。

「休まれた方がいいのでは？　彼らにも電話でそう伝えていますが……」

わたしとこの子を解放してください、と中山文乃《ふみの》が震える声で言った。

「主人にも話しません。何もなかったことにします」

桑山はテーブルにあったミネラルウォーターのペットボトルを取った。

「食事はお済みですね？　ベッドルームでお休みください」

できるわけないでしょう、と文乃が声を高くした。

「どういうつもりですか？　主人は警視庁の刑事部長です。こんなこと絶対に――」

中山刑事部長は許さないでしょう、と桑山はグラスにミネラルウォーターを注いだ。

「申し訳ないと思っていますが、危害を加えることはありません。私を信じてください」

「この子に何かあったら……」文乃の目に涙が浮かんだ。「こんな酷いことをするなんて……お願いです、この子だけでも助けてください。まだ五歳なんです。何が目的でも、娘には関係ないでしょう？」

もちろんです、と桑山はうなずいた。

「一日、長くて二日のご辛抱です。状況が整い次第、あなた方を解放します。約束します。我々の指示に従っていれば、必ずご主人のもとへお返しします」

娘だけでも、と文乃が両手を合わせた。

「一人娘なんです。主人に何と言ったらいいのか……あの人がこの子のことをどれだけ……」

大丈夫です、と桑山は言った。

「もう一度言いますが、私を信じてください。少しだけ我慢してもらえれば問題ないんです。ご理解ください」

文乃が手で顔を覆《おお》った。毛布を持ってきてくれ、と桑山は大声で言った。

11

　風が強いと顔をしかめて、真田は腕の時計に目をやった。深夜二時十五分、晴海埠頭《はるみふとう》。二人の男が左右をガードしている。

「進んでいるか？」

　真田の問いに、順調です、と掠《かす》れた声で一人が答えた。桟橋に停泊している大型のクルーザーから、次々に巨大な箱が運び出されている。

　トラック部隊から連絡が、ともう一人が囁いた。

「十分後に到着します」

「門脇組は？」

「クルーザーの中に。間もなく、門脇組長もこちらへ来ます」

　どうしますか、と男がジャケットの内ポケットに手を突っ込んだが、止めておけ、と真田は囁いた。

「ここでトラブルは困る。金でも何でもくれてやれ。どうせ我々には必要ない……橋口は見つかったのか？」

　まだ連絡がありません、と男が携帯電話の画面を見た。

「警視庁の協力者に確認したところ、銀座周辺を徹底的に捜索しているということでした。発見は時間の問題かと――」

　どこに隠れているのか、と真田は首を傾げた。

「面倒な男だ」

「気にし過ぎではありませんか？」男が目を伏せたまま言った。

「所轄の刑事には何もできないと思いますが」

普通ならそうだが、あの男は違うと真田は首を振った。

「私にはわかる。橋口は誰よりも早く我々について知ることになるだろう」

「しかし……」

六年かけた、と真田は言った。

「慎重に事を進めてきたが、橋口の存在は想定できなかった。いや、むしろあの女刑事だな。また会社に来るとは……仕事熱心なのは結構だが、余計なことに首を突っ込む必要はなかった。哀《あわ》れな女だ」

二人の男が目を見交わし、まだ何もわかっていないはずです、と一人が言った。

確かにそうだ、と真田はうなずいた。

「橋口が調べ、入手した情報は僅《わず》かでしかない。だが、不審な点があると気づいている。今後、多くの事実を知ることになるかもしれない。知らない方が彼のためだが」

「はい」

「気づいてしまえば、不幸な結果を招く。あの時、彼女に会話を聞かれたのは君たちだったな？　不用意に大声で話してはならないと、あれほど注意していたのに……すべてが終わるまで油断するな」

申し訳ありませんでした、と二人の男が深く頭を下げた。長い時間ではない、と真田は微《び》笑《しょう》を浮かべた。

「橋口さえ押さえれば、我々の計画を妨害する者はいなくなる。事が終わってから、彼らは真実を知るが、その時にはもう遅い。我々が動き出せば、彼らには何もできない。これは時間との戦いだ」

「日本の警察は優秀です」皮肉なことですが、と男が言った。「必ず橋口を発見するでしょう。何よりも先に、あの男は自分自身の潔白《けつぱく》を証明しなければなりません。我々のことを話しても、耳を貸す者などいるはずがないんです。問題はないと……」

計画に綻《ほころ》びは許されない、と真田は言った。

「六百人の命が懸かっている。我々には使命がある。その完遂こそが与えられた聖なる任務だ」

陸揚《りくあ》げが完了しました、と無線機に耳を当てていた男が言った。

「門脇組長もクルーザーを降りたということです」

「金はトラックに積んであると門脇に伝えろ」

歩き出した真田を二人の男が左右から挟み込んだ。海風が強くなっていた。

12

タクシーを降りた志郎はゾンビのマスクを丸めてポケットに突っ込んだ。

「そこの角を左へ……あのマンションだ」

正面に五階建ての建物があった。南部の住むマンションだ。青物市場駅から約一キロ、夜中にこの辺りを歩く者はいない。

階段がある、と志郎は横に回った。

「エレベーターにカメラがついているはずだ。さすがに警察もそこまではチェックしないだろうが、念には念をってことだ」

「来たことがあるんですね？」

「何度か泊めてもらった。あいつがおれの部屋に来たこともある」

二階の角部屋の前に立ち、志郎はガスメーターの蓋《ふた》を開け、鍵をつまみ上げた。

「一年ほど前、あいつは酔って鍵を落とした」それ以来、習慣になったらしいと志郎はドアを開いた。「危機管理のつもりなんだろう。入ってくれ」

玄関に足を踏み入れた有美が転がっていた何足もの靴を見て眉をひそめた。

「そんな顔するな。三十過ぎた一人暮らしの男はみんな同じだ」

志郎は壁のスイッチに触れ、明かりをつけた。リビングに入り、テーブルの上にあったリモコンをテレビに向けると、バラエティ番組の画面の端に、志郎の顔が写った。

もう二時半を回ってます、と有美が椅子に腰を下ろした。

「真夜中でも、まだ橋口さんのことを取り上げるなんて……」

他に事件がないんだろう、と志郎は冷蔵庫を開き、麦茶のペットボトルを取り出した。

「これでも飲んで、とりあえず落ち着こう」

食器棚からグラスを出して並べると、ペットボトルを受け取った有美が麦茶を注いだ。

「警察に出頭してもいいんだが、潔白を証明するのに時間がかかる」グラスの麦茶を半分ほど空《あ》け、志郎は首を捻った。「真田たちの動きが妙だ。何をするつもりなのか……調べて、必要なら手を打たないとまずい。だが、説明しても誰も納得しないだろう。どうすればいいのか……」

疲れた、と志郎はソファに横になった。考えがまとまらない。

南部さんとは親しいんですか、と有美が聞いた。それなりだよ、と志郎は答えた。

「歳が同じで、警察学校の同期だ。その頃からのつきあいだから、もう十年以上になる。品川桜署で一緒になるとは思わなかったが、飲み仲間だよ」

説明が難しいが、警察学校の同期は特別だと志郎は言った。

「おれは本庁に引っ張られ、南部は交通機動隊から品川桜署勤務になった。それでもお互い連絡を取り合っていた。おれが品川桜署へ行くまで、年に一、二回は会ってたな。本人は認めないが、高校の頃は相当悪かったらしい。夜中に友達と集まって、バイクを乗り回したり、他にもいろいろやったと聞いてる」

「面白い人ですね」

「三年前におれがミスをやらかして品川桜署に飛ばされる前に、あいつは別の所轄署から転属していたんだ。縁があるんだろう。紀子と三人で一緒によく飲んだよ」

「そうですか」

南部と紀子は二人だけで頻繁に会っていたらしい、と志郎は渋面を作った。

「兄の勘だが、つきあっていたようだ。別に構わないが、隠すのは違うだろう。言えばいいじゃないか。南部ならお似合いだと思ってたんだ」

志郎は肩を落とした。今となっては何を言っても意味がない。

辺りを見回していた有美が、ヘルメットが二つあります、とサイドボードを指さした。

「オートバイに乗ってるんですか？」

「南部の愛車はカワサキの七五〇ccだ。この部屋の真下に停めている。警察官になったのは、白バイならスピード違反で捕まらないからだと話していたが、丸っきりの冗談じゃないんだろう。おれも高校の時に中型免許を取ったが、一度事故ってね……スリップして、手首を折った。それ以来乗ってないが、気持ちはわからなくもない」

キーもある、と志郎はサイドボードに目を向けた。

「紀子とツーリングに行ってたんだろう」

「紀子さんは幸せだったんですね。心配性のお兄さんと恋人の南部さんがいて……」

どうかな、と志郎は立ち上がった。

「腹は減ってないか？」

いいえ、と有美が首を振った。志郎は冷蔵庫を開いたが、何もなかった。

13

有美がスマホで検索を始めてから一時間が経っていた。真夜中の三時半を過ぎると、テレビで志郎の顔写真が映されることはなくなったが、ネットでの騒ぎは本格的になっていた。

「どうしました？」

有美が顔を上げた。車の音が聞こえた、と志郎は明かりを消した。靴音が響き、鍵が開いた。

橋口、と囁く声がした。

「いるのか？」

お邪魔してる、と志郎はリビングの照明をつけた。

「面倒をかけて済まん」

「構わないが……その人は？」

リビングに入った南部が足を止めた。法務省の竹内《たけうち》さんだ、と志郎は言った。

「いろいろあって、一緒に動いている」

すいません、と頭を下げた有美がキッチンへ向かった。

「あの南部さん……何か飲まれますか？」

「冷蔵庫にアイスコーヒーがあるんで、お願いします……知り合いなのか？」

上着を脱ぎながら聞いた南部に、後で説明する、と志郎は手を振った。

「撮影したナンバーの車は見つかったか？」

「当たり前だ。持つべきものは友だろ？」南部が上着のポケットからメモ用紙と携帯電話を取り出し、住所が書いてあるとメモを渡した。

「ちょっとトイレに――」

立ち上がった南部と戻ってきた有美がぶつかり、グラスのアイスコーヒーが床に飛び散った。

「ごめんなさい、南部さんにと思って……」

「狭くてすいません……失礼」

南部が廊下を進んでトイレに入った。南部はがさつなんだ、と志郎は言った。

「大丈夫か？　染みになると落ちないぞ」

洗ってきます、と有美がアイスコーヒーのかかったブラウスをティッシュで拭ってから洗面所へ向かった。

志郎はメモに目を通した。例の車は西新宿の住宅地にあるマンションの駐車場に停められていた。正確な住所と、車の写真も添付されている。黒のセダンだ。

「南部さんと話してたんじゃなかったんですか？」

戻ってきた有美がハンカチでブラウスを叩きながら言った。志郎はメモ用紙をポケットに押し込み、廊下に目を向けた。

トイレから出てきた南部が、苦労したんだぜと言って、ソファに腰を下ろした。

「本庁のサイバー犯罪対策室が、お前を見つけるために都内の防犯カメラとNシステムのデータを調べている。だから、逆に利用した。ナンバーを知らせて、橋口が乗っている可能性がある車だと話すと、北参道交差点のカメラ前を通ったと連絡があった。それで、交機時代の後輩に付近一帯を調べさせたんだ」

「白バイ警官が見つけてくれたのか？」

「駐車場に屋根がなくて助かった。地下だったら、短時間で探すのは無理だ。車はそこに停まってる」

「助かったよ」

「それはいいが、その車がどうしたっていうんだ？　そもそも、何があった？」

「後で説明するが、おれの捜索を命じたのは本庁の中山刑事部長だと言ったな？　どうして刑事部長がそこまでするんだ？　テレビやネットを見たが、おれの顔写真はもちろん、個人情報もだだ漏れだ。無茶が過ぎるだろう」

「俺たちは所轄だぞ。上の思惑なんてわからんさ」

有美がテーブルに置いたアイスコーヒーを南部がひと口飲んだ。

「本庁の刑事の話じゃ、最悪の不祥事だと激怒しているそうだ。確かに、誤認逮捕とか捜査費の使い込みとは訳が違う。現職刑事が人を殺せば、上の責任問題になるさ。下手したら、警視総監だって更迭《こうてつ》だ。躍起《やっき》になってお前を探すのは当然だ」

南部が首の下に手を当てた。それにしても警視庁サイドから情報を流すのは普通じゃない、と志郎は伸びていた不精髭《ぶしょうひげ》に触れた。

「おれが春野さんを殺した確証はない。おれが無実だったらどうなる？　責任を問われるのは中山さんだぞ？」

お前は偉い人の事情がわかっていない、と南部が首を振った。

「目の前で火事が起きてるんだぞ？　とにかく火を消す、それしか考えていない。そういう立場なんだ」

「そうかもしれないが……」

南部が志郎の肩を軽く叩いた。

「顔を見て安心した。お前は春野さんを殺していない。橋口、おれと署に戻ろう」

「署へ？」

「お前が人殺しじゃないのは皆わかってる。藤元さんもそうだ。逃げ隠れするより、何があったのか全部話せ。本庁の連中にお前の身柄を渡す前に、おれたちが裏を取る。事実関係をすべて調べて、お前の無実を証明する」

「そうか」

既に調べ始めている、と南部が足を組んだ。

「お前が春野さんを彼女の部屋で刺し殺すのを見たという通報があった。それは聞いてるな？　だが、その通報は嘘だ。部屋にお前が入るところまでは見えても、室内で何が起きたのか、わかるはずがない。お前を犯人に仕立て上げるために、嘘を言ったんだ。お前には動機もない。凶器は狩猟用のハンティングナイフで、専門の店でしか販売していない。購入ルートは洗いやすいし、お前や春野さんが買ったものじゃないとすぐ分かるはずだ」

「よく調べたな」

こっちも必死だ、と南部が薄笑いを浮かべた。

「同僚が人殺しってことになったら、おれたちも叩かれる。藤元さんを含め、全員三多摩の奥に飛ばされるだろう。勘弁してくれって話だ」

志郎は窓に目をやった。ベージュのカーテンが引いてある。

ボロい部屋だな、と志郎はつぶやいた。

「外の音が丸聞こえだ」

「仕方ないだろう。刑事の月給なんてたかが知れてる……橋口、とにかく署に戻ろう。時間はかかるかもしれないが、必ずお前の無実を証明してみせる。本庁の連中からも、橋口は事件に関与していないという声が出ている。下手に逃げ隠れするから、ややこしくなってるんだ。全部話せば、上だってわかってくれる。そのためにも――」

「誰に電話をしていた？」

南部の話を遮《さえぎ》った志郎に、何のことだ、と南部がアイスコーヒーのグラスに手を伸ばした。

「止《や》めろよ、そんな顔するな。どうした？」

とぼけるのもいいかげんにしろ、と志郎は低い声で言った。

「トイレで電話していたのはわかってる。相手は中山刑事部長か？　違うな、お前はあの人と面識がない。偉い人は本庁から指示を出してるだけで、所轄署まで降りてくるはずがない」

「橋口、話を聞け。勘違いだ、おれはお前のために……」

長谷部理事官か、と志郎は椅子から立ち上がった。

「おれを見つけて署に連れ戻せ、その方が橋口のためだ、そんなふうに言われたんだな？」

そうだよ、とふて腐れた顔で南部がうなずいた。

「逃げたって始まらない。何があったにせよ、誤解を解く方が先だ。長谷部理事官に連絡したのはお前を守るとあの人が言ったからだ」

お前は騙されてる、と志郎は窓の外を指さした。

「足音が聞こえなかったのか？　一人二人じゃない。十人はいるだろう。理事官はおれたちが警察学校の同期だと知ってる。おれが頼るのはお前しかいない。全部読まれてたんだ」

「違うぞ、橋口。あの人はお前の味方だ。本庁の刑事に聞いたが、中山さんの命令に反対して、お前をかばったそうだ。橋口のことはよく知ってる、女を殺すような真似はしない、そこまで言ったんだぞ？　それなのに——」

理事官はおれのせいで冷や飯を食った、と志郎は窓を見つめた。

「恨んでいないと話していたが、本音は違ったんだろう。おれのミスのために昇進が遅れたんだ。恨まない方がおかしい。殺人犯としておれを逮捕すれば、結果として無実でもキャリアを潰せる。あの人の狙いはそれだ」

「馬鹿なことを言うな。犯人でなければキャリアに傷はつかない」

トラブルメーカーはどこも嫌がる、と志郎は苦笑を浮かべた。

「狙いは他にもあったんだろう。準キャリアの理事官が出世コースに乗るには、中山さん外しが一番の早道だ。おれの無実が立証されれば、今回の中山さんの命令は懲罰対象になる。どちらにせよ得ってわけだ」

「理事官がおれを騙したと？」

腰を浮かせた南部の背後に素早く回り込み、志郎は喉元に腕を巻き付け、口を手で塞《ふさ》いだ。

「竹内さん、キーとヘルメットを取ってくれ」

震える手で有美がキーとヘルメットを摑んだ。止《や》めろ、と南部が掠れた声で言った。

「橋口。こんなことをしてどうなる？　心証を悪くするだけだぞ？」

妹が殺されたんだ、と志郎は南部の尻ポケットから取り出した手錠で両手を固めた。

「この件はおれが片をつける……靴を頼む」

促《うなが》された有美が玄関に走り、志郎と自分の靴を取って戻ってきた。

「どうするんですか？」

「逃げる」

答えるのと同時に、南部の脇腹を思いきり蹴りあげた。鈍い音と共に体が崩れる。

悪いな、と志郎は囁いた。

「お前のためだ。おれに襲《おそ》われたと理事官に言えばいい」

馬鹿野郎、と南部が呻《うめ》いた。

「本気で蹴ることはないだろう」

「痣《あざ》ぐらいないと、あの人の目はごまかせない。バイクのことは礼を言う。いつか借りは返す」

靴を履き、志郎は窓のカーテンを僅かに開いた。ベランダに二人いるのがわかった。

「下に二人……典型的な犯人確保のフォーメーションだ。表にも五、六人いる」

「橋口さん……」

ヘルメットを摑み上げ、志郎は左手で有美の手を握った。振り上げた右手のヘルメットをガラス窓に叩きつける。凄《すさ》まじい音と共にガラスが割れ、破片が飛び散った。

ベランダに飛び出し、左右にいた二人の男をヘルメットで殴った。一人がその場に倒れ、もう一人が悲鳴を上げて落ちていった。

「橋口！」

玄関のドアが開いた。なだれ込んできた数人の刑事に背を向け、志郎は有美とベランダから飛び降りた。そこにいた刑事にヘルメットを投げつけると、頭に当たって倒れた。もう一人が抱き起こしている間に駐輪場へ走ると、カワサキのオートバイが停まっていた。

飛び乗ってキーを差し込む。一発でエンジンがかかった。

「乗れ！」

有美が背後から志郎の腰にしがみついた。

離すな、と叫んでアクセルを回すと、バイクが狭い出入口を擦り抜けて飛び出した。目の前に立っていた刑事が両手を広げたが、蹴り倒して表通りに向かった。

「どこへ行くんです？」

叫んだ有美に、西新宿だ、と志郎は怒鳴《どな》った。深夜の第一京浜をタクシーやトラックが猛スピードで行き交っている。アクセルを全開にして走り続けた。

「新宿は逆です。こっちは羽田方向で……」

わかってる、と志郎は更に加速した。

「警察の裏をかく。このバイクは捨て、タクシーで西新宿に向かう」

ノーヘルのまま、爆音を立てて走り続けた。時速百二十キロをスピードメーターが指していた。

14

志郎はタクシーを降りた。深夜四時を回っていた。

西新宿六丁目です、と有美が囁いた。

「南部さんのメモにあった住所はこの辺りだと……」

左右を見回し、志郎は広い駐車場に足を向けた。西新宿スカイマンション契約駐車場、と表示がある。

右奥に黒いセダンが停まっていた。北島から送られていた写真と見比べると、ナンバーは同じだった。

そのマンションだ、と志郎は目の前の六階建ての建物に目をやった。造りが古い。築三十年は経っているだろう。

「でも、部屋はわかりません」

志郎は駐車場の地面に置かれていたプレートを指した。４と記されていた。

「四階だろう」

マンションのエントランスに入った。三十近い集合ポストを順に調べ、志郎はそのひとつを軽く叩いた。

四階、402号室。うなずいて、エレベーターのボタンを押した。

駐車場の数字は4だけでした、と有美が言った。

「四階だと思いますけど、八部屋ありました。どうして402号室だと？」

「駐車場の四列目、手前から二番目だった」

エレベーターに乗り込んだ志郎は四階のボタンに触れた。扉が閉まり、ゆっくりと上り始めた。

それだけで判断するのは、と有美が首を振った。

「間違っていたら、どうするつもりですか？」

「その時は片っ端から部屋を調べる。四階なのは間違いない。あの男はこのマンションにいる」

402号室の前に立ち、スチールのドアに耳を当てた。音は聞こえない。

「どうします？」

「こうしよう」

志郎はインターフォンを押した。

「……誰だ？」

男の声がした。真田社長の命令で来ました、と志郎は答えた。

待て、という声と共にインターフォンが切れた。下がれ、と手で有美に指示して、志郎はドアの横に廻った。

ドアが細く開き、若い男が顔を覗かせた。正面にいた有美を見て、怪訝《けげん》そうな表情を浮かべた。

男の髪の毛を志郎は横から摑み、強引に引きずり出して顔面を殴りつけた。横倒しになった男を飛び越えて室内に入った。

飛び出してきたのは総務部長の桑山だった。桑山がリビングに駆け戻り、椅子の背に掛けてあったジャケットに手を伸ばした。

志郎はその背中に両の拳を振り下ろした。呻いた桑山がジャケットを摑んだまま倒れた。

志郎は踵《かかと》で桑山の顔を踏み付けた。鼻から血飛沫《ちしぶき》が飛んだ。

獣のように唸《うな》った桑山が体を捻った。柔道のかに挟みの要領で足を刈られ、志郎は後頭部から床に倒れ込んだ。

そのままの体勢で、桑山を蹴った。ジャケットのポケットに突っ込んだ桑山の手に当たり、轟音が鳴り、火薬の臭いがした。

「橋口さん！」

飛び込んできた有美の前で、志郎は膝を突いた。

「……橋口さん？」

志郎の肩が揺れた。大丈夫ですか、と叫んだ有美が手を伸ばした。

小さく息を吐き、志郎は立ち上がった。桑山は倒れたままだ。ワイシャツの胸に赤い染みが広がっている。銃が暴発したのだろう。

かすかな悲鳴に、志郎と有美は振り返った。リビングのソファに、女と少女が座っている。

二人とも、ガムテープで両手を縛られていた。

「さっきの男は？」

辺りを見回した志郎に、逃げました、と有美が顔を強ばらせた。仕方ない、と志郎は手を伸ばした。

「急げ。ガムテープを剝《は》がすんだ」

志郎は女の、有美は少女の腕に手をかけた。あなたは、と女が涙で汚れた顔を向けた。

品川桜署の橋口巡査長です、と志郎は名乗った。

「怪我はありませんか？　あなたは――」

「警視庁中山刑事部長はわたしの夫です。中山文乃、この子は娘です」

「誘拐されたんですね？　そうか、だから中山刑事部長はあんな無茶な命令を出したのか」

脅《おど》されていたんですね、と有美がうなずいた。

ガムテープを剝がすと、文乃が娘を抱きしめた。もう大丈夫ですと言った志郎の背後で、小さく咳き込む音がした。

志郎は倒れていた桑山の上半身を起こした。

「どういうことだ？　全部話せ。警視庁の刑事部長の奥さんと娘さんを誘拐して、おれの動きを止めようとしたのはなぜだ？」

桑山の唇が小さく動き、喉から血の塊が吐き出された。

「何だ？　何と言った？」

志郎は耳を近づけた。桑山の右手がゆっくりと動いて顔を拭った。かすかな笑みが浮かんでいる。

「聞こえない！　はっきり言え！」

桑山の右手が力無く垂れ下がった。ふざけんな、と志郎は桑山のワイシャツの襟を摑んだ。

「こんなところで死なれてたまるか！　何とか言え！」

橋口さん、と有美が囁いた。桑山が息を吹き返すことはない。志郎は襟から手を放した。

「さっきの男が戻ってくるかもしれません」

有美が不安そうに言った。志郎は文乃に肩を貸して立たせた。少女が泣きながら、ママ、ママと繰り返している。

志郎は桑山のジャケットとズボンのポケットを探った。出てきたスマホと手帳、財布と拳銃を自分のポケットに入れた。

「奥さん、お嬢さんも、怪我はないですね？」

はい、と文乃がうなずいた。少女がその手を強く握りしめている。

「奥さん、携帯電話は持ってますか？」

「この人たちに奪われて……」

志郎は桑山のスマホに触れた。パスコード入力と表示が浮かんだ。

奴らの仲間が戻ってくる前に逃げましょう、と志郎は言った。

「階段で降ります。ついてきてください」

少女を背負った。志郎も有美も靴は履いたままだ。文乃が自分のパンプスと娘のスニーカーを摑んで裸足のまま部屋を出た。

電話を貸してくれ、と階段を降りながら志郎は有美に目をやった。

「君の電話は使いたくなかったが、仕方ない」

タクシーで来る途中、コンビニを見ていた。数百メートルの距離だ。マンションのエントランスから走ると、すぐに明かりが見えてきた。

有美が差し出したスマホで、志郎は110番を押した。こちら警視庁、と低い声がした。

「事件ですか、事故ですか？」

事件だ、と志郎は叫んだ。

「誘拐されていた警視庁中山刑事部長の奥さんと娘さんを発見した。西新宿六丁目のコンビニ、ウープスにいる。大至急、パトカーを寄越せ！」

「あなたは？　いったい何が……」

「さっさと来い、馬鹿野郎！　ぐだぐだ言ってるんじゃない！」

志郎は通話を切り、コンビニの手前で立ち止まった。

「中に入って、店員に事情を話すんです。警察が来るまで隠れていてください。大丈夫です、刑事部長の家族のためなら、どんな無能な警官だって二分以内に来ますよ」

ありがとうございます、と文乃が何度も頭を下げた。

「何とお礼を言っていいのか……」

文乃が両手で顔を覆って泣き始めた。恐怖がフラッシュバックしているのだろう。

有美の手を握っていた少女が、お姉ちゃんありがとうと涙を拭っていた。

橋口さん、と文乃が戸惑った声を上げた。

「どうして、わたしたちがあのマンションにいるとわかったんですか？」

「説明している時間がありません。ここで失礼します」

「一緒に警察を待っていただけませんか？　またあの連中が来たら……」

遠くでサイレンの音が聞こえた。大丈夫です、と志郎は文乃に言った。

「コンビニで警察を待ってください。何があったか、中山刑事部長に話せばすべて解決です」

少女が首に提《さ》げていたポーチからスマホを取り出し、有美に向けた。チェック漏れではなく、桑山の判断でそのままにしていたのだろう。子供に手を出すつもりはなかったようだ。せがまれた有美が自分のスマホを渡すと、同じアプリをインストールしているのか、二度スワイプしただけで連絡先の交換が終わった。

スマホを持っていたのか、と志郎はつぶやいた。わかっていれば、少女のスマホで警察に通報したのだが、今となってはもう遅い。

電源を切ってくれ、と志郎は有美に言った。

「警察が君の番号を知った。すぐに名前が割り出される。電波を探知されると面倒だ」

有美が電源をオフにした。では、と志郎は文乃に敬礼した。

「橋口は新宿駅の方へ逃げた、そう言ってもらえると助かります」

うなずいた文乃が深く頭を下げた。志郎は有美と夜の町を駆《か》けた。

15

新宿からタクシーに乗り、志郎と有美は武蔵野市にある井の頭公園近くで車を降りた。朝五時になっていた。

警察官として、志郎は検問が実施されているルートを知っていた。裏道を指示し、迂回《うかい》を繰り返して検問を抜けたが、刑事でなければできなかっただろう。

「どうして武蔵野市まで来たんですか？」

有美の問いに、警視庁には十の方面本部がある、と志郎は汗を拭った。

「おれを探すと簡単に言うが、本庁の捜査一課だけじゃ手が足りない。実際におれを捜すのは所轄署や交番の警察官で、指示を出すのは方面本部だ。十ある本部のうち、八つは二十三区内で、残りの二つは立川と八王子にある。管轄区域が広いから、手薄にならざるを得ない」

「だからここへ？」

「本庁はおれの個人情報も全部調べている。過去の経歴も含めてだ。おれは武蔵野市に住んだことがないし、土地勘もない。そんなところへ逃げるはずがないと連中は考える。そっくりそのままの理由で、ここを選んだ」

「警察のパターンはわかっていると？」

「効率的な捜査のためには、どうしたってパターンが決まってくる」

小銭はあるか、と志郎は電話ボックスの前で足を止めた。

「公衆電話が減っているが、天災その他を考えると、全部撤去《てっきょ》するわけにはいかない」

ポケットから取り出したメモを見て、ひとつずつボタンを押した。七回目の呼び出し音の後、不機嫌そうな男の声がした。

「……こんな朝っぱらから誰だ？」

「橋口だ。ジイさんか？」

当たり前だ、と北島が吐き捨てた。

「夜明け前だぞ？　だからおまわりは嫌いなんだ。てめえの都合ばっかり……」

「いつ戻った？」

「夜中だよ。ぎりぎり終電で東京駅まで出た。おめえこそ、どこにいる？」

「後で話すよ。頼みがある。フロントを通らなくても部屋に入れるホテルを見つけてくれ」

「ホテル？」

「旅館でもいいが、銀座と新宿は駄目だ。あんたが予約して、先にチェックインしてくれ」

「おれに行けっていうのか？」

「乗り掛かった舟じゃないか。こっちは面が割れてる。頼れるのはあんただけだ」

「友達がいないんだな」同情するよ、と喉の奥で北島が笑った。「いいだろう。赤坂《あかさか》にロイヤルインってホテルがある。時々使ってた。いろいろ便利でな」

「赤坂のロイヤルイン？　いろいろって何だ？」

「うるせえな、年寄りのプライバシーを詮索《せんさく》するんじゃねえよ」

「タクシーで行く。三十分で着くだろう。チェックインしたら、適当なところで待ってろ」

「地下に駐車場がある。金は払ってくれるんだろうな」

答えずに電話を切った。二十三区内へ戻るんですか、と有美が首を傾げた。

「検問が張られているはずです。警察官があなたを探してるんですよ？　そんなところに戻ってどうするんです？」

都心から外へ出る車は調べるが、入っていく車に犯人が乗っているはずがない、と志郎は笑った。

「そう考えるのも警察のパターンだ。出るより、入る方が簡単なんだ」

志郎は道路を見回した。空車の赤い表示をつけたタクシーが走っていた。

16

吉祥寺から赤坂までタクシーで向かった。予想通り、都内へ向かう車の検問は敷かれていなかった。

捜索が始まって、十時間以上が経過している。いつまでも続けるわけにはいかないし、妻子を取り戻した中山が検問の解除を指示したのかもしれない、と志郎は思った。

夜明けの東京を走り、三十分ほどで赤坂ロイヤルインの地下駐車場に着くと、煙草をくわえたスーツ姿の北島が立っていた。

「どういうホテルなんだ？」

普通のビジネスホテルだよ、と北島が階段をひとつ上がった。

「まあその、つまり……女性を呼ぶ客が多いってことだ。だから、フロントを通らずに部屋へ直行できる」

「あんたの歳でデリバリーを呼ぶのか？」

「おめえも歳を取りゃあわかる。年寄りってのは寂しいもんだ」

一階に出た北島が通路を進み、フロントから離れたエレベーターのボタンを押した。

「ホテルマンも見て見ぬふりだよ。部屋へ直で行っても誰も止めねえ」

エレベーターが十階で停まった。非常口を確認している志郎を無視して、廊下を歩いた北島が奥の角部屋のドアにカードキーをかざした。

「一番いい部屋を取っておいた。スイートルームって奴だ」

他人の金だと豪儀《ごうぎ》だなとつぶやいて、志郎は中に入った。二十畳ほどのリビングと別に、ツインのベッドルームがある。

おめえはそっちのソファだ、と北島が指さした。

「おれとお嬢さんはベッドを使う。レディファーストと敬老精神を忘れちゃいかん」

寝ている暇はない、と志郎はポケットの中の物をテーブルに並べた。

「こいつを調べる方が先だ」

「何だ、そりゃ？」

「桑山って奴がいただろ？　片山興産の総務部長だ。あいつからのプレゼントだ」

「おめえ、いったい何をした？」

聞かない方がいい、と志郎は桑山のスマホの電源をオンにした。「パスコードか……参ったな」

「開けないのか？」

タクシーの中で試してみた、と志郎は首を振った。

「桑山はパスコードを教えてくれなかった。無口な男でね」

訳がわからん、と北島が肩をすくめた。

「後は？　何があるんだ」

「財布、手帳、それとこいつだ」志郎は尻ポケットから拳銃を抜いた。「物騒な物を持っていたんだよ、あの総務部長は」

本物か、と手を伸ばした北島に、止めとけ、と志郎は言った。

「弾も入ってる。スミス&ウエッソン38口径」

財布を開いて、志郎は札を数えた。

「二十七、二十八、二十九……これだけの現金を持ち歩く奴も今時珍しい。キャッシュカードとクレジットカードもある」

貸してみろ、と受け取った北島がカード類を調べ始めたが、名前が違うぞ、とつぶやいた。

「桑田《くわた》と書いてある。こっちは桑名《くわな》だ。どういうことだ？　何で偽名を使う？　他に何かあるか？」

「免許証と保険証はなかった。桑山名義の名刺が二十枚ほど、それに桑野一郎《いちろう》さんの歯医者の診察券」

調べてくれ、と財布ごと有美に渡し、志郎は手帳を開いた。どこにでも売っている能率手帳の頁をめくると、スケジュールが記されていた。

会議ばっかりだ、と志郎は頁をめくった。

「働き者の総務部長だな……プライベートの予定がない。土日はすべて空欄《くうらん》だ」

「仕事が好きだったんだろう。昔のサラリーマンはみんなそうだった」

細かいスケジュールはスマホで管理している可能性もあります、と有美が言った。そうだとしたら何もわからない、と志郎は頭を搔いた。

「アドレス帳に名前や電話番号はない。それもスマホで管理しているんだろう」

頁をめくっていた志郎の手が止まった。

「八月二十九日、午前七時に赤で印がついている……ここだけだ」

「朝七時？　二十九日は明後日……いえ、もう今日は二十八日ですから、明日の朝七時ですね」

その先は何も書いてない、と志郎は首を振った。

「予定がないってことか？　毎週、月曜は定例の会議が入っていたが、それもない」

数字が書いてあります、と有美が手帳を指さした。

「34／37／23……138／08／39」

「何の番号だ？」

首を捻った北島に、わからん、と志郎は眉間《みけん》を強く指で押した。キャッシュカードやクレジットカードの番号とは違います、と有美が言った。

銀行口座かとつぶやいて、志郎は首を振った。

「いや、あれは七桁だ。貸金庫の暗証番号か？」

「店番号とか支店の番号も合わせれば、これぐらいの桁数になるんじゃねえか？」

自分のキャッシュカードを取り出した北島が口を尖らせた。

「違うな、桁が多すぎる。こんなんじゃ認識されねえだろう。銀行によって、番号が違ったりするのか？」

「会社の金庫では？　重要資料を保管しているとか……」

男のように腕を組んだ有美に、そうとは思えない、と志郎は言った。

「手帳に書くとしたら、一番最初か最後の頁だろう。八月二十九日は中途半端だ。この赤い印の意味は？」

朝七時に会議があるのかもしれねえ、と北島が笑った。

「ずいぶん早起きじゃねえか。よく働いて、ご立派だよ」

志郎は手を伸ばし、北島のスマホの検索画面に数字を打ち込んだ。

「……一致する情報は見つかりませんでした、そうだろう、こんな数の羅列は検索できない」

「では、どういう意味が？　何の番号ですか？」

有美の問いに、わからない、と志郎は数字を見つめた。

17

三台のトラックが連なって走っている。その後ろをいくのが黒のセダンだ。

後部座席に座っていた真田はスマホをポケットに戻した。

「どうでしたか？」

顔を向けた助手席の男に、残念だ、と真田は肩をすくめた。

「桑山くんは死んだ」

「……そうですか」

「中山刑事部長の妻子も逃げた。今頃、警察が例のマンションを調べているだろう。桑山くんを運び出すだけの時間しかなかったと報告があった……尊い犠牲だ」

「……はい」

「だが、意味はあった。彼は自分の命で時間を作ってくれた」

我々にとって最も貴重なのは時間だ、と真田は時計を見た。

「二十三時間後、作戦が始まり、一時間後には完了する。二十三時間、我々の行動を秘匿《ひとく》すればそれでいい」

「西新宿のマンションは問題ありませんか？」

証拠になるようなものは残していない、と真田は言った。

「門脇の名義で借りている。そこから我々までたどり着くには、数日かかる。その間に作戦は完了している。我々を調べることなど、できるはずもない」

「その通りです」

「他の部隊から連絡は?」

「すべて順調です。先発していた数隊は現地に入りました。北海道と九州はまだですが、時間内には確実に到着できると連絡がありました」

「法定速度の順守をトラック部隊に伝えろ。警察に停められるとまずい」

了解しました、と男が無線機を取り出した。真田は背中を座席に沈め、長い足を組んだ。

18

どうなってやがる、と北島がやけになったように煙草の煙を吐いた。有美が嫌そうに顔の前で手を振っている。

桑山は中山刑事部長の奥さんと娘さんを誘拐した、と志郎は言った。

「目的はおれだ。片山興産を調べているおれの動きを止めたかったんだ。社員は六百人と聞いているが、自分たちで探すのは無理だと判断した。当てもなく東京中を探すには、六百人じゃ無理だ。だから、警察を利用することにした」

「そのために刑事部長の女房子供を誘拐した? やることが無茶過ぎねえか?」

合理的ではある、と志郎はうなずいた。

「妻子を誘拐して、おれの身柄を拘束《こうそく》しろと脅した。刑事部長も人間だ。従うしかない」

「なるほどな」

奴らの準備は周到だ、と志郎は腕を組んだ。

「どんな事態が起きても対応できるように、警視庁の部長クラスの自宅を調べていたんだ。カルト教団が警察庁長官を狙撃した事件があったのは覚えてるか？　警察内部に協力者がいた可能性もある」

「ひでえ国になったもんだ」

「中山刑事部長としても、おれを押さえて事情を聞かなければならなかった。妻子の安全を守る責任もある。要求を呑《の》むしかなかったんだ」

一課の全刑事や本庁管轄の警察官を総動員しておれの行方を追わせた、と志郎は言った。

「マスコミにも情報をリークし、キャッシュカードの使用記録や防犯カメラの画像もチェックするように命じた。SNSにおれの名前を書き込んだのは、片山興産の連中だろう。刑事が不祥事をやらかせば、ネタはすぐ拡散する。何度も発信していれば、いくらでも広がっただろう」

中山刑事部長が彼らの脅しに屈したのはわかります、と有美がうなずいた。

「奥さんと娘さんがさらわれたら、誰でも正常な判断力を失います。でも、橋口さんの行動を制約することに何の意味が？　命令したのは真田社長ですか？」

他に考えられない、と志郎は唸った。

「真田には何らかの計画があった。昨日今日思いついたことじゃない。六年前、ジイさんの会社を乗っ取った時から、すべては始まっている。騙されて安く買い叩かれたというが、十億の金をかけている。他に資金も準備していたはずだ。乗っ取ってからも業務を続けていたのは、建設会社でなければならなかったからだ。なぜだ？　建設会社にどんな意味がある？」

知らねえよ、と北島が天井に向けて煙を吐いた。志郎は桑山の手帳を開いた。

「六年前から準備していた。八月二十九日は、その計画を実行する日だろう。何をするつもりだ？」

「社員旅行に行くんじゃねえのか？」

志郎は眉間に皺《しわ》を寄せた。

「高村の死は自殺じゃない。真田の命令で、片山興産の社員が殺したんだ。五人の男が高村のマンションに入ったのはわかっている。そいつらが高村を自殺に見せかけて殺した。だが、高村も社員だった。同僚を殺す理由は何だ？」

嫌われてたんだよとつぶやいた北島に、静かにしてくれ、と志郎はテーブルを叩いた。

「真田が話していたが、高村は新規事業への参入に反対していた。あれは嘘じゃない。真田と高村が対立していたのは本当だったんだ」

「どうして高村は反対したんだ？」

春野博美と恋愛関係になったからだ、と志郎は言った。

「真田は片山興産の社員に部外者との接触を禁じていたはずだが、それじゃ建設会社の仕事が廻らない。高村や桑山、部長クラスには許可していたんだろう。だが、高村は必要以上に深い仲になった。それは真田への裏切りで、高村もわかっていた」

恋する気持ちに蓋はできねえよ、と北島がうなずいた。

「真田は高村の恋路の邪魔をしたのか？　だとしたら、あいつは馬鹿だ。そんな社長がいるか？」

そうじゃない、と志郎は首を振った。

「以前から、高村は計画に対して懐疑的だったんだろう。春野博美のことがきっかけだったのかもしれないが、計画を中止するべきだと真田に訴えた。どんな計画か暴露すると言ったのかもしれない。真田にとって、高村は最も危険な存在になった。だから殺したんだ」

そんな馬鹿はいねえよ、と北島が肩をすくめた。

「社長の方針に反対しただけで殺されるなら、日本中の平社員はみんな死ぬぞ」

「高村は部長だった、社内でも重要なポジションにいたんだ」発言力も大きかったはずだ、と志郎は話を続けた。「最初から計画に反対していたら、真田も高村をそんなポジションにはつけない。高村は真田の計画を支持していたんだ。それだけに、高村にとって真田に歯向かうのは苦渋の選択だったろう」

意味がわからねえと北島が横を向いたが、聞いてくれ、と志郎は言った。

「高村は真田と話し合いの場を持ち、計画の中止もしくは延期を進言した。だが、真田は了解しなかった。逆に説得を試みたかもしれないが、高村も拒否した。このままでは、計画そのものが駄目になる。だから、真田は高村の殺害を部下に命じたんだ」

「殺せば警察が調べる。当たり前だろう。何で殺されたかってことになるじゃねえか」

だから自殺を偽装した、と志郎は言った。

「高村に友人はいない。会社の人間は何も言わない。しばらくの間、死体は見つからない」

「それで？」

「ただ、春野博美がいる。彼女が部屋を訪れ、死体を見つけるかもしれない。自殺に見せかけたのはそのためだ。春野が仕事で忙しかった八月十四日を選んで殺害すれば、偽装自殺は露見《ろけん》しないはずだった」

でも、死体はその日の夜中に発見されていますと有美が言った。アクシデントがあったからだ、と志郎はうなずいた。

「アフリカ帰りの商社マンが伝染病にかかり、感染防止のために医師が高村の部屋に入るのは、真田も想定できなかった。もうひとつ、真田が予想していない要素があった。インコの餌《えさ》がないのを不審に思った紀子が高村の周辺を調べ始めたんだ」

「何を知ったんでしょう？」

それがわからない、と志郎は首を捻った。

「あいつが知っていることは、おれも知ってる。疑わしいことは何もなかった」

紀子さんは一人で片山興産に行ってます、と有美が言った。

「その時、何かに気づいたのでは？」

「おめえの妹が計画だか何だかに感づいた、それを真田や桑山が知ったのか？　だから殺した？」

交通事故に見せかけて殺した、と志郎は拳でテーブルを叩いた。

「事故死を装わなければならなかった。刑事が殺されたら、警視庁は全力を挙げて捜査に当たる。身内の仇《あだ》を討つためなら、警察官は何だってする」

知ってるよ、と北島がつぶやいた。殺害した実行犯が逮捕されても、と志郎は言った。

「真田は痛くも痒《かゆ》くもないが、なぜ殺したのかと疑問を持つ者が出てくるとまずい。奴らは兄のおれが刑事だと知っていた。妹が殺されたら、素人《しろうと》だって黙っちゃいない。現職刑事のおれが何をしてでも真相を探ろうとするのは、真田もわかっていた」

「肉親の情ってやつだな。だが、それならおめえも殺しちまえば良かったんじゃねえのか？」

「同じ所轄署の兄妹刑事が続けて事故死すれば、どんな鈍い警官だって不審に思う。真田はそれを避けたかった。あいつにとって何よりも重要なのは計画の実行で、八月二十九日の朝七時まで警察の動きを封じ込めれば、それでよかったんだ」

　春野さんを殺したのはなぜです、と有美が尋ねた。

「それもリスクになりますよね？」

　最初に高村の死が他殺だと気づいたのは彼女だ、と志郎は言った。

「恋人としての直感だ。高村から何か……証拠品を預かっていたのかもしれない。彼女はおれにそれを伝えようとした。だが、真田たちは以前から春野の電話を盗聴していた。春野が仕事で高村の部屋に行かないことも、盗聴によって知ったんだろう。奴らはおれと春野を会わせるわけにはいかないと考えた」

「だから春野さんを殺した？」

「口封じのためだし、おれを嵌《は》めるためでもあった。おれを見張り、春野の部屋へ行く直前に彼女を殺し、橋口志郎が犯人だと警察に通報した。まんまと引っ掛かった馬鹿な刑事がおれってことだ」

　おめえは間抜け野郎だ、と北島が志郎の肩を叩いた。

「情けねえよ……筋書きはわかった。だが、真田の計画ってのは何だ？　高村と春野、おめえの妹を殺し、警視庁刑事部長の妻子を誘拐するなんて、まともじゃねえぞ？　何を企んでる？」

　わからない、と志郎はため息をついた。

19

電話が鳴った。真田はスマホの画面に触れた。

移動は順調です、とスピーカーから男の声がした。

「問題ありません。ひとつだけ、北海道から先ほど連絡があり、運搬用のトラックが予定より三時間ほど遅れているということです」

多少の遅延は計算に入っている、と真田は腕時計に目をやった。

「最悪、荷物は二十八日深夜までに届けばいい。ただ、隊員に休憩は必要だ。食事、睡眠について考慮《こうりよ》するように。宿はどうなってる？」

「到着次第、部屋に入れるように手配しています。時間的には今後渋滞《じゆうたい》が解消されるはずですが、急がせます」

「交通法規は守ること。業務用トラックを停める白バイがいるとも思えないが、注意は怠《おこた》るな」

「了解しました」

電話が切れた。高速に入ります、と運転席の男が緊張した声で言った。

20

「さっきも言ったが、奴らは六年かけてる。短い時間じゃない」

志郎は人差し指でテーブルを規則的に叩いた。

「おそらく、計画の立案はもっと前から始まっていた。下手したら十年がかりだ。何をしようって言うんだ？　今時、そんなのんびりした長期戦略を取る会社なんてない」

結果が求められる時代だもんな、と皮肉な笑みを北島が浮かべた。

「ずいぶん念入りな話じゃねえか」

あの会社には六百人の社員がいた、と志郎はつぶやいた。

「六年間、六百人の社員は姫原村に閉じ込められていたようなものだ。若い連中がほとんどだった。女性社員はいなかったし、酒や煙草も禁止されていたんだろう」

「嫌な会社だな」

「毎日寮と会社の往復で、何ひとつ楽しみなんてなかった。強制収容所かって話だ。環境は半端じゃなく劣悪だったはずだ。六年、そんな馬鹿げた暮らしを強《し》いられていた。考えられるか？」

「確かにそうだが、連中は従っていた。なぜだ？」

明確な目的があったからだ、と志郎は言った。

「計画を完遂するために必要だから、耐えられた。真田の統率力も大きかっただろう。カリスマリーダーに従うことが、奴らの悦《よろこ》びだった。真田には生まれつきの資質があったんだ」

「おれは嫌いだね、あんな機械みたいな野郎の命令なんか、お断りだよ」

「部下たちは真田を信頼し、尊敬し、崇拝していた。態度でわかる。おれが見ていなけりゃ、奴らは跪《ひざまず》いて真田の靴にキスしたかもしれない」

「気持ち悪いことを言うなよ」

「四十六歳とか言っていたが、もっと若いんじゃないか？」

桑山や高村も心服していた、と志郎は首を振った
「おれは桑山の死に顔を見た。笑顔だった。なぜ笑って死んでいったのか、わかる気がする。桑山は真田を信じていた。自分が死んでも、真田さえ生きていれば目的は達成できると思っていたんだ」

「麗《うるわ》しい話じゃねえか」

そうじゃない、と志郎は肩をすくめた。

「もっと精神的な、あるいは宗教的で絶対的な信頼感だ。心の深い部分で、固く結び付いていた。桑山だけじゃない。六百人の部下も同じだ。そう考えないと、奴らの関係は説明できない」

「本当に宗教なのでは？」

有美が顔を上げた。新興宗教の類じゃない、と志郎は眉間に皺を寄せた。

「部下たちがあそこまで心服するのは、強い使命感があったからだろう。あれはまるで……軍人の忠誠心だ」

「軍人？」

自分の正義を信じて疑わない人間だけが持つ求心力が真田にはあった、と額に指を当てたまま志郎は言った。

「部下たちも真田の正義を信じていた。あれは宗教なんかじゃない。絶対的なリーダーに対する忠誠心だ。軍人の特性だよ」

「自衛隊ってことですか？」

有美の問いに、わからない、と志郎は言った。

「真田は馬鹿じゃない。胸に理想を秘めていても、リアルな判断ができる男だ。奴が率いていたのは六百人だけだった。特殊な訓練を受けた精鋭《せいえい》六百人で蜂起《ほうき》したところで、いずれは鎮圧される。それがわからない男じゃない」

当たり前だと言った北島に、自衛隊とは思えないと志郎はため息をついた。

「クーデターを起こしたって、失敗する。それでも決起を決めていた。何をするつもりなんだ？」

言ってることもわからんじゃないが、と北島が口を尖らせた。

「どうして、おめえの妹は真田が怪しいと気づいたんだ？　確かに、真田は頭のいい野郎だよ。それはおれが一番わかってる。だが、おめえの妹は真田と一度か二度しか会ってねえんだろ？　妙だと思うようなことを、真田がするはずねえだろう」

紀子はそこまで鋭いわけじゃなかった、とうつむいたまま志郎は首を傾げた。

「気づかれるような間抜けなことを、真田がしたとも思えない。紀子はおれと一緒に片山興産へ行き、真田と話したのは三十分足らずだ。同じ話を聞き、同じものを見ている。おれにもわからなかったことに、どうして気づいた？」

いくら考えたってどうにもならねえだろうよ、と北島が言った。

「おめえの妹は死んだんだ。何も喋《しゃべ》ってはくれねえ……真田は何をやらかすつもりだ？　少なくとも六年かけて計画を立てている。そんなに準備が必要なことって何だ？」

わかってるのは、あんたの会社を騙し取ったことだ、と志郎は答えた。

「北島建設じゃなきゃ駄目だった。リサーチもしたんだろう。ターゲットを決めて、狙い撃ちにしたんだ」

何でおれの会社なんだよ、と北島が半笑いになった。

「自慢じゃねえが、姫原村だぞ？　工事現場に行くには便利だが、それ以外じゃいいことは何もねえ。二束三文の土地で、資産価値もない。おまけに暴力団系列だ。そんな会社を誰が欲しがる？」

「北島建設でなければならない理由があった。だから狙ったんだ」

「馬鹿か、おめえは。そんな理由なんかねえよ。どこにでもある土建業者だぞ」

「どこにでもある土建業者だからだ」

それが重要だった、と志郎はつぶやいた。

「理由のひとつは、爆発物を大量に入手したかったからだ。工事現場ではダイナマイトを使う。建設会社、土建業者なら、大量に購入したって誰も不審に思わない。警察に怪しまれないためには、合法的に入手するのが一番いい」

「建設会社や土建会社はいくらだってある。うちじゃなくても……」

暴力団系列だったからだ、と志郎は顔を上げた。

「あんたはそんなに優《すぐ》れた経営者じゃなかった。自分でも言ってただろ？　門脇のように、あんたを見限る子分もいた」

「うるせえな」

「門脇を買収し、奴のルートで他の組織と取引し、銃器類を集めた。資金援助もしただろう。現物供与だった可能性もある。新潟の支社を通じて海外から覚醒剤を仕入れ、それを門脇に流したんだ。銃器の代金はそれで払ったんだろう。新潟に支社があることも、あんたの会社を狙った理由のひとつだったのかもしれない」

何らかの形で軍事行動に出るつもりなのは、わたしもわかります、と有美が言った。

「でも、六年もかけてそんなことをするでしょうか？　クーデターを目論《もくろ》んでいるのなら、もっと早く決起するのでは？」

真田は絶対に計画が漏れないように事を進めた、と志郎は言った。

「銃器類を集めるのも、常識では考えられないほど慎重に動いた。無茶をすれば、ひと月で手に入れることができたかもしれない。だが、そんな事をすれば公安警察に目をつけられる。静かに、ゆっくりと計画を進めた。だから、今日まで誰も気づかなかったんだ」

ずいぶん悠長《ゆうちょう》じゃねえか、と北島がくわえた煙草に火をつけた。その辺の馬鹿とは違う、と志郎は言った。

「組織を動かすプロなんだ。六百人の部下たちの訓練にも、十分な時間を費やした。六年かけたのは、すべての条件が揃うまで待っていたからだ。頭の切れる奴はいるが、腰を据えて待つ者はめったにいない。真田はそういう男だった。やぶれかぶれで暴発するような、頭の悪いテロリストじゃない」

「まともな人間にできることじゃねえな」

異常なほど意志が強い、と志郎は首を曲げて鳴らした。

「あんたの会社の敷地は広く、近くに民家もなかった。裏にあった山を買い取り、そこも訓練に使った。おれは爆発音を聞いたが、戦闘訓練をしていたんだろう。どこか、何かを攻撃する模擬戦だ。一気に襲撃して、爆破する。真田の狙いは重要な施設だ」

「国会議事堂か？　それとも首相官邸？」

考えられる、と志郎はうなずいた。

「失敗が許されない作戦だ。精度の高い攻撃を加えて、確実に爆破しなければならなかった。そのために六年も訓練を積んだ。あんたの会社を選んだのは、真田にとって最適の条件を備えていたからだ」

なるほどね、と北島がスマホの写真をスクロールした。

「あいつらが最後に爆破した建物だよ。これだと見当がつかんだろうが、相当大きかった。跡形もなく吹っ飛ばしていったから、何の施設だったのかはわからん。おれがいた頃にはなかった。あいつらが建てたんだ。工場のようだが、そんなものを爆破してどうなるっていうんだ？」

「それに、どうして紀子さんは真田たちの動きに気づいたんでしょう？」

有美の問いに、そこがわからない、と志郎は片方の眉を上げた。

「片山興産に一人で行った時、何かを見た。何かを知った。だから殺された……何があった？見ただけでわかるようなことを、真田ほどの男がするはずがない。何を……」

志郎は目を閉じた。どうした、と北島が肩を叩いた。

「しっかりしろ。腹でも減ったか？」

「何かを聞いたのかもしれない」

「聞いた？」

死の間際、桑山が何かつぶやいていた、と志郎は目を開いた。

「意味がわからなかったのは、聞き取れなかったせいだと思っていたが、そうじゃない」

「じゃあ、何で聞き取れなかったんだ？」

日本語じゃなかったからだ、と志郎はつぶやいた。

「だから、わからなかった」

「日本語じゃなければ何語だったんです？」

有美が正面から志郎の顔を見つめた。中国語に似ていたが、違うのはわかってる、と志郎は言った。

「おれは中国人マフィアを撃って左遷《させん》された刑事だ。何年も奴らとの接触を続けていた。多少だが、会話もできる。あれは中国語じゃない」

何語だったんだよ、と北島が志郎の肩を摑んだ。

「もったいぶるな。さっさと言え！」

「梨緑語だ」

志郎は答えた。有美と北島が口を閉じた。

21

助手席の男が耳に電話を当てている。声が漏れていたが、早口で聞き取れなかった。

ゆっくり話せ、と真田は言った。

「落ち着くんだ」

「……我小事幸小路待限界」

トラックを地下駐車場に入れるように伝えろ、と真田は男の肩に触れた。

「荷台にカバーをかけるのを忘れるな」

「我防備易学推定、程度依存用法配合、夜間緊急」

私が話す、と真田は電話を取り上げ、指示を始めた。

22

おれは真田と桑山以外の片山興産の社員と話していない、と志郎は言った。

「社員同士の会話も聞いていない」

「それで?」

「部下たちがフロアに戻ってきた時、真田に挨拶をしようとしたが」

おれと紀子がいることに気づいて口を閉じた、と志郎は腕を組んだ。

「六年、奴らは日本に住んでいた。日本語教育も受けただろう。建設会社の社員を装って仕事をしていたし、他の会社との接触もあった。日本語を話すことはできたはずだが、アクセントを含め、全員が日本語を使いこなせていたとは思えない」

そうかもしれません、と有美がうなずいた。外部の人間には気を遣《つか》っていたはずだ、と志郎は言った。

「だが、奴らは自分たちだけで生活していた。仲間とは梨緑語で話していただろう。あの時もそうだった。梨緑語で挨拶しようとしたが、おれと紀子がいたから止めたんだ。日本の会社だぞ? 梨緑語で話すのはおかしいだろう」

「じゃあ、紀子さんは……」

「片山興産に行った時、奴らが会話している声を聞いたんだ。日本語じゃないのは、紀子にもわかった。社内公用語を英語にしてる会社はある。だが、奥多摩にある会社が梨緑語を話すのは変だと思った」

「だから、詳しく調べようとした？」

「警察官なら誰だってそうする。俺に話さなかったのは、梨緑語という確信がなかったからだ。だが、真田たちは紀子に会話を聞かれたと気づいた。まずいことになった、と思っただろう」

「それで……紀子さんを？」

「奴らは八月二十九日朝七時、何らかの計画を決行する予定だった」

だが、紀子を殺してしまった、と志郎は唇を噛んだ。

「殺すしかなかったのか、それともアクシデントだったのか……高村殺しとは違う。現場に行ったが、不審な臭いがぷんぷんしていた。詳しく調べれば、真田たちに繋がる痕跡《こんせき》が見つかるはずだ。殺すつもりはなかったのかもしれない」

「脅《おど》すつもりだったけれど、轢《ひ》き殺してしまった……やむを得ず、偽装工作をした？」

「門脇組に金を渡して、身代わりのチンピラを自首させた。六年のつきあいで、お互いに秘密を共有している。門脇も了解せざるを得なかった。だが、結局は金目当てのチンピラだ。いずれは口を割る。それでも、真田としては二十九日まで黙っていれば良かったんだ」

「あの人たちは……何をしようとしてるんです？」

有美が怯《おび》えたような口調で尋ねた。何者なんだ、と北島が息を吐いた。

考えればわかる、と志郎は囁いた。

「準備期間を含め、十年以上前に真田は国を捨て、六百名の部下を引き連れて日本に渡ってきた」

「考えてみると凄《すご》い話だな」

「全員が一緒に日本に来たわけじゃないんだろう。時間をかけて、目立たない方法で入国した。公安や出入国管理局もわからないぐらい、自然で巧妙なやり方だった。よほど慎重にやらなければ、誰かが気づく。それだけを考えても、指揮官としての真田の能力の高さがわかる」

そうですね、と有美がうなずいた。

「わたしの仕事ですから、難しいのはよくわかります。わたしたちも不法入国者には毎日目を光らせているんです」

単純なテロリストとは違う、と志郎は言った。

「昨日思いついたことを、今日やろうって話じゃない。尋常じゃない計画性だ。精度の高い偽パスポートを準備し、戸籍を不正入手して日本人になりすました。一人、二人ならともかく、六百人だ。簡単にできることじゃない」

「たいしたもんだ。感心するよ」

日本国内に協力者がいたのは確かだ、と志郎は言った。

「会社という形で、組織的に協力していたんだろう。あんたの会社を買ったニワタコーポレーションもそうだ。ニワタが受け入れ体勢を整え、資金も調達した。徹底的にリサーチをかけて、北島建設を選んだ。あんたの子分だった門脇を取り込み、最終的には北島建設を乗っ取った」

「おれの会社じゃなくてもよかっただろう」腹が立つ、と北島が吐き捨てた。「余計なことをしやがって」

日本人が経営している会社が必要だったんだ、と志郎は北島の肩を叩いた。

「日本人が社長で、社員も日本人なら、誰も不審に思わない。真田は社員を自分の部下たちと入れ替えた。それで偽装工作は完璧だ。警察や外務省、姫原村の役場も、何が起きてるのか気づかなかった。情報が漏れなかったのは、異常なぐらい高度な秘密保持能力があったからだ」

「六百人の部下に過剰なぐらいの武装をさせ、厳しい訓練を積んだってのはそうなんだろう。だがな、言わせてもらうが、たかが六百人で何ができる？」

戦争でもしようってのか、と北島が苦笑した。

「最新装備で武装したって、結局は六百人だ。日本の警察は二十五万人いると聞いてる。自衛隊もそれぐらいだな？　五十万人を相手に六百人で戦う？　馬鹿馬鹿しい。勝てるわけないだろうが」

「……テロでしょうか？」

有美が二人の顔を交互に見た。間違いない、と志郎は答えた。

「六百人でできるのはテロしかない。サリンガスでもばら撒《ま》くか？　国会議事堂にジェット機で突っ込む？　日本中の公共施設を爆破する？　自爆テロなら不可能じゃない。だが……」

「おかしくねえか？　自爆テロなら、訓練の必要なんてねえだろう。奴らは六年以上の時間をかけてるんだぞ？」

怒鳴った北島に、その通りだ、と志郎は手帳を開いた。

「この数字が何を意味しているのか、それがわかれば奴らの計画が明らかになるはずだ」

調べようと言った志郎に、有美と北島が表情を強《こわ》ばらせたままうなずいた。

23

八月二十八日午前十時、北海道泊別村《とまりべつ》に唯一あるホテル、サントニオ・インのフロントで朝のシフト交替が始まっていた。

フロント主任の春日部《かすかべ》は引き継ぎの点呼を終えた。客室係の浅川《あさかわ》をはじめ、七人の従業員が並んでいる。

「今日は八名か。いつもより多いな」

例の予約客がいますから、と浅川が微笑《ほほえ》んだ。

「ありがたい話じゃないですか。うちに六十人っていうのは、この季節なかなかないですよ」

「そうだが、何でこんな村に来るんだ？　東京からの社員旅行と聞いてるが……」

宴会場もないホテルですからね、と浅川が自嘲《じちょう》気味に言った。

「東京者が何を考えてるかはわからんですよ。どこか遊ぶところがあると思ってるんですかね？　何にもないですよ、悪いけど」

「酒もいらないって言ってるんだろ？　わかんねえなあ、東京の連中は。まだ来ていないのか？」

「十時に着くということでしたが、遅れてるようですね」

昼食バイキングの準備を始めます、と厨房《ちゆうぼう》担当者が言った。そいつら、昼飯は食うんですかね、と浅川が言った。

「間に合ってくんないと困ります。そのために用意してるんですよ？」

そう言うな、と春日部は苦笑した。

24

困るんですよ、と青森県東山通《ひがしやまどおり》村の民宿、津軽《つがる》旅館の主人三村信吉《みむらしんきち》は青森弁をなるべく出さないようにしながら声をかけた。

宿の駐車場に大型トラックが何台も並んでいる。二十八日午後三時半。

「聞いてませんよ。何台いるんです？」

六台、と立っていた若い男が答えた。表情が険《けわ》しい。

そんな顔しないでくださいよ、と三村は言った。

「うちの駐車場は五台分のスペースしかないんです。普通の乗用車ならともかく、トラック六台は無理ですって」

「どこに停めればいい？」

「それはわからんですけど、田舎《いなか》だから、その辺に停めてたって誰も何も言わんですよ」

それは困る、と男が首を振った。

「車に何かあったらまずい」

聞いてみますよとだけ言って、三村はその場を離れた。高圧的な物言いに腹が立っていた。何様のつもりだ、偉そうにしやがって、常識のない奴らは困る、と腹の中で毒づいた。

振り返ると、巨大なトラックが近づいていた。後部が鉄板で覆われている。改造トラックか、と三村は首を捻った。

25

石川県大賀町《おおがちょう》にあるマルカワホテルの一室に男たちが座っていた。四人部屋だ。

誰も言葉は発していない。ただお茶を飲んでいる。

携帯電話の着信音に、了解しました、とうなずいた男が電話を切り、午後五時の定時連絡だと言った。

「問題ない。全員目的地に集結しつつある」

そうか、と別の男が仰向けに寝そべった。まだ五時か、ともう一人がつぶやいた。

26

遅れてる、とトラックの助手席で男が言った。

「七時だ。まだか？　途中の事故渋滞さえなけりゃ……」

運転席の男がナビを見て、愛媛県西宇和郡《にしうわぐん》と囁いた。

「あと三十分ほどで伊入町《いいりちょう》だ。今日中に着けばいいという命令だが、遅くなるとまずい」

運転席の男がハンドルを切った。急ごう、と助手席の男がうなずいた。

27

佐賀県空海町《くうかいちょう》の旅館、三平《みひら》荘の食堂で六十人の男たちが夕食をとっていた。わからない、と給仕をしていた仲居の酒田治代《さかたはるよ》は首を振った。

昨夜遅くに到着したこの男たちは、どういう客なのか。社員旅行だというが、六十人の間に会話は一切ない。無言で箸を動かしているだけだ。

「お客さん、観光ですか？」

上座に座っていた男に話しかけた。そんなところですとだけ男が答えたが、それきり黙り込んだ。

「あの、今夜のお食事なんですけど、本当にビールとかお酒とかよろしいんですか？」

予約の段階で、アルコール類は不要と言われていた。そんな社員旅行は聞いたことがないし、飲んでもらわないと売上が立たない。

いらない、と男が首を振った。取り付く島もないとはこのことだ。

ではお茶を、と立ち上がったが、水でいいと男が言った。

余計なお世話だったらしい。ケチな客だよ、と治代はつぶやいて食堂を出た。

28

鹿児島県川西町《かわにしちょう》のホテルトモズの大浴場は、宿泊客以外でも入浴できる。近くにある鉄工場から、仕事帰りの工員たちが来るのはいつものことだった。

夜九時、ひと風呂浴び、ホテルの浴衣に着替えた工員の外木場《そときば》は仲間と連れ立って休憩所に向かった。ビールや軽食を注文して一日の疲れを癒《いや》すのは毎日の習慣だ。

「九時か。ナイターはもう終わっちまったな」

外木場は草野球チームの監督で、プロ野球の熱心なファンだ。残念でした、とうなずいた同僚の栗宮《くりみや》の肩に、廊下の角を曲がってきた男の肩がぶつかった。

「何だよ、気をつけろ」

栗宮が凄んだ。気性の荒いところがある。

すまない、と三人の男が通り過ぎようとしたが、待てよ、と外木場は怒鳴りつけた。栗宮より更に気が短い。

「そんな謝り方があるか？　前を見て歩けねえのかよ」

馬鹿にしやがって、と摑みかかったが、いきなり顔面を殴られて倒れた。何があったのかわからないほど、速いパンチだった。

男たちが無言で大浴場へ向かっていく。外木場は尻餅をついたまま、立ち上がれずにいた。

Part 5　攻防

1

あんたがいてくれて助かった、と志郎《しろう》は大きなパンを齧《かじ》った。北島《きたじま》がホテル近くのコンビニで買ってきたものだ。

八月二十八日、金曜日。夜十時を回っていた。ホテルに入ってから、およそ十四時間が経過している。

志郎と有美《ゆみ》は部屋から一歩も出ていない。自由に行動できるのは北島だけだ。

代わる代わる休憩を取りながら、桑山《くわやま》のスマホと財布、手帳を徹底的に調べた。スマホはロックを解除できずにいる。どこからも電話はない。

財布にあったカード類から、桑山に関する情報を調べようとカード会社に連絡したが、個人情報は一切お伝えできないと断られただけだった。

そうなると、頼みの綱は手帳しかない。だが、個人の名前、電話番号、住所などの記載はまったくなかった。

今年一月からのスケジュール欄にあるのは会議、打ち合わせなど仕事関係のものだけだ。時間と会議の場所が書いてあるだけで、詳しい内容は記載がない。

八月二十九日の午前七時だけが、他とは違っていた。赤のボールペンで、何重にも丸がしてある。ボールペンを握る手に力が入ったのか、僅《わず》かに紙が破れていた。

二十九日、つまり明日の朝七時に何かがある。それは間違いない。

だが、どこで何をするつもりなのか、それがわからない。志郎は寝不足で充血した目をこすった。

「いい迷惑だぜ。後で請求するからな。ホテル代やガソリン代も払ってもらうぞ」

北島がくわえ煙草《たばこ》で言った。わかってる、と志郎は答えた。

そんなことより、と有美が紙パックのジュースをストローで飲んだ。

「二人とも考えてください。この数字に何か心当たりはありませんか？」

もういいよ、と北島が煙を吐いた。

「わかんねえって、そんなの」

真田《さなだ》と六百人の男たちは、明朝七時を期して何らかの行動に出ようとしている。それは志郎にも確信があった。

彼らは軍人だ。従って、軍事行動ということになる。

六年、あるいはそれ以上の長期にわたる訓練を積んできた。揃《そろ》えた武器類は多く、装備は過剰なほどだ。

警察官はそれほど銃器類に詳しくないが、多数の重火器、爆発物を入手しているのは志郎にもわかっていた。自衛隊レンジャー部隊か、それ以上の実力を持つ集団と考えていい。

ただし、人数は六百名だ。自衛隊なら約三個中隊にしかならない。

どれほど実力が高くても、二十五万人いる警察官、ほぼ同数の自衛隊と互角に戦える数ではない。

考えられるのは自爆テロだが、攻撃目標がわからなければどうにもならない。

状況を考え合わせると、ダイナマイトなどによって建物、施設の爆破を狙っている可能性が高い。

だが、片山《かたやま》興産の社員寮、工場で化学兵器や生物兵器を製造していた可能性もある。飛行機をハイジャックして国会議事堂にでも突っ込むつもりなのか。

ヒントとなるのは、桑山の手帳に残された数字の羅列だけだった。

３４／３７／２３　１３８／０８／３９

数字は暗記していた。暗号だとすれば、どうやって解読すればいいのか。

朝から北島のスマホを使って調べ続けたが、電話番号ではなかった。郵便番号、メールアドレスやカードなどの暗証番号でもない。

数字の順番を入れ替え、五十音やアルファベットに当ててはめてみたが、答えは出なかった。

志郎に暗号解読の知識はない。試せることはすべてやってみたが、時間が過ぎていくだけだった。

諦めたのか、北島がソファに寝そべり、つけっ放しのテレビを眺めている。どのテレビ局も、志郎の顔写真を出さなくなっていた。志郎に救出された、と中山《なかやま》刑事部長の妻が話したのだろう。

だが、春野博美《はるのひろみ》殺しについてのニュースは続いていた。何らかの事情を知っていると思われる品川桜署の刑事の行方がわかりません、とアナウンサーが繰り返していた。

警察はまだ志郎を捜している。事件に関係があると考え、行方を追っているのだろう。

警察に連絡した方がいいのでは、と疲れた顔で有美が言った。

「本当に真田たちがテロ行動に出ようとしているなら、警告するべきでは？」

確証がない、と志郎は答えた。

「出頭すれば、警視庁は春野殺しの一件でおれの取り調べを始める。真田たちの話をしても、聞いてはくれない。おれが春野を殺していないと立証されるまで、何を言っても無駄だ。警察はそういう組織なんだ」

そうだよなあ、と手枕で寝そべりながらテレビを見ていた北島が声を上げた。

「おまわりってのは、頭が固くて困るよ」

証拠が必要だ、と志郎は言った。

「真田が何を企んでいるのか、何を狙っているのか。上を説得する材料がいる。それが見つからないと、出頭すればかえって時間の無駄になる」

「でも、もう九時間を切りました」

有美が壁の時計に目をやった。夜十時半。

おれがテロリストなら東京を狙う、と志郎は言った。

「日本の首都で、他県と比べて人数も圧倒的に多いし、すべての機能が集中している。政治、経済、文化、日本の中心は東京なんだ。だが、東京なら警視庁四万数千の警察官が即時対応できる。おれ一人を捕まえるために、あれだけの数の警察官が動いたんだぞ？　テロ攻撃を仕掛けてくる六百人の動きぐらいすぐわかる」

「絶対に東京だと言い切れますか？」

有美の問いに、志郎は口を閉じた。可能性が高いのは間違いないが、もし東京でなければどうなるのか。

「とにかく、この数字の意味を解読するんだ。どうしても無理なら、おれが出頭して警視庁の協力を……ジイさん、何をしてる？　チャンネルを変えるな」

いいじゃねえか、とリモコンを手にした北島が煙草の煙を吐いた。

「飽きたよ。どこのニュースも言ってることは同じだ。テレビ局だって視聴者だって、どうでもよくなってるんだろう。何かありゃあ、テロップだって何だって流すさ」

北島がチャンネルを合わせたのは、BSのクイズ番組だった。Tシャツの上にパーカーをはおった五人の女性アイドルが並び、早押しボタンに手をかけている。

解答を間違うと一枚ずつ脱ぐんだ、と北島がボリュームを上げた。どうしてそんな下らない番組が好きなんだ、と志郎は言った。

「少しは手伝え。休んでる場合か？　どうせ裸《はだか》になるわけじゃないんだろ？」

地上波はつまらねえ、と北島が新しい煙草に火をつけた。

「BSはまだハプニングの臭いがする。見ろ、こいつらを。こんなアイドル、誰も知らねえよ。ゆるい感じが堪《たま》らんね」

「ジイさん、何歳なんだ？　こいつらはあんたの孫以下だぞ。ボリュームを下げろ。うるさいんだよ」

うるさいのはそっちだ、と北島がリモコンで音量を下げた。

「わかりゃしねえよ、そんな数字。いくら考えたって無駄だ」

何を意味してるんだ、と志郎はつぶやいた。

「こんな数字の列を見たことがあるか？」

「いえ……十三桁の乱数なんでしょうか？　それとも六つの数字？」

全体がひとつの塊《かたまり》なのか、それとも個々の数字の集合体と考えるべきなのか。さまざまな方法で試していたが、答えは出ていない。

システィーナ礼拝堂の天井に描かれた、『創世記《そうせいき》』をモチーフにした絵画の作品名と作者を答えよだとさ、と北島が言った。

「おれはテレフォンに登録している。電話がかかってきたら、答えなきゃならん。わかるか？」

馬鹿じゃないのか、と志郎は横を向いた。

「あんたに助けを求めて電話してくるアイドルなんているわけないだろ？」

「いるかもしれねえだろうが」

「かかってきたって、答えない方がいいんじゃないのか？　間違ったら脱ぐんだろ？　それが目当てなんじゃないのか？」

「わかってねえな。楽しみってのは、後に取っておくもんだ」

ミケランジェロです、と有美が答えた。

「『最後の審判』だと思いますけど」

大卒は違うな、と北島がつぶやいた。おれだって大学は出てる、と志郎は鼻をこすった。

時間がありません、と有美が首を振った。

「やっぱり、警視庁に連絡するべきだと思います。わたしか北島さんが電話を――」

「一般人からの通報をあいつらが信じると？　身元調べだけで、朝までかかるぞ」

「北緯三十度、東経四十五度にあるメソポタミア文明発祥の地ってどこだ？」

北島がテレビを見ながら言った。頼むから静かにしてくれ、と志郎は額を押さえた。

「集中したいんだ。こっちはそれどころじゃ――」

志郎の手を有美が摑《つか》んだ。

「何だ？」

北緯34度37分23秒、東経１３８度08分39秒、と有美がペンでメモした。

「……場所です」

そのまま有美が手を伸ばし、スマホに数字を打ち込み、検索を始めた。

「……どこだ？」

「静岡県御前崎《おまえざき》市佐倉《しさくら》……浜河田《はまかわだ》原発です」

有美が読み上げた。ジイさん、と志郎は顔を上げた。

「片山興産で大きな建物を見たと言ったな？　どんな感じだった？」

「どんなって言われても困る。暗かったし、よく見えたわけじゃねえんだ」

テレビから目を逸《そ》らさないまま、北島が答えた。

「言っただろ？　コンテナ二つ分ぐらいの大きさで、人が住むための建物じゃねえ。一番近いのは工場だが、そうとも言い切れねえ」

「なぜだ？」

「奴らが爆破した跡を見たが、工場として使っていたなら、何か設備が残ってなきゃおかしいだろ？　だが、建物の規模と比べて、残骸《ざんがい》が少な過ぎた。それより、旧ソ連が打ち上げた人工衛星の名前って何だ？」

志郎はリモコンでテレビを消した。

「真面目に考えろ。詳しく説明するんだ」

「おれの見た限りじゃ、山ほど電気の線があったな。通路には方向を指す目印も立ってた。せっかく作ったのに、そいつを壊しちまうってのはどういう了見だ？」

有美の怯《おび》えたような表情に、北島が口を閉じた。エアコンの音だけが聞こえている。

奴らのターゲットは原発だ、と志郎は小声で言った。

「真田は長い間原発について調べていた。現地へ行ったこともあったはずだ。東日本大震災以降、日本中の原発は稼働していなかったが、五年ほど前に九州で再稼働が始まった。ニュースで見た覚えがある」

有美が検索を始めた。聞いたことがあるな、と北島がベッドの上に座り直した。

あらゆる方法で調べたはずだ、と志郎は両手で脂《あぶら》の浮いた顔を拭《ぬぐ》った。

「建設会社だから、建築事務所や会社、設計者にも繋がりがあっただろう。厳重に秘匿《ひとく》されていても、六年かければ設計図を入手できたかもしれない」

「どうだろうな。そこまで管理がルーズとも思えんが……」

本気で言ってるのか、と志郎は苦笑いを浮かべた。

「警察官の目から見れば、原発の危機管理なんて甘いとしか言いようがない。他人の入館証を使って、制御室に入った奴のことは新聞でも記事になった。他にもそんな例はいくらでもある。原発で部下を働かせていたのかもしれない」

「現場の作業員ってことか？」

「そうだ。作業員全員が東電や各地方の電力会社の社員のわけがない。下請けに丸投げしているところもある。身分確認を厳重にしても、六年あれば何とでもなるさ。パスポートの偽造だってやるような連中だぞ？　住民票の改竄《かいざん》なんか簡単だ」

原発は全国に十七カ所、三十三基あります、と有美がスマホの画面に触れた。

「ですが、稼働している原発は九州の川内《せんだい》原発をはじめ九基だけです」

だが、廃炉になったわけじゃない、と志郎はつぶやいた。

「施設は残っている。核燃料もあるかもしれない。それが攻撃、あるいは破壊されたら……」

「十七カ所全部を攻撃する気か？」

唇を突き出した北島に、そこまではわからない、と志郎は首を振った。

「浜河田原発一カ所だけなのか、それともすべてか。使用済みの核燃料は、貯蔵プールに保管されている。それを爆破されたらどうなる？　奴らは六百人いる。一カ所の襲撃に六百人はいらないだろう。百人で一カ所、トータルで六カ所か？　六十人で攻撃が可能なら十カ所だ」

「どこを狙ってるんだ？」

「桑山は浜河田原発襲撃に参加することになっていたんだろう。だから、緯度と経度をメモした。奴らは猛訓練を六年にわたって積んだ精鋭の兵士だ。各地の原発を同時に襲《おそ》い、爆破によってメルトダウンを起こし、放射線で日本中を汚染《おせん》する気だ」

そのためにすべての計画を立案したんですね、と有美が言った。原発の警備は警察が中心だ、と志郎は頭を押さえた。

「自衛隊や海上保安庁も加わっていると聞いているが、大人数じゃない。民間のガードマンに警備させている原発もあるそうだ。ガードマンが千人いたって、防げるわけがない。特殊警棒で機関銃を制圧できると思うか？」

警察官の武装も似たようなものだ、と志郎は舌打ちした。

「ニューナンブやS&Wが百丁あっても、ショットガンやロケットランチャー、ミサイル砲まで準備している敵とどうやって戦えばいいんだ？」

「原発だってテロ対策ぐらいしてるだろ？　こういうご時勢だ。そんなに真っ青な顔することはねえよ」

　ほとんどの原発がテロ対策を十分にしていません、と有美が言った。

「そのために再稼働が延期になった原発もあるぐらいです」

　おれは警察官だ、と志郎はうなずいた。

「危機感を持って、警察官は警備に当たっているが、テロなんて起こるはずがない、とどこかで思ってる。訓練と実戦は違う。この国の警察官や自衛隊員で、戦場で銃を撃った者はいない」

「そうかもしれねえが……」

「奴らは死ぬ気で襲ってくる。メンタリティが違うんだ。百人の死兵は脅威《きょうい》だ、あんたなら意味がわかるだろ？」

　不意をつかれりゃケンカには勝てねえ、と北島が唸った。

「先手を取られたら、どうにもならん。そういうもんだ」

　警備側は全滅する、と志郎は低い声で言った。

「奴らは原発を破壊し、日本中をチェルノブイリ、そして福島にする気だ」

「それが奴らの目的ってことか？」

　それだけじゃないかもしれない、と志郎は肩をすくめた。

「十カ所以上の原発から放射線が漏れたら、大混乱が起きる。それに乗じる形で、梨緑国《リリヨク》の軍隊が総攻撃を仕掛けてきたら？　放射線汚染だけでも、自衛隊の指揮系統はずたずたになる。誰が指揮する？　どう戦う？　あっと言う間に占領されるぞ」

止めなきゃならない、と志郎は時計に目をやった。

「くそ、新幹線はもう走っていない……あんた、車で来てたな。静岡まで行けるか？」

「この年寄りに運転させる気か？　タクシーだって断る距離だぞ」

「文句言うな。交替で運転しよう。場所はわかってるんだ」夜明けまでには着く、と志郎は立ち上がった。「駐車場へ行くぞ。時間がない」

こき使ってくれるじゃねえか、と北島が煙草を消した。

2

飯倉《いいくら》の料金所から首都高速に上がったのは深夜十二時二十分だった。日付が変わり、八月二十九日になっていた。

本線に入ったところで、志郎は自分のスマホの電源を入れた。

「どこにかけるんです？」

有美の問いに、公務員としての義務だ、と志郎は登録している番号を押した。

「まず上司に話す」

フィアットの運転席で北島が鼻歌を歌っている。志郎はスマホをスピーカーに切り替えた。

「橋口《はしぐち》か？」

藤元《ふじもと》の眠そうな声がした。寝てましたかと聞くと、部下の不祥事《ふしょうじ》で眠れない、とつぶやきがスピーカーから漏れた。

「どこにいるか話す気になったか？　さっさと戻ってこい。中山部長の奥さんと娘さんを救い出した話は聞いた。お前が春野を殺したと思ってる人間はいない」

「そんなことは後です。今、静岡に向かっています」

「静岡？」

真田たちについての情報を、志郎はすべて話した。どうしてもっと早く言わないんだ、と藤元が怒鳴《どな》った。

「朝七時に攻撃が始まる？　今何時だと思ってるんだ！　おれに何ができると？」

「署長を叩き起こしてください。ぼくは署長の番号を知りませんし、どう話せばいいのかわかりません」

おれだってわからん、と藤元が呻《うめ》いた。

「馬鹿野郎が……静岡だけじゃない可能性もあるんだな？　警視庁じゃなく、警察庁マターだ。おれの手には負えない」

「ぼくよりはましでしょう。署長に話してもらえますね？」

連絡が取れるようにしておけ、と藤元が電話を叩き切った。110番通報してはどうですと有美が言ったが、無駄だと志郎は首を振った。

「全国の原発が襲撃されると通信指令センターの担当者に言っても、信じるはずがない。一〇〇パーセント、悪戯《いたずら》だと思われる。藤元さんに動いてもらうしかないが、時間がかかるだろう……もっと力のある人間に話さなきゃならない」

「当てがあるんですか？」

「君はコンビニで中山刑事部長の娘と電話番号を交換していたな？」

うなずいた有美に、その番号を出してくれ、と志郎は言った。

「本庁のお偉いさんの携帯番号は知らないが、娘の携帯なら使えそうだ」

有美のスマホにあった番号をタップしたが、留守電に繋がるだけだった。夜中だからな、と志郎はつぶやいた。

「子供は寝てる時間だ……失礼します、私は品川桜署の橋口巡査部長です」

全国の原発が襲撃されると信じられる根拠があります、とメッセージを吹き込んだ。

「ぼくは浜河田原発に向かっています。メッセージに気づいたら、この番号に折り返し電話をしてください」

伝言を聞けば刑事部長も動くだろう、と片手ハンドルで北島が言った。

「ついでに静岡県警に連絡を入れたらどうだ？　警察庁がどうとかじゃない。足元に火がついてるとわかりゃ、奴らも動かざるを得ないだろう」

交番の警官が何人来たって話にならない、と志郎はスマホを有美に返した。

「ニューナンブと弾丸六発しか持ってない警官が束になっても、原発は守れない。後七時間を切った。警官を集めてる間に朝になる。偉い奴を動かさなきゃ、どうにもならないんだ」

原発テロなんて可能なんでしょうか、と有美が聞いた。

「核融合炉《かくゆうごうろ》そのものの爆破は難しいのでは？　そこは死守する備えを取っているはずです」

原発そのものの爆破はできない、と志郎は腕を組んだ。

「それはおれにも想像がつく。分厚いコンクリートの壁で守っているだろう。真田もそんなことは百も承知だ。大量の武器と苛酷《かこく》な訓練を積んだ兵士を揃えたが、原発を爆破しても、メルトダウンが起きるかどうか保証はない」

「だったら……」

「だが、あいつらは知っている」福島原発だ、と志郎は肩をすくめた。「放射線を漏出《ろうしゅつ》させるために、原発そのものを破壊する必要はない。全電源を停止させれば、冷却不能になってメルトダウンが始まる。予備電源も含め、すべての電源を喪失させれば、緊急停止機能も作動しない。理論はわかっていたはずだが、福島の原発事故でそれが現実に可能だとわかった。だから、奴らは本格的なテロ攻撃をすると決めたんだ」

信じられん、と北島がつぶやいた。間違いない、と志郎は言った。

「十年以上前、日本中の原発を破壊してメルトダウンを起こし、放射線汚染でこの国をパニックに陥《おとしい》れようと計画を立てた奴がいる。個人じゃない。軍隊を動かす力を持った連中だ。真田はその先兵として日本に渡り、準備を重ねた。時間をかけて武器を集め、兵士を訓練し、原発攻撃に成功すれば、本国の軍隊が動く。そういう段取りなんだ」

何のためにそんなことを、と有美が頭を傾《かし》げた。

「放射線流出でパニックになった日本を攻撃して、一時的に占領することはできるかもしれません。でも、アメリカも国連も黙っていません。世界中を敵に回すことになるんですよ?」

「とっくに世界中が奴らの敵になってるじゃねえか」

北島が前を走っていた数台のトラックを追い越した。本当の意味での目的はわからない、と志郎は言った。

「日本を滅ぼさなければならない、と奴らが信じるに足る何かがあったんだろう。愛国心なのか歴史的な恨みなのか……戦争をしたい馬鹿はどこの国にもいる。目的なんかないのかもしれない。それが正義だと信じ込んでいるんだ」

「おかしくなってるのか？」

「さあな。権力欲か、金が目的なのか。おれみたいな人間にはわからん。だが、これだけは言える。おれはそういう連中が大嫌いだ」

「大嫌い？　テロを止めに行く理由はそれだけか？　下手すりゃ死ぬんだぞ」

「何でもありじゃないってことを、おれが教えてやる」

一人で何ができるっていうんだ、と北島が吐き捨てた時、有美のスマホが鳴り出した。志郎はスピーカーのボタンを押した。

「橋口か？　何をしている？　今どこだ？」

凄《すさ》まじい怒鳴り声が車内に響き渡った。ボリュームは下げられねえのか、と北島が片耳を押さえた。

「原発が襲撃されると娘の携帯にメッセージを残すなんて、どうかしてるぞ。そんな馬鹿な話を誰が信じる？」

東名高速で静岡に向かっています、と志郎は中山の話を遮《さえぎ》った。

「現在、神奈川を通過中」

「何のためだ？」

テロを阻止するためです、と志郎は答えた。

「一連の事件はすべて繋がっています。高村《たかむら》の自殺、紀子《のりこ》の事故死、そして春野博美殺し。すべて殺人なんです。犯人もわかっています。奥さんと娘さんを拉致《らち》した奴らの話は聞いてますね？　奥多摩《おくたま》の建設会社、片山興産の社員六百人が犯人なんです。全員がテロリストで――」

「六百人？　橋口、何を言ってるかわかってるのか？」

　経緯を説明した志郎に、馬鹿らしい、と中山が怒鳴った。

「証拠はないじゃないか！」

「証拠？　じゃあ、奥さんと娘さんを拉致したのは誰なんです？　その目的は？　今すぐ静岡県警に連絡して、五十人から百人規模の重武装したテロ集団が浜河田原発を襲撃する、大至急警戒態勢を取れ、と警告してください。静岡だけじゃない、日本全国の原発にもです」

　そんなことはできない、と中山がつぶやいた。

「夜中の二時だぞ？　警視庁の刑事部長に警察庁への命令権はない。ましてや、他県警に命令などできん。それは警察庁の管轄《かんかつ》で――」

　だったら警察庁を動かしてください、と志郎は叫んだ。

「今すぐ警視総監を叩き起こして、警察庁長官と話をさせるんです！　国家公安委員長、防衛省にも情報を提供してください。警察官の装備なんて、たかが知れてます。ロケットランチャーの一撃で吹っ飛びますよ。連中は軍隊並みに武装しています。拳銃で制圧できる相手じゃない」

　それは無理だ、と中山が呆《あき》れたように言った。

「今からじゃ、警察庁だって動かせない。防衛省、自衛隊となれば、管轄省庁も違う。防衛大臣と話せと？　それができるのは国務大臣だ。政府を動かすには、確実な根拠が必要で――」

　奥さんとお嬢さんを拉致した犯人がいます、と志郎は繰り返した。

「それこそが動かぬ証拠って奴です」

　そんな言い分は通じん、と中山が憮然《ぶぜん》として答えた。

「妻と娘を誘拐した犯人の捜索は始めている。逮捕して、犯行の動機を——」

「悠長なことを言ってる場合じゃない。今すぐ上に話してください。それがあなたの仕事でしょう」

「お前はどうする？」

「ぼくにはぼくの仕事があります」あなたが静岡県警に警告したら、ぼくも通報しますと志郎は言った。「真田は六百人の部下をいくつかの大隊に分けて、原発を襲撃するはずです。完全武装の精鋭部隊ですよ？　千人の警察官でも倒せません。自衛隊や海保を動員して、原発を守らなければ、この国は終わります」

「お前に何ができる？」無茶はよせ、と中山が何かを叩いた。「お前の逮捕を名目に、警視庁から静岡県警に警察官を派遣する。それなら私の権限で可能だ。千人で足りるか？」

あいつらは全国の原発を襲います、と志郎は繰り返した。

「全てとは言いませんが、そのつもりでいた方がいいでしょう。北海道や鹿児島にも原発はあります。今から全国に警視庁の警官を派遣するのは物理的に無理です。警視庁だけでは対応できません」

「では、どうしろと？」

「全国には警察官が約二十五万人います。どんな手段を使ってでも、彼らを動かすんです。それが偉い人の責任でしょう」

「ふざけたことを言うな！　おい、橋口——」

志郎は通話を切った。それを待っていたかのように、ポケットの中で着信音が鳴った。

3

志郎は取り出した携帯電話を見つめた。桑山から奪ったものだ。

誰がかけてきたのかはわかっていた。相手も誰が出たのかわかっている。

志郎は携帯をスワイプし、スピーカーに切り替えた。

「……彼を殺したのか？」

真田の声がした。事故だった、と志郎は答えた。

「苦しんだか？」

「いや」

「何か言い残した？」

「いや」

真田が深く息を吐いた。お前たちの計画はすべてわかっている、と志郎は低い声で言った。

「たった今、警視庁の刑事部長に伝えたところだ。六百人で全国二十五万人の警察官と戦えると思ってるのか？　そこまで馬鹿じゃないだろう」

「どうかな」

「無意味な犬死にだぞ？　お前たちだけならともかく、一般市民まで犠牲になったらどうする？　それとも、それが目的か？」

「そんなつもりはない。人民を犠牲にするのは最低の作戦だろう。私は無能な指揮官ではないつもりだ」

「無能だろうと有能だろうと、そうならざるを得なくなる。今すぐ投降しろ」

同志が私の命令を待っている。と真田の声がスピーカーホンから流れ出した。

「訓練を含め、何人もの犠牲者が出た。高村も桑山も、大義のために死んでいった。彼らを裏切ることはできない」

「何が大義だ。自分勝手な論理で部下が死んでも仕方がないと？　おれの妹や春野博美を殺したのも大義だと言うのか？　そんなものは犬の糞《くそ》以下だ。お前たちの目的は何だ？　世界征服でもしたいのか？　ふざけんな、馬鹿野郎」

やむを得なかった、と真田がつぶやいた。

「貴《とうと》い犠牲だった」

「犠牲になった奴らが泣いてるだろう。こんなはずじゃなかったってな。お前たちがやったのは人殺しだ。仲間を殺したんだぞ？　人殺しにきれいも貴いもない。お前の手はいくら拭っても落ちないぐらい汚れている」

「君にはわからない。彼らは喜んで死地に赴《おもむ》いた。すべて大義のためなのだ」

「紀子はどうなる？　喜んで死んだと？　春野博美は？　真田、何とか言え！」

通話が切れた。志郎は携帯電話を車のフロントガラスに投げ付けた。

橋口さん、と有美が小さな声で言った。

「どうして八月二十九日なのか……わかりました」

これを、と有美がスマホを差し出した。画面に触れると、梨緑共和国併合に関する項目、という一項が浮かんだ。

「『一九一〇年八月二十九日、大日本帝国が梨緑共和帝国を併合した……この後日本による統一は一九四五年九月九日の梨緑総督府の降伏まで、約三十五年続いた――』」

親父の時代の話だ、と運転していた北島が言った。

「親父は梨緑の統州《とうしゅう》にいたからな。その頃の話はしょっちゅう聞かされてた。そうだよな、昔は日本もなあ……」

「その恨みか？」

奴らは忘れちゃいねえんだ、と北島がつぶやいた。

「今度は自分たちの番だと言いてえんだろうが、そういう話じゃねえよ」

「日本を占領してどうする？　意味がないとわからないのか？」

わかりたくねえってことかな、と北島が言った。

「ガキの論理だ。ガキの思い込みは止めらんねえよ。そうだろ？」

急いでくれ、と志郎は顔を平手で拭った。

「止めないと、この国が滅びる」

北島がアクセルを強く踏み付けた。

4

夜が明けた。八月二十九日午前六時十分、志郎は浜河田原発から二百メートルほど離れた国道に車を停めた。

中山の指示に従い、原発に隣接している浜河田原子力館へ向かった。そこに静岡県警の原発警備担当者が待機していた。

中山が警察庁及び防衛省幹部と連絡を取り、大規模なテロへの警告を要請している。基本的な了解は取れたが、現場警備隊に詳しい状況を説明してほしい、と静岡県警本部長から依頼があった。

最も事情に詳しい橋口巡査長から話を聞かないと、警戒レベルを決めることができないというのがその理由だ。

「おれのフィアットは大丈夫か？」

北島が振り返った。早朝で、交通量は少ない。

国道から離れた側道沿いに点在しているプレハブの脇にフィアットを停めている。背の高い木の陰になっているから、咎《とが》める者はいない。

坂になっている脇道を降りると、目の前に原発の正門があった。知りませんでした、と並んで歩いていた有美が言った。

「浜河田原発はこんなに国道から近い場所にあるんですね。周りは金網と木の柵で囲われているだけです。これで大丈夫なんでしょうか？」

どうやって守るっていうんだ、と北島が正門を指さした。

「警備員みたいなのはいるが、二、三人じゃねえか。どうなってんだ？」

「おれに聞くな。原発の警備はトップシークレットだ。人数、装備、そんなことを所轄の巡査長に教えてくれるお偉方がいると思うか？」

正門の前で上り坂になった。数十メートルも歩かないうちに、原子力館の建物が目の前に現れた。

駐車場から原発が見下ろせるぞ、と北島が言った。

「三階建てか……ここを占領されたら、まずいだろうな。撃ち下ろしだ。戦略的要地って奴だ」

駆け寄ってきた十人ほどの制服警官が、志郎たちを取り囲んだ。緊張した表情が浮かんでいる。

警視庁の橋口巡査長ですと名乗ると、一人だけ自衛隊の制服を着た若い男が前に出てきた。痩《や》せていて、銀縁の眼鏡をかけている。私服なら、自衛隊員には見えないだろう。

二等陸尉の遠峰《とおみね》です、と男が気弱そうな声で言った。

「連絡は聞いています。どうぞ、お入りください」

こちらは、と有美と北島に顔を向けた。協力している民間人ですと答えた志郎に、橋口巡査長以外は外で待っていてくださいと遠峰が申し訳なさそうに頭を下げた。

志郎は原子力館のエントランスに足を踏み入れた。わたしは連絡担当要員です、と遠峰が広いフロアを進んだ。

「原発の警備は県警が主体で、自衛隊と海上保安庁も協力していますが、テロリストによる襲撃の可能性があると言われても……」

「事実です。証拠もあります」

県警の川崎《かわさき》警部と話してください、と遠峰がエレベーターのボタンを押した。

「浜河田原発の警備主任です。指揮権は警部にあります」

エレベーターに乗り、三階の展望台フロアで降りた。数人の警察官を従えた四十代後半の男が立っていた。

「橋口巡査長か？　県警の川崎だ」敬礼した川崎が奥に向かって歩きだした。「時間がない、状況を聞かせてくれ。警察庁が厳重警戒を指示してきたが、どこまで情報に信憑性《しんぴょうせい》があるんだ？」

「重武装した特殊訓練を積んだ兵士が浜河田原発を襲撃すると考えられます」

「間違いないのか？　人数は？」

「最低五十人。百人以上にはならないと思いますが……」

川崎が太い眉を上下させた。背後にいた警察官がメモを取っている。

大きな窓から見下ろすと、浜河田原発の全容が目に映った。

「非常時、ここは前線指揮所となる」自分が指揮官だ、と川崎が言った。「テロリストの活動は常に警戒している。現在のところ、県内で不審《ふしん》な動きをしている者はいない。警察庁から警告を受けたが、テロの内容は一切不明、君に聞けば詳細がわかるということだが。テロリストは全部で何人いるんだ？」

六百人、と志郎は答えた。

「ですが、六百人全員がこの浜河田原発を攻撃してくるとは思えません。彼らは日本各地の原発を同時多発的に襲撃する計画を立てています。十カ所と仮定すれば一カ所六十人です」

「武装しているというが、どの程度だ？」

「確実ではありませんが、大量の銃火器を準備しているのは間違いありません。また、ダイナマイトやプラスティック爆弾も保有しています。訓練を積んだ勇猛な兵士たちで、士気も高いでしょう。私からも質問させてください。ここの警備体制はどうなってるんですか？」

警察庁から強い指示があり、増員の準備を進めている、と川崎が答えた。

「原発の警備隊は静岡県警警備部警備課が主体だが、国際テロリズム対策室及び県警ＳＲＰも出動準備に入った。警視庁の巡査長に詳細を説明することはできないが、十分な人数と万全の対策を取っている。君が言っているレベルなら、危険度は低い」

「川崎警部、それは違います。危険レベルは最大級と考えるべきです。彼らは周到な準備を重ね、作戦も練っています。おそらく、何度も浜河田原発の下見をしているはずです。何人で守るつもりですか？　装備は？」

しばらく黙っていた川崎が遠峰と目を見交わし、約三百人と答えた。

「そこの窓から見えるが、原発は五基ある。敷地面積は約百六十万平米、東西一・五キロ、南北一キロだ。背後は海で、海上保安庁が徹底警備している」

海側からの上陸は困難だ、と川崎が説明を続けた。

「陸から攻めるしかないが、周囲には柵が張り巡らされ、監視カメラで二十四時間モニタリングしているから、不審者がいればすぐ対応できる」

「しかし……」

「公表していないが、重火器の準備もある。敷地内の一番手前に、やや小さい建物があるが、あそこに警備隊が布陣している。非常時には彼らが動く。守りは固い」

「警部、相手はローンウルフ型のテロリストではなく、軍隊なんです。三百人の警察官では、原発を守れません。大至急応援を呼ぶべきだと――」

要請済みだ、と川崎が苦笑した。

「静岡県警六千人の中から、必要とあれば千人体制まで増員が可能だ」

「自衛隊は？」

連絡済みだ、と川崎が遠峰に目を向けた。現段階では自衛隊員出動の法的根拠が薄弱と東部方面総監部は判断しています、と遠峰が言った。

「また、市街戦になった場合、市民に危険が及ぶ可能性が高く――」

それどころじゃない、と志郎は川崎と遠峰を睨《にら》みつけた。

「市街戦を防ぐのは当然ですが、原発が襲撃され、放射線が流出したらどうするんです？」

「そんなことにはならない。絶対に死守する」

川崎が靴の踵《かかと》でフロアを強く踏んだ。それは人員、装備の万全な備えがあっての話でしょう、と志郎は一歩前に出た。

「相手はプロの兵士です。しかも、死を恐れていません。五十人の死兵には十倍、あるいはそれ以上の実力があります。拳銃しか武器を持たない警察官が千人いたって敵《かな》いませんよ。自衛隊の出動を要請するべきです」

「要請済みだと言ったはずだ。だが、彼らの出動には法的根拠が必要となる。市内で実弾を装備した自衛隊員が大挙展開し、発砲するようなことになれば、世間がどれだけ騒ぐと思う？世論の糾弾は必至だ」

原発を守れず、と志郎は両手を強く握った。

「静岡県全域が放射線に汚染されたら、どうするんです？　市民の安全を優先してください。我々警察官の任務は、市民の生活と安全を守ることでしょう？」

もう十分だ、と川崎が左右に首を大きく振った。

「間もなく県警警備課長と外事課長がこちらへ来る。我々も事態を楽観視しているわけではない。県知事とも緊密に連絡を取り合っている。最終的には自衛隊の出動も可能になるだろう。原発は我々が守る。情報提供については感謝するが、君の指示に従うわけにはいかない」

指示しているつもりはありません、と志郎は川崎の腕を摑んだ。

「では、私を警備隊に加えてください。一人でも多い方がいいでしょう」

「断る。君は警視庁の巡査長だ。静岡県内で負傷したら、大問題になる」

遠峰二尉、と川崎が手招きをした。

「橋口巡査長を安全な場所まで退避させるように。静岡県の治安は県警が守る。以上だ」

「日本の危機に警視庁も県警もないでしょう。聞いてください。危険な状況なんです」

後を頼む、と遠峰に言い残して川崎が背を向けた。待ってください、と志郎は叫んだが、川崎が振り向くことはなかった。

こちらへ、と遠峰がエレベーターへ向かった。午前六時三十三分になっていた。

5

遠峰と共に、志郎は原子力館の外に出た。不安そうな表情で待っていた有美が駆け寄ってきた。ふて腐れたように、北島が数人の制服警官の前で煙草をふかしている。

ここから離れてください、と遠峰が甲高《かんだか》い声で言った。

「わたしと一緒に退避しましょう」

何でそんなことをしなきゃいけねえんだ、と北島が吸いかけの煙草を指で弾いた。

「原子力館だろ？　原発に近づくなっていうのはわかるが、一般人が見学に来る施設から離れろっていうのは、いったいどういう了見だ？」

ここも原発の敷地内なんです、と遠峰が小声になった。制服警官が輪を解き、数歩下がった。

「テロリストからの攻撃があった場合、原子力館が臨時の前線指揮所になります。車に戻ってください。市民をテロに巻き込むわけにはいきません」

車はどこですか、と遠峰が辺りを見回した。あそこだよ、と国道沿いのプレハブを指さした北島が、お世話さま、と離れていく警官に片目をつぶった。

「あんた、自衛隊員だろ？　どうなんだ、橋口の話を信じてるのか？」

私には判断できません、と遠峰が顔をしかめた。

「原発警備は静岡県警、自衛隊、海上保安庁が合同で担当しています。非常時には県警から派遣されている川崎警部が警備隊を指揮しますが、仮に橋口巡査長が言ったような強大なテロリストが現われた場合、警備隊の装備では制圧できないでしょう。連絡担当要員として、自衛隊、警察庁、海上保安庁から情報を供与されていますが、危険度は最大のレベル４と考えられます」

遠峰二尉の分析通りだろう、と志郎はうなずいた。

「川崎警部は警備体制に自信があるようだが、想定が甘過ぎる。警察官の装備で真田たちを倒せるはずがない。自衛隊だって怪しいぐらいだが、警察よりはましだろう。自衛隊の出動に法的根拠が必要なのはわかるが、それどころじゃないんだ」

状況連絡と応援要請は既に完了していますす、とフィアットに向かって遠峰が歩きだした。

「出動準備は整っています。ですが、現場判断で出動するわけにはいきません。警察や消防とは指揮系統が違います。東部方面総監部、方面総監や幕僚長、更には防衛省、防衛大臣の許可が必要です。それが日本の自衛隊の現実なんです」

「それはわかりますが……」

「橋口巡査長、あなたから東部方面総監部に直接状況を伝えるべきです。彼らを説得できるのはあなたしかいません。ここで警備隊に加わっても、意味はないでしょう」

その通りです、と志郎は坂道を下りた。

「謹慎《きんしん》中の刑事で、拳銃も持っていません。あったところで、奴らの火力には抗うことさえできないでしょう。しかし……」

さっさと逃げようぜ、と北島が怒鳴った。

「こんなところで死にたくねえよ。おめえに責任が取れんのか？」

お二人は民間人と聞いています、と遠峰が有美と北島に目を向けた。

「安全な場所への退避が優先されます。橋口さん、あなたは警察官として、市民を守る義務があるはずです。わたしと一緒に東部方面総監部へ行きましょう」

警備隊は配置についています、と遠峰が正門を指さした。

「敵の接近を感知したら、即時対応できるように訓練されています。九・一一テロの教訓ですね。テロリストの攻撃には、常時警戒中です。柵で囲っているだけに見えますが、内部には何重もの防御ラインがあります。川崎警部が言ったように、三百人体制で守っています」

「三百人ではどうにもなりませんよ」

静岡県警から応援も来ます、と遠峰が言った。

「浜河田に限らず、原発を攻め落とすためには、一個大隊以上の兵力が必要です。千人に攻撃されても、最低三時間は持ちこたえられます」

「そうは見えませんね」

確かに、奇襲攻撃を受けた場合、その限りではありません、と遠峰がうなずいた。

「しかし、今回はあなたの情報で、増員も間に合いますし、警備隊も備えを取っています。もう奇襲ではなくなっているんです。必ず守れると川崎警部が言っていたのも、あながち間違いではありません」

原発そのものは守れるかもしれません、と有美が静かな声で言った。

「でも、死を覚悟して攻め込んでくる兵士たちを止められるでしょうか？」

「それは――」

「原発の破壊、あるいは全電源喪失を食い止めることはできると思います。テロリストによる攻撃を想定しての訓練もしているはずです。でも、原子力館の入り口に、敷地内に使用済み核燃料を保管しているプールがあると書いてありました。テロリストの目的は原発の破壊ではなく、放射線を漏出させることです。彼らがプールを破壊したらどうなりますか？」

「そんなことをすれば、彼らが真っ先に死にますよ」

遠峰が不快そうな表情で首を振った。

「自分の命と引き換えに、そんな馬鹿なことをするとは考えられません」

奴らは死ぬ気なんだ、と志郎は低い声で言った。

「自衛隊が平和ボケしてると言うつもりはないが、自爆テロぐらい平気でやる連中だ。相手にしているのは最悪のテロリストだと、何度説明すればいいんだ？」

ここだけじゃねえぞ、と北島がつぶやいた。

「全国の原発で、連中が一斉蜂起する。橋口じゃねえが、あんたらも死ぬ気で戦わねえと、足をすくわれるぞ」

東部方面総監部に連絡します、と遠峰が肩に下げていた無線機に手をやった。

「大隊ではなく、旅団規模の配備を検討するべきだと意見具申を……」

「旅団じゃ四千人だ。それじゃ足りねえよ」

師団なら七千人だ、と北島が薄笑いを浮かべた。

「おれの息子は自衛官崩れでな。編成ぐらいは知ってるんだ」

「全国の原発が一斉に襲撃されたら……」

遠峰の顔が青くなった。真田はここに来る、とその肩を志郎は叩いた。

「部下が自分の命令を待っている、奴はそう言っていた。連中は命令で動く兵士だ。逆に言えば、命令がなければ動けない。真田の身柄さえ確保すれば、他の原発への攻撃もストップできる」

「本当に浜河田原発へ来るでしょうか？」有美が志郎を見つめた。「他ではなく、どうしてここだと言い切れるんですか？」

「桑山がここへ来るつもりだったのは確かだ。側近として、真田と一緒に行動しようと考えただろう」

確率六〇パーセントってところだな、と北島が前方を指さした。

「パトカーが来るぞ。歳を取ると、遠くの方がよく見える。七、八、九……凄《すげ》え数だな」

志郎にもパトカーが見えた。車体の側面に静岡県警の文字がプリントされている。目の前を通り過ぎていったその数は、三十台近かった。

「乗ってた警官は百人以上か？　原発にも警護の警察官が常駐している。自衛隊や海上保安庁も動員されるだろう。テロ対策訓練もしているはずで、守りが固いのは本当だ」

志郎の言葉に、遠峰がうなずいた。合わせて四、五百ってところか、と北島が言った。

「それで守れるのかね？　そこまで厳重に原発を守っているようには見えねえぞ」

信じるしかない、と志郎は無線で話し始めた遠峰に目を向けた。

「静岡県警も更なる増員を準備しているはずだ。中距離、長距離射程のロケット砲を警戒する必要もあるだろうが、数時間死守できれば、陸海空の自衛隊員が大挙して動員される……見ろ、ヘリだ。警察庁が全国の警察に命令を出したんだろう」

上空に二機のヘリが旋回《せんかい》していた。どちらも底部に静岡県警のロゴがあった。

原発正面の門を取り囲むようにしてパトカーが停まった。五台ずつ、六段の壁を作っている。その後ろに四台の装甲車が入り、正門前の通路を塞いだ。

正門内部でも動きがあった。三百人と遠峰が話していたが、それ以上だろう。海側からも応援隊が入っているようだ。

中にはバリケードがあり、左右に高い塔が立っている。天辺《てっぺん》に監視用の台があり、そこに数名の監視班が待機していた。

また、塔の中央部と下部に大きな防御柵があり、そこからの攻撃も可能になっている。

パトカーから降りた警察官たちが緊張した表情で正門周辺を固めた。鉄製の巨大な柵と、バリケードの準備も整いつつあった。

防弾チョッキは着けてるんだろうな、と志郎はつぶやいた。

通りの反対側に、ジュラルミンの盾と防護服で装備している警察官たちが駆け込んできた。揃いのブルゾンの背中に、ＳＲＰのロゴが入っている。

機動隊だ、と志郎は言った。

「静岡県警にも警視庁SATと同じ役割の部隊がある。名称はSRPだったのか……特殊部隊だから、攻撃力は高い」

結構な人数が集まってきたぞ、と北島が手を叩いた。

「予想以上だ。五、六百人は超えたな。もっと集まるのかもしれねえ。真田たちは百人もいねえだろう。どうにかなるんじゃねえか？」

真田が諦めればいいんだが、と暗い声で志郎は言った。

「六百人全員で、ここを襲撃するわけじゃないだろう。浜河田原発だけをメルトダウンさせても、静岡県内の事故だ。被害は限定的になる。真田の狙いは日本全土を混乱に巻き込むことで、それに乗じて梨緑国の全軍が戦争を仕掛ける計画なんだろう。国内の原発のうち十基を攻撃するとして、一カ所当たり六十人か？　それなら守れるかもしれない」

車に乗ってください、と交信を終えた遠峰が叫んだ。

「ここを離れましょう。巻き込まれたらどうにもなりません」

わかってるよ、と北島が側道からフィアットに近づき、運転席のドアを開いた。遠峰が助手席に回った。

志郎は有美の腕を摑んで、フィアットの後部座席に押し込んだ。

「どうする？　どっちへ逃げりゃいいんだ？」

北島がエンジンをかけた。同時に遠峰の無線機から声が流れ出した。

「西ゲート、不審車両接近中！」悲鳴と破裂音が交錯《こうさく》した。「トラック三台！　装甲しています！　至急応援を！」

「装甲トラック？」どういうことだ、と北島が振り向いた。「まだ七時になってねえぞ。装甲って何だ？　トラックを改造したのか？」

ＭＴＴＣＳ、と遠峰がつぶやいた。

「多目的兵員輸送車両システムです。アメリカ軍が使っている特製の装甲キットで、防弾ガラス装備、スラット装甲で車体を囲み、銃弾の防御が可能になります」

そんな物まで手に入れてたのか、と志郎は額の汗を指で拭った。

「西ゲートはどこだ？」

「左側、五百メートル前方です。門があるわけではなく、通称でそう呼ばれています」

無線機から凄まじい音が連続して響いた。重機関銃の射撃音です、と遠峰が言った。

「Ｍ２４０？　どういうことだ。敵はどこまで武装しているんです？」

機関銃なんかかわいいもんだ、と志郎は怒鳴った。

「西ゲートを突破されたらどうなる？」

「三重の防御ラインがあります。銃器類は拳銃とショットガン、ライフル程度ですが、塹壕《ざんごう》内にいる限り防御可能です」

続けざまに金属が空気を切り裂く飛翔音がした。無線機ではなく、直接耳に音が飛び込んで来る。その直後、爆発音が轟《とどろ》いた。

「そんな馬鹿な……ＲＰＧ－７？」遠峰が窓の外に目を向けた。「それともM79グレネードランチャーか？　いや、あれは40ミリ榴弾《りゅうだん》じゃない。ＰＧ－７ＶＭ弾丸なら、直径70ミリだ」

何を言ってるのかわからん、と北島が遠峰の肩を強く小突いた。

「ＲＰＧってのは何だ？」

携行型対戦車ロケット砲です、と震える声で遠峰が答えた。

「戦車や塹壕、ヘリコプターへの攻撃にも用いられます。アフリカや中東では盛んに使われていて……これじゃ本物の戦争じゃないか」

やっとご理解いただけたらしい、と北島がつぶやいた。無線機から悲鳴と応援要請の声が聞こえている。

違う、と志郎は叫んだ。

「トラック三台と言ったな？　そいつらは主力じゃない。陽動作戦だ。真田の狙いは別にある」

遠峰が無線機のマイクを握りしめ、緊急、と二度叫んだ。背後から鋭い音がした。

反射的に伏《ふ》せた遠峰が、フロントガラス越しに原子力館を指さした。壁が大破し、炎が上っている。周囲に十人ほどの警察官が倒れていた。

「原子力館は前線指揮所です。あそこを奪われたら、命令系統が崩れます」

どこから撃ってやがる、と北島が首を左右に向けた。後ろです、と有美が叫んだ。

「国道の脇にトラックが二台……あの男たちは？」

三百メートルほど離れた国道上に、四人の男が立っていた。濃紺のアサルトスーツを着用し、大型の銃を構えている。

銃身の下に、鈍い銀色の筒が装着されていた。一発撃つたびに、弾丸を詰め替えている。

M203グレネードランチャーです、と遠峰が震える声で囁いた。

「40ミリ擲弾《てきだん》発射器、グレネード弾を撃っています。焼夷《しょうい》弾かもしれません。グレネードランチャーで攻撃されたら、前線指揮所は――」

「トラック二台だ。撃っているのは四人。運転担当も含め、全員で七、八人か？」

遠峰二尉、と志郎は唇を強く噛んだ。

「あれも主力部隊じゃない。指揮所の原子力館に攻撃を仕掛けているが、狙いは別にある。川崎警部に、逃げろと伝えろ。原子力館が全滅しても、放射線が流出するわけじゃない。真田の狙いは原発とその周辺施設だ。守りを固めろ」

おめえは他人事だからそんなことが言えるんだ、と北島が毒づいた。

「撃たれてる奴らの身になってみろ。怖くてションベンちびってるぞ」

伏せろ、と志郎は腕を伸ばし、北島の袖を強く引いた。

「おれたちがここにいるとわかったら、グレネードランチャーで撃たれるぞ」

「さっさと逃げようと言いたいが、遅いかもしれねえ」唸《うな》り声を上げた北島がキーを捻《ひね》った。

「おめえがぐずぐずしてるから――」

エンジンはかけるな、と志郎は命じた。

「ここは奴らの死角だ。今動くのはまずい。様子を見て――」

正門前にいた十人ほどの警察官が、いきなり吹っ飛んだ。銃声。

弾丸がパトカーに当たり、乾いた音が連続して鳴り響く。伏せろ、という叫び声がした。

警察官たちがパトカーの陰に隠れる。それをあざ笑うかのように、射撃が始まっていた。

パトカーの車体を弾丸が貫く。正門の外にいた警察官が次々に倒れていった。

対戦車ライフルだ、と遠峰が恐怖で顔を強《こわ》ばらせた。

「アフガンゲリラの通常装備です。装甲も貫《つらぬ》く威力があり、パトカーのボディはボール紙と同じです」

無線の声が重複していた。指揮系統が混乱しているのだろう。

逃げ惑う警察官たちが、銃弾の餌食《えじき》になった。悲鳴。数台のパトカーが爆発、炎上した。

追い打ちをかけるように、グレネードランチャーの攻撃が続いた。市街戦だ、と志郎はつぶやいた。

「陽動作戦に引っ掛かって、正門が手薄になったところを狙われてる」

遠距離から対戦車ライフルで狙い撃ちにしているようだ。威嚇《いかく》射撃の意味もあるのだろう、狙いは正確だった。

何人もの警察官が倒れ、パトカー全台の窓ガラスが割れた。路上にガラスの破片が散乱している。

数発の流れ弾がフィアットの車体をかすめた。頭を下げろ、と志郎は有美の肩を押さえた。

狙って撃てよ馬鹿野郎、と北島が喚《わめ》いた時、フロントガラスに大きな穴が開いた。助手席の遠峰の体が、ずるずると滑り落ちる。

しっかりしろ、と北島が手を伸ばしたが、シートベルトをつけたままの遠峰の体が左に傾《かし》いだ。

撃たれたのか、と叫んだ志郎に、まずいぞ、と北島が唸った。

「首を抉《えぐ》られてる。血が止まらねえ」血だらけになった手のひらを向けた。「呼吸はしてるが、このままじゃ……おい、目を開けろ」

縛れ、と志郎は有美がつけていたスカーフを北島に渡した。

「今は動けない。蜂の巣にされるだけだ。無線機を貸せ、救援を呼ぶ」

無線機からいくつもの声が重なって聞こえた。命令を出している者、助けを求める者。

悲鳴と銃声が果てしなく続いていた。志郎の呼びかけに応える者はいない。

繋がりません、と自分のスマホで警察、そして消防に電話を入れていた有美が怯えた声で言った。

どこも大混乱だ、と志郎はうなずいた。

「対応する人員がいないんだ」

いきなり後部ウィンドウが砕け散り、有美が悲鳴を上げた。銃弾が助手席のシートにめり込んでいる。

大丈夫か、と北島が怒鳴った。どこから撃ってる、と志郎は伏せたまま叫んだ。

「方向がわからないんじゃ、防御も何もない。真田は正面突破する気だ。無線機はどこだ？川崎警部に伝える」

遅えよ、と北島が呆れたように言った。

「どうしようもねえ。先手を取られちまったら、何をやったって勝てねえよ……おい、見ろ。本隊のお出ましだ」

北西から七台のトラックが縦列で道路をゆっくり進んで来る。戦車兵のように、周りに機関銃を構えた男たちが従っていた。全員機能的なアサルトスーツを着ている。

停止したトラックの前に出た男が、正門に向けて機関銃をフルオートで乱射した。その後ろから空気を切り裂くような音が聞こえ、同時に四台のパトカーが爆発した。

正門を護っていた五人の警察官が吹き飛び、銃声が辺りに充満した。空間を凄まじい密度で銃弾が飛び交っている。

トラックは改造されていた。細長く切り取られた窓から、銃身が突き出している。

タイヤもチューブレスに交換しているようだ。短い弾除けのカバーがついている。原発の警備隊が応射しているが、歯が立たない。

「どうにかならねえのか？」

耳を塞ぎながら、北島が怒鳴った。無理だ、と志郎は首を振った。

「奴らは本気で戦争をする気だ。戦術も練っているんだろう」

逃げるしかねえな、と北島がハンドルを握った時、流れ弾が車体に当たり、ドアミラーが吹き飛ばされた。

「拳銃の弾ならともかく、グレネードランチャーが当たったら、こんな車、一発で吹き飛ばされちまうぞ」

無言のまま、志郎は戦況を見つめた。今動いても、銃弾の餌食になるだけだ。耐えるしかない。

空気を切り裂く音と共に、何発ものロケット弾が原発正門前に並んでいるパトカーを襲った。停まっているパトカーは格好の攻撃目標になる。

凄まじい爆発音と炎が次々に上がった。最初の攻撃で、すべてのパトカーがスクラップと化していた。ボンネットやドアが吹き飛び破片が宙に舞った。

警察官たちは既に正門から原発の敷地内に逃げ込んでいたため、無事なようだ。再び十数発のロケット弾が飛来し、パトカーの残骸を粉々にしていく。徹底的な攻撃が繰り返されていた。

燃え上がった炎は五メートル以上の高さに達していた。黒煙がたなびいている。そのために視界が閉ざされ、砲撃がストップした。

一陣の風が吹き、煙が薄くなった。辺り一面に鉄屑《てつくず》が転がっている。皮肉なことに、それが正門を守るバリケードの役割を果たしていた。

見ろ、と北島が左を指さした。

「トラックが近づいてる」

徐行レベルの速度で、トラックが動き出していた。スピードを落としているのは、道路に落ちているパトカーの残骸を避けるためだ。

トラック上部の装甲は、後ろ側だけが開いていた。荷台に数人のアサルトスーツを着込んだ男が乗り、それぞれが重火器を抱えている。

正門の奥で動きがあった。警備隊が隊列を作って並び、ライフルを構えている。盾と防護服に身を包んだ彼らは総勢二百人、距離、三百メートル。

「正門を破壊しないと、真田たちは中に入れない。防御に徹する、と警備隊は決めたんだろう。攻撃機能で劣っていても、守るだけなら何とかなる」

志郎のつぶやきに、そうかね、と北島が首を斜めにした。

「どう見ても腰が引けてるぜ」

「籠城《ろうじょう》戦は守備側の方が有利だ。無線や電話も生きている。県警や自衛隊に、動員要請をしているはずだ。応援の警察官、自衛隊員が来れば挟撃《きょうげき》できる」

「挟《はさ》み撃ちか」

「真田の弱点は兵士の数が少ないことだ。五、六十人しかいない。しかも、陽動作戦のために人数を分散している。応援が来れば、原発敷地内への突入は不可能だ」

「奇襲だったら、制圧されたかもしれねえが」おめえのおかげで備えがあったからな、と北島が頬《ほお》を引きつらせながら笑った。「それで、これからどうなる?」

「真田は攻撃を続けるしかない。応援の警察官や自衛官が来るまでに、決着をつけようとする」

「突破できると思うか？」

わからない、と志郎は首を傾げた。

「真田たちは対戦車砲を持っているはずだ。もっと強力な装備があるかもしれない。だが、警備隊もそれは想定している。正門を突破されたら終わりだ。一歩も引かないだろう」

荷台から降りた三十人ほどの男が素早く陣形を取り、銃器類のセッティングを始めた。一切、動きに無駄がない。精度の高い訓練を受けていたのだろう。

先頭の数名が近距離から機関銃を乱射し始めた。百メートル先の正門に向かって、フルオートで撃っている。背後で投擲砲《とうてきほう》を使い、正門に向かって爆弾を撃ち込む者もいた。

真田の装備は万全で、弾丸や砲弾の数も潤沢《じゅんたく》なようだ。一時間以上の連続攻撃も可能だろう。

正門内の警備隊は沈黙している。嵐のような砲撃を前に、撃ち返すことすらできずにいた。

物量作戦だな、と北島が呻いた。

「真田って奴は、リアルな思考法の持ち主らしい。火力は比べ物にならねえ。撃たれっぱなしだぞ」

守る側はそれでいい、と志郎はうなずいた。

「正門の突破さえ防げば、原発は守れる。総力を正門に集め、指揮を執《と》ってる真田を倒せば、命令系統はずたずたになる。主力は四十人、中隊程度だ。指揮官不在の中隊は脅威と言えない」

「真田は後方から指揮しているんじゃねえのか？」

そんな男じゃない、と志郎は首を振った。

「指揮官が最前線にいなければ、兵隊は動かない。どんな戦争でも、現場指揮官の下士官の死傷率が最も高いんだ。それぐらい、俺だって知ってる」

「真田は下士官じゃねえだろう」

「職業軍人だぞ？　自分が先頭に立たないで、どうやって部下の信頼を得る？　真田は間違いなくここにいる。どこだ？」

機関銃隊が左右に展開した。その間から出てきたアサルトスーツの男たちが、肩の上で短い筒状の砲を構えている。

爆発音と共に連射が始まった。ＲＰＧ－７だ、と北島がつぶやいた。

「戦車の装甲だって貫くんじゃねえのか？　どうやって防ぐつもりだ？」

何十発ものロケット弾が正門を直撃した。至近距離だ。外しようがない。

だが、正門は崩れなかった。扉は閉ざされたままだ。集中砲撃が続いている。

たいしたもんだ、と北島が奇声を上げた。

「見直したよ。あの門は何でできてるんだ？　簡単には破れねえだろう」

陽動作戦のため、西ゲート付近にいた別動隊がトラックの後ろから合流し、原発内部に向かって砲撃を開始した。

敷地内で続けざまに爆発が起きる。建物に燃え移った炎に放水している男たちの姿が見えた。

あんなものは脅しだ、と志郎は言った。

「建物を燃やしたところで、原発は破壊できない。電源室は地下に埋設しているはずだ。砲撃では無理なんだ」

もう逃げようぜ、と北島がため息をついた。

「俺たちにできることはねえんだ。こんなところで死んだらつまらん。君子危うきに近寄らずだ」

少し待て、と志郎は前を見つめた。

「今飛び出したら、的になるだけだ」

「そうかもしれねえが……」

「原発の警備隊が攻撃を耐え抜けば、真田には特攻以外手がなくなる。どれだけ犠牲が出ても、正門を乗り越えて中へ入り、警備隊を全滅させ、電源室を破壊するつもりだろう。それが最初からの計画だったのかもしれない」

「なぜそう思う？」

「あんたが見た片山興産の裏の巨大な建物は、電源室を再現したものだろう。内部の構造を調べて、順路を体に覚えこませた。その中に入れば、奴らは電源室を吹き飛ばすことができる」

「解説なんか聞きたくねえよ。だったらどうだっていうんだ？　おれたちに何ができる？」

真田を確保する、と志郎は言った。

「七時になるのを待ち、全国の原発に総攻撃を始めるつもりだろうが、戦闘開始命令は真田にしか出せない。今、六時五十分だ。浜河田原発の陣形を見て、おれの情報で防御を固めたと察した。だから、奇襲攻撃を始めたが、他の原発に向かった連中はそれに気づいていない。命令が出る前に、真田を確保して通信手段を奪う」

「通信手段って何だ？」

「無線か携帯電話だ。他に何がある？　おれなら、スマホのショートメールを使う。一斉に送信すれば、十カ所の攻撃部隊に同時に命令できる」

おい、と北島が空を指さした。

「ヘリが高度を下げてるぞ」

ヘリコプターが旋回しながら下降していた。ドアが開き、中から乗員が長い銃身の銃を構えている。

武器はたいしたことない、と志郎が唇を噛んだ。

「スナイパーライフルだろう。自衛隊の武装ヘリなら話は別だが、あれじゃ真田たちは倒せない」

二機のヘリが地上に向けて狙撃を始めた。道路に弾丸が当たり、乾いた音がこだまする。

アサルトスーツの男たちが左右に散って、トラックの陰に隠れた。

倒せなくても脅しにはなる、と北島が叫んだ。

「空からの攻撃には、逃げるしかねえようだな」

そうか、と志郎はつぶやいた。ヘリからの狙撃には、脅し以上の意味がある。

原発警護隊の武装は貧弱としか言いようがない。拳銃の他はショットガン、ライフル、サブマシンガンぐらいしかないだろう。

だが、正門は頑丈だ。簡単には突破できない。

外で警備についていた警察官は全滅していたが、中にいた警備隊の損傷は軽微だ。防御に徹しているため、死傷者も少ない。

正門を破壊できない真田たちは、突撃するしかない。死を覚悟しての特攻で、電源室を爆破するための爆薬その他装備品も持ち込まなければならない。

どれだけの訓練を積んでいても、動きは鈍重になる。三メートルの門を乗り越えようとする兵士たちを、空から狙い撃つのは難しくない。

ヘリからの狙撃を避けるため、兵士たちは動きが取れなくなっていた。膠着《こうちゃく》状態だ。

戦闘が始まって十分も経っていない。その間に、県警、自衛隊、海上保安庁に救援要請が入っている。即応態勢も整っているはずだ。

真田たちの計画が成功する可能性は高かった。奇襲攻撃を受ければ、何百人で原発を警備していても瞬時に殲滅《せんめつ》されただろう。

日本の原発の警備態勢など、プロの軍人から見れば穴だらけだ。少なくとも原発内部に侵入し、占拠することはできたはずだ。

一度原発の敷地内に入れば、外部から警察や自衛隊が攻撃しても、守るのは容易だ。警備隊と同じように、正門を死守すればいい。

奇襲に成功し、正門を突破すれば、真田は隊の半分で攻撃を食い止め、他の兵士が電源室もしくは使用済み核燃料を保管しているプールを爆破する。放射線が漏出すれば、それで作戦は完了だ。

放射線によって、真田たちも死ぬが、それは計画に入っていたはずだ。

自分たちの命を犠牲にすれば、作戦を完遂できる。だから、真田は攻撃の決行を決めた。

ただ、一つだけ誤算があった。志郎が計画に気づいたことだ。

連絡を受けた中山刑事部長の要請により、静岡県警をはじめ原発の警備隊にテロ警戒の厳重な命令が出た。事前に情報が入っていたから、防戦が可能になった。

おめえが原発を救うことになりそうだ、と北島が唇の端だけで笑った。

「感謝状ぐらい、もらえるんじゃねえのか？」

おれじゃない、と志郎は首を振った。

「紀子だ。あいつが原発を守っている」

守れりゃいいがね、と北島が前を指さした。縦に並んでいたトラックの助手席から、背の高い男がアスファルトの道路に降り立っていた。

6

ドラグノフ狙撃銃とＲＰＧ－７を肩から襷《たすき》にかけ、両手で構えていたのは真田だった。アサルトスーツに身を包んだその姿には、圧倒的な迫力があった。

トラックの前方に回り込んだ真田がドラグノフを正門に撃ち込み、来い、と絶叫した。隠れていた部下たちが路上に飛び出し、乱射を始めた。総攻撃だ。

ドラグノフを全弾撃ち尽くした真田がトラックの荷台にあったＭ－14アサルトライフルを取り出し、伏せたまま引き金を続けざまに引いた。正門の内側にいた警察官がもんどり打って倒れた。

真田が引き金を引くたび、警察官たちが射的の人形のように倒れていく。命中率は高かった。

Ｍ－14を構えた真田が仰向《あおむ》けになり、空に向けて照準を定めた。ヘリも真田を狙っている。

真田の喉から、人間とは思えない咆哮《ほうこう》が響いた。引き金を絞るようにして連射すると、ヘリから89式小銃を持った男が落下していった。

二百メートル近い長距離射撃だが、真田の銃弾が命中していた。ヘリが旋回し、上昇を始めた。

だが、真田の方が早かった。狙いを定めてRPG－7を撃つと、後部ローターから火花と煙が噴《ふ》き出し、不規則な回転運動を始めたヘリが墜落《ついらく》した。

地面と激突した機体の破片が四方に飛び散り、ローターがどこまでも転がっていく。炎上したヘリの残骸から黒煙が上がった。

真田の猛攻に呼応するように、兵士たちも狙撃を始めていた。凄まじい形相《ぎょうそう》だ。何も恐れていない。

彼らが望んでいるのは死だ。敵の死ではない。自分の死だった。

最前線に立つ真田の姿が、彼らの士気を極限まで高めている。六十人の死兵がそこにいた。

正門の中でも、守備隊が動き始めていた。全軍の指揮を執っている真田さえ倒せば戦意は失せる、と守備隊指揮官が考えたのだろう。

すべての銃口が真田に向けられ、一斉射撃の轟音《ごうおん》が道路を覆《おお》い尽くした。まるで工場のようだ。

数十丁の拳銃、ライフルが真田を狙っていたが、十人の兵士が集まり、人間の盾を作った。真田を守るためだ。

先頭の男が被弾したが、退《しりぞ》かなかった。野獣のように吼《ほ》えながら、銃を撃っている。ノーガードの撃ち合いだ。

何人かの兵士が倒れた。手榴弾を投げ込もうとした男が被弾し、路上で爆死した。体が千切れ、バケツを引っ繰り返したような血が路面を染めていく。

斃《たお》れた仲間を振り返ることもなく、全身を血だらけにした男たちが前進を続けた。彼らにとって、死こそ法悦《ほうえつ》なのだろう。

飛び出してきたアサルトスーツの男の手に握られていた口径の短い筒状の銃から炎が発射された。火炎放射器だ。横についた男がガソリンを門に浴びせている。

凄まじい臭いが辺り一面を埋め尽くした瞬間、爆発が起きて門が炎上した。内側にいた守備隊が後退する。

また銃撃戦が激しさを増した。炎が飛び火して、近くの車や原発内の建物、そして草や木に燃え移り、火災が起きていた。

今だ、と志郎は北島の肩を叩いた。

「奴らは前しか見ていない。彼女を連れて逃げろ」

伏せてろ、と志郎は有美の体を押さえた。

「年寄りや女を巻き込みたくない」

もっと早く言えよ、と北島がエンジンをかけた。待て、と志郎はその腕を摑んだ。

「トラックの後ろに回れ」

何言ってんだ、と北島が眉をひそめた。

「見つかったらどうすんだ？　殺されちまうじゃねえか」

大丈夫だ、と志郎は前を指さした。

「奴らは正門の突破しか考えていない。背後をカバーする余裕はないんだ。真田はひとつだけ読みを誤った。全国の原発の同時攻撃にこだわって、人数を分散し過ぎたんだ。六十人じゃ玉砕戦術しかない」

「何をするつもりですか?」

有美の問いに、挟み撃ちだ、と志郎は答えた。聞いて呆れる、と北島が吐き捨てた。

「拳銃もないのに、一人で何ができるっていうんだ?」

志郎は背中のベルトに挟んでいた拳銃を取り出し、安全装置を外した。

「桑山が持っていた銃だ。弾はまだ五発残ってる」

「五発でどうする? 馬鹿は止《や》めろ。撃ち殺されたら終わりだ。おめえの出る幕じゃねえよ」

「指揮官は真田だ。奴を倒せば制圧できる」

「勘弁してくれよ、おれはつきあわねえぞ」

「頼んでない。おれをトラックの後ろに落としたら、あんたは彼女と逃げろ」

とんだ勘違い野郎だ、と北島が呻いた。

「映画じゃねえんだぞ? まあいい。勝手にしろ。死にたがりとは一緒にいたくねえ」

運んでやると、ハンドルを切り返した北島がその場を離れた。銃声が僅《わず》かに遠くなった。

大回りした北島がトラックの後方二百メートルへ移動し、道沿いに立っていたプレハブの横で志郎を降ろした。

「ここでいいんだな? いいか、おれは止《と》めたからな?」

北島がギアをドライブに入れ直した。後部座席の有美に、逃げろ、とだけ言って、志郎はプレハブの陰に飛び込んだ。

約二百メートル先では、局地戦がますます激しくなっていた。正門を突破しようとする真田たち、死守しようとする守備隊が近距離で撃ち合っている。

両者は百メートルも離れていない。死闘だ。

正門が燃えている。中から消火している者たちの顔が、炎の熱で真っ赤になっていた。

地面に何人もの警察官が転がっている。外にも倒れている者がいた。

機関銃から発射された銃弾が路面に当たり、乾いた金属音を連続して立てた。銃声で耳が痛いほどだ。

(真田はどこだ?)

志郎は両手で耳を押さえ、前方を睨んだ。

正門に向けて、火炎放射器の男が十メートル以上の長い炎を噴射した。炎が制服に燃え移り、火だるまになった数人の警察官が地面を転がっている。

右翼に集まっていた守備隊が、射程の長いライフルを構えて一斉に撃った。火炎放射器の男が崩れるように前に倒れたが、全身を炎に包まれたまま立ち上がった。

そのまま、一歩ずつ正門に近づき、炎の噴射を続けた。まるで幽鬼《ゆうき》だ、と志郎は思った。

怯えに顔を強ばらせた警官が拳銃を構え、五発連続して撃った。全弾命中したが、それでも火炎放射器の男は前進を止めない。

新たに弾丸を装塡《そうてん》した警官が、叫びながら撃つと、炎の塊が倒れた。痙攣《けいれん》するように、四肢が動いている。炎が門の中に広がっていた。

怒声が響いた。日本語ではないその声の方向に、志郎は目をやった。返り血で全身を真っ赤に染めた真田が命令を下していた。

背後にいた十人の男が投擲砲《とうてきほう》を構えて突進する。爆弾が発射され、何人もの警官が吹き飛んだ。ちぎれた腕、そして脚が宙を舞った。

叫び声、悲鳴、喚《わめ》き声が炎と重なったが、それを貫くように、正門の中にいた数十名の警察官が一斉射撃を始めた。

アサルトスーツの男たちの体に、連続して銃弾が突き刺さった。夥《おびただ》しい血が飛び散り、男たちが膝をつく。

だが、這《は》うように男たちは前へ進んでいった。警官たちが叫びながら引き金を引いた。

背嚢《はいのう》を背負った男が匍匐《ほふく》前進で正門の下にたどり着いた。ポケットから電線を引っ張り出して口にくわえ、顔を伏せたままボタンを押す。

大爆発が起き、凄まじい黒煙で周りが見えなくなった。プラスチック爆弾だ。

数十秒の間だけ銃声が止んだが、煙が薄らぐのと同時に、両者が撃ち合いを再開した。

十数人のアサルトスーツの男たちが、道路に倒れていた。正門の内側でも、死傷者が出ているのだろう。

正門の左側に、大きな穴が開いていた。プラスチック爆弾で自爆した男の執念が、正門を破壊し、頑丈な鉄枠が大きく裂けていた。

駆け出した真田を、反射的に志郎は追った。真田の命令で、男たちがトラックに乗り込む。

守備隊が破れた穴の周辺に集結していた。装甲トラックで突っ込み、正門を壊して中へ入るのが真田の狙いだ。

彼らの中に理屈はない。正門を突破し、原発敷地内に入り、守備隊を全滅させ、施設を爆破、破壊する。それしか考えていない。

アサルトスーツの男たちの多くが負傷していた。満足に動けるのは二十人ほどだろう。

だが、男たちはトラックの荷台に飛び乗っていた。彼らを動かしているのは、真田への忠誠心だ。

三台のトラックが走りだした。正門までの距離、二百メートル。

志郎は国道を斜めに走り、横から先頭のトラックに飛びついたが、フロントに跳ね飛ばされた。スピードが出ていないので、ダメージはない。

すぐに跳び起きた。二台目のトラックが、目の前を通り過ぎていった。

着ていたジャケットを脱ぎ、三台目のトラックの運転席の窓ガラスに叩きつけ、そのままサイドミラーにしがみついた。

「止《や》めろ、馬鹿！　ブレーキだ！」

前が見えなくなった運転者がハンドルを右に切った。ガラス越しに、男の顔が見えた。顔色は真っ白だ。

横のガラスが開き、運転者がオートマチックの拳銃を構えたが、咄嗟《とっさ》に肘《ひじ》で払うと、拳銃が路上に落ちていった。

志郎は自分の拳銃を運転者の顔に突き付けた。

「止まれ！　撃つぞ！」

乾いた音が、頭上をかすめていった。顔を上げると、装甲の窓からいくつもの銃口が志郎に向いていた。

止《や》めろ、と叫んで志郎は引き金を引いた。そのまま左手を放すと、道路に叩きつけられた。凄まじい衝撃だ。

アスファルトの上を、志郎の体が転がっていく。自分で止めることはできない。両肩がガードレールにぶつかり、ようやく動きが止まった。

右手に目をやると、拳銃を握っていた。自分でも信じられなかった。

トラックが右へ蛇行《だこう》していく。スピードは落ちない。

いきなり、トラックが横転した。荷台から四人の男が道路に投げ出された。

次の瞬間、トラックが爆発を起こした。伏せたまま頭をかばった志郎の目の前に、割れたドアが突き刺さった。

顔だけを上げて前を見ると、二台のトラックが正門へ突進していた。助手席の窓から身を乗り出し、機銃を構えた男が頭を撃たれ、トラックの外に落ちていった。

弾丸の雨がトラックの車体を叩いている。防護服に身を固めた守備隊の男が正門から飛び出し、ショットガンを撃った。

弾丸を再装填した男がショットガンを構えたが、喉から血が凄まじい勢いで迸《ほとばし》った。

振り返った志郎の目に映ったのは、二台目のトラックの荷台で仁王立ちしている真田だった。真田が撃ったのだ。

先頭のトラックが正門に激突し、車体を斜めにして停まった。タイヤが空転している。

守備隊の一斉射撃が始まった。正門を突破されたら後はない。

お互いが二十メートルの近距離で銃弾を撃ち合っている。流れ弾が志郎の周囲で撥《は》ねた。

二台目のトラックがそのまま先頭のトラックに突っ込み、乗り上げる形になった。車体が橋代わりになり、守備隊を潰せば中に入ることができる。

畜生、とつぶやいて志郎は立ち上がった。

荷台で数人のアサルトスーツの男が、続けざまにグレネードランチャーを撃ちこむと、敷地内で爆発が起きた。何発もの投擲弾が炸裂を続けている。

守備隊の応戦も苛烈《かれつ》だった。台座に座っていた男が左右に機関銃を向けると、次々に兵士がなぎ倒されていった。

十メートルもない至近距離だ。外れるわけがなかった。

真田がショットガンを撃つと、そのたびに守備隊員が吹き飛んだ。運転席から飛び降り、手榴弾を投げ込もうとした男を守備隊が狙い撃った。

数十発の弾丸を全身に浴び、死のダンスを踊った男が荷台に崩れ落ちた。手から転がった手榴弾が爆発し、トラックのフロントが大破した。

原発内の塔に立てこもっていた数十人の守備隊が、応射を開始した。

「バズーカ砲！」

塔を撃て、と真田が命じた。顔を血に染めた男が、トラックの窓を叩き壊し、機関銃を撃っている。

正門の内側に、守備隊は防御陣地を築いていた。何十台もの車両を盾に応戦している。

真田が突入を命じたが、トラックの上に立てば撃たれるだけだ。前進はできない。

ローター音に、志郎は空を見上げた。三機の大型ヘリが、猛スピードで近づいてくる。航空自衛隊の文字が腹にあった。

耳をつんざくような射撃音が空気を切り裂いた。ヘリが機銃を撃ちこんでいる。

トラックの窓ガラスや車体に何百発もの銃弾が命中し、一瞬でスクラップになった。荷台でグレネードランチャーを構えていた男の首が飛び、体中から血が噴き上がった。

ライフルを摑んだ真田がトラックから飛び降りた。残っていた七人の男が、その後に続いた。

正門に向かう真田を阻止するため、守備隊が前へ出た。四人のアサルトスーツの男が応射する。

だが、人数が違い過ぎた。百人以上の守備隊が正門内から射撃を開始し、空からは空自のヘリが照準を定めている。

一人が倒れ、一人が弾け飛んだ。残った二人が銃を乱射し、最後の抵抗を試みている。

危ない、と志郎は守備隊に向かって叫んだ。

「自爆する気だ！　下がれ！」

正門を挟み、守備隊の前に立った二人の男が、同時に銃を放り捨てた。守備隊の乱射をものともせず、正門に飛び込む。

志郎は目をつぶった。爆発音。

爆風で体が横倒しになった。目を開くと、紅蓮《ぐれん》の炎が十数人の守備隊員を包んでいた。

ヘリが放水を始めた。数十人の警備隊員が、呻き声を上げている。

地獄絵図だ、とつぶやいて、志郎は体を起こした。真田はどこだ。

エンジン音が聞こえた。パトカーだ。真田が損傷の少ないパトカーに乗り、逃げようとしている。

正門前に何台ものパトカーが重なり、壁のようになっていた。その壁を突き抜けて、一台のパトカーが飛び出してきた。

正面に立った志郎は運転席を見つめた。顔面を朱に染めた男がハンドルにしがみつき、しゃにむにアクセルを踏んでいた。

志郎は拳銃の引き金を、絞るように引いた。一発、二発、三発。パトカーが迫ってくる。四発。

大破したトラックの荷台に乗り上げたパトカーが、片輪走行になった。志郎の体をかすめて、そのまま十メートルほど走り、プレハブの壁に激突した。四つのタイヤが激しく空転している。

凄まじい衝撃に、志郎は前のめりに倒れた。銃弾に抉られた肩を押さえると、血で手が真っ赤に染まった。

顔を横に向けると、パトカーの後部座席から真田が這い出していた。

一瞬、銃口を志郎に向けたが、すぐに両腕を運転席に突っ込んだ。仲間を引っ張り出そうとしているのがわかった。

動きを止めた真田が、足をひきずりながらその場を離れ、プレハブに入った。志郎の背後で、パトカーが爆発した。

肩を押さえたまま、志郎はプレハブに飛び込んだ。資材保管用の倉庫で、内部は広かった。

薄い板壁で仕切られている通路を進むと、真田の背中が右に折れるのが見えた。

「待て、真田！」

角まで走って、志郎は様子を窺《うかが》った。人の気配はない。

外へ逃げたのかと思ったが、そんなはずはない、と首を振った。こそこそ逃げ出すような男ではない。

「何でこんなことをした？」

何の意味がある、と志郎は怒鳴った。

「お前たちの責任だ」

声が通路に反響した。近い、と志郎は拳銃を握り直した。

板壁を挟んでいるだけで、一メートルも離れていない。上は空いている。声はそこから聞こえたようだ。

「どういう意味だ?」

辺りを見回すと、旧式の消火器の上に、火事に注意、とアルミの板が貼られていた。斜めになった板に、真田の姿が映り込んでいた。

アサルトスーツの内ポケットから、真田が大型の黒い機械を取り出し、アンテナを伸ばした。衛星電話だ。

「梨緑国と連絡を取るつもりか? バックにいるのは軍だな? お前は原発爆破に失敗したんだ。それでも戦争を始めるほど、梨緑国の軍人は頭が悪いのか?」

確かに失敗した、と真田が言った。

「だが、ここだけではない。作戦は他方面でも展開している。指示を仰ぐ」

「そんなに戦争がしたいのか? 何のためだ?」

「大義のためだ」

大義、と志郎は消火器を手にした。

どんな理由があっても、人間を殺す権利は誰にもない。そんなに人間の命は軽くない。

消火器を持ち上げ、志郎は板壁に叩きつけた。割れた隙間から飛び込み、両手を真田の首に引っかけて倒す。二人の体が重なって倒れ、真田の手から衛星電話が飛んだ。

志郎は素早く立ち上がり、真田の左腕を踏み付けた。右足で蹴ると、通路を銃が滑《すべ》っていいった。

「動くと撃つ」

右手の拳銃を真田のこめかみに突き付けた瞬間、つま先に強烈な痛みが走った。サバイバルナイフが足の甲を貫通していた。

うずくまった志郎の顎《あご》を、真田が膝で蹴りあげた。額が割れ、血がしたたり落ちる。

倒れた志郎をもう一度蹴った真田が、衛星電話を拾い上げて、通路の奥へ向かった。

待て、と志郎は銃口を向けた。

「一歩でも動いたら撃つぞ」

君の銃に弾はない、と背中を向けたまま真田が言った。

「それは桑山の銃だ。弾の数はわかっている」

通用口の扉に手をかけた真田に向かって、志郎は引き金を引いた。弾は出なかった。

血痰《けったん》を吐き捨て、志郎は板壁を支えに立ち上がった。右足が燃えるように痛い。

骨を貫いたナイフを強引に引き抜くと、溢《あふ》れた血が靴の中で嫌な音をたてた。

片足だけで廊下を進み、角を曲がった。足を引きずった真田が、十メートルほど先を進んでいる。パトカーが横転した際に、怪我を負ったのだろう。

踏み出した右足から、脳天に衝撃が走った。体全体に電流が流れたような激痛。

振り向いた真田が悪鬼のような笑みを浮かべて近づき、志郎のみぞおちを踵で蹴り込んだ。

急所を狙っている。志郎は体をくの字に曲げて倒れた。

「邪魔をするな」

真田が上から志郎の顔を何度も踏みにじった。鼻が折れ、溢れた血がワイシャツを赤く染めた。

志郎の腰を足で押さえ付けた真田が、衛星電話の電源をオンにした。数字を入力し、ロックを解除する。

真田が衛星電話を耳に当てた時、壁を破って一台の車が飛び込んできた。避けられないまま、真田が跳ね飛ばされた。その手から、衛星電話が床に転がった。

どうした、と運転席から北島が大声で言った。

「死にそうか?」

何しに来た、と志郎は膝をついて立ち上がった。

「来るんなら最初から来い。俺が死んだらどうするつもりだ?」

「葬式には行ってやる」

北島が車をバックさせると、タイヤの下敷きになった衛星電話に亀裂が走った。後部座席から有美が飛び降りた。

あなたの仲間はもういません、と有美が叫んだ。

「これ以上何をしても無駄です」

ゆっくりと体を起こした真田が、苦痛に歪《ゆが》む顔で志郎を睨みつけた。

私一人でも戦う、と真田が言った。

「この国を滅ぼさない限り、祖国に未来はない」

その発想がわからねえ、と北島がぼやいた。

「てめえの国のためなら、他の国が滅んでも構わないと思ってんのか? 勘弁してくれよ」

お前たちには何もわかっていない、と憂鬱《ゆううつ》そうに真田が首を振った。

「この日本という国が、世界を滅ぼす元凶となる。新しい秩序が必要だ」

どうしてわからない、と真田がつぶやいた。志郎はその目を見つめた。

真田には理想がある。使命感を抱いている。六百人の部下たちをここまで率いてきたのは、彼らが真田の信念に共鳴したからだ。

お前の正義を押し付けるな、と志郎は指を突き付けた。

「これだけは言っておく。おれはお前みたいな奴が大嫌いだ」

足をひきずって近づいた真田が、右の踵で志郎の腹を蹴った。強烈なキックに、志郎は地面に倒れた。

体を起こし、右のストレートを繰り出したが、自分でも情けないほど弱々しいパンチだった。

ガードもせずに左の肩で受け止めた真田が、そのまま肘を脇腹に打ち込んだ。

嫌な音が体の中から聞こえて、志郎は崩れ落ちた。肋骨が折れたのがわかった。

痛えんだよ、と志郎は落ちていた板の破片を投げつけた。

「殺す気か？」

うなずいた真田が志郎の右足を踏み付けた。破れた靴から血が噴き出す。志郎の喉から、絶叫が迸った。

「これ以上邪魔をするな。日本全国の原発に、私の兵士がいる。彼らは命令を待っている」

真田が内ポケットからスマホを取り出した。志郎は腕時計に目をやった。七時二分。

「無駄なことは止めろ！」

飛びついた有美を真田が平手で張ると、細い体が床に倒れた。

私だ、と真田がスマホに向かって言った。音声認識だ。

志郎は立とうとしたが、足の踏ん張りが利かず、体が崩れた。手を伸ばしたが、届かない。

すべてを終わらせよう、と真田がつぶやいた。止めて、と有美が叫んだ。

「止めて、お兄ちゃん!」

7

地面に手をついて、志郎は首だけを向けた。

「……お兄ちゃん?」

ずっと捜してた、と有美が囁いた。

「健人《けんと》兄さん」

スマホを持ったまま、真田が有美を見つめた。

「……何を言ってる?」

手のひらに火傷の痕《あと》がありました、と有美が立ち上がった。

「古い傷です。子供の頃、わたしをかばって火傷《やけど》を負ったんです。わたしにはわかります」

馬鹿なことを、と吐き捨てた真田に、どうしてこんな酷《ひど》いことをしたの、と有美が首を強く振った。

「原発を襲い、警備の人達を殺して、自分の仲間に犠牲が出ても構わないの?」

やむを得なかった、と真田が顔を歪めた。

「だが、これは聖戦だ。国家のために――」

「国家って何？　何を背負っているの？　妹のわたしより大事？」

「何の話だ？」

わたしはお兄ちゃんを忘れたことがない、と有美が一歩前に出た。

「顔を見て、すぐにお兄ちゃんだってわかった」

「下らん」

「火傷の跡なんかなくてもわかった。兄妹だから……」

真田が向き直った。その顔に表情はなかった。

わたしを覚えてるはず、と有美が手を強く握った。

「どうしてこんな……あんなに優しかったのに、人殺しをするなんて……お兄ちゃん、もう止《や》めて」

この国が何をしてきたか、お前たちは知らない、と真田が静かな声で言った。

「私の祖国を占領し、併合し、統治した。武力で恫喝《どうかつ》し、自国の領土にした。言葉を、習慣を、歴史を、宗教を捨てろと命じた。意味がわかるか？　誇りを捨てろ、奴隷として生きろ、さもなくば殺す……我々はその屈辱を忘れない」

「不幸な時代があったのはわかってる。でも……」

もういい、と真田が目をつぶった。

「お前たちの国家を滅ぼし、我々が統治する。いずれ、お前たちが感謝する日が来る。父である祖国に尽くすのが、母であるお前たちの国の義務だとわかるだろう」

違う、と叫んだ有美に、目を覚ませ、と真田がよく通る声で言った。

「我々の恨みを知るべきだ。罪を償《つぐな》え」

何でもありじゃねえぞ、と志郎は足を踏ん張ってよろめく体を支えた。

「何人殺した？　人殺しに正義なんかない」

真田が静かに首を振った。

「彼らは美しい国家を作るための貴《とうと》い犠牲になった。祝福されるべき死だ」

志郎は真田の顔に唾を吐きかけた。

「祝福？　呆れて物も言えない。どれだけ殺せば気が済むんだ？」

我々の死には意味がある、と真田が言った。

「我々の名前は歴史に刻み込まれる。我々が新しい秩序と美しい国家作りの礎《いしずえ》だった、と千年先まで語り継がれるだろう。聖戦において、死は崇高な聖務だ。犠牲ではない。我々は悦《よろこ》びと共に死に赴く」

お前を信じて死んでいった仲間が哀れだよ、と怒鳴った志郎を、真田が冷たい目で見つめ、右の拳を志郎の腹に叩きつけた。声さえ出せないまま、志郎はその場に崩れ落ちた。

真田がアサルトスーツの内ポケットから、細いナイフを取り出し、志郎の背中に突き立てた。絶叫が志郎の口から迸った。

真田がナイフを引き抜くと、刃先から血がしたたり落ちた。

「楽にしてやる」

真田がナイフを振り上げた。小さな破裂音がした。

真田の手からナイフが落ちた。その前に、銃を構えた有美が立っていた。銃口からひと筋の白い煙が流れていた。

兄は死んだ、と有美がつぶやいた。

「あの日、あの海で死んだ。今、わかった」

真田が手を伸ばし、スマホを摑もうとしたが、再び銃声が響いた。倒れた真田が動かなくなった。

車を降りた北島が、志郎の体を支えた。

「ひでえ血だ。死ぬんじゃねえか？」

そんなことはいい、と志郎は有美を見つめた。

「その銃はどこから出てきた？」

いくらでも道に落ちてる、と北島が言った。

「真田の部下が持ってたんだよ」

「どうして素人《しろうと》が銃を撃てたんだ？」

わたしは入国監理官です、と有美が答えた。

「拳銃を所持できるのは、警察官と自衛官だけじゃありません。法務省入国警備官は拳銃携行を法律で許可されています。わたしたちも射撃訓練を受けているんです」

後にしろ、と北島が有美の腕を引いた。

「こいつを病院に運ばねえとまずい。手伝ってくれ」

「原発はどうなった？」

「心配いらん。応援の大部隊が来た。原発は無事だ」

北島が志郎の体を支え、車の後部座席に乗せた。そのまま運転席に戻り、エンジンをかけた。

「遠峰二尉は？」

応援の自衛隊に引き渡したと言った北島が、助手席に乗った有美に目をやり、アクセルを踏んだ。

プレハブから国道に出ると、原発の周りに数十体の死体が転がっていた。半分は原形を留めていない。銃撃戦の激しさがわかった。

後始末が大変だ、と北島がパトカーの残骸を避けながら、ゆっくりと車を走らせた。

「誰が責任を取るんだろうな?」

道路に立っていた数人の警察官が、出てきた北島の車に向かって拳銃を構えた。

「停まれ!」

殺気立った声に、北島がブレーキを踏んだ。

「ハンドルから手を放せ! 誰だ?」

警視庁の橋口刑事だよ、と北島が窓を開けた。

「どいてくれ、見りゃあわかるだろ? 酷い怪我をしてる。手当しねえと死ぬぞ」

警察官たちが後部座席に目を向けた。本当だ、と志郎は両手を上げた。

「頼む、通してくれ。まだ死にたくない」

「身分を証明するものは?」

「謹慎中だ。何も持ってない」

法務省の竹内《たけうち》です、と有美が身分証を見せた。

「こちらは警視庁の橋口巡査長です。わたしが保証します」

しかし、と首を捻った警察官の後ろから、中年の男が出てきた。橋口刑事か、と男が携帯電話を差し出した。

「県警の黒川《くろかわ》だ。警視庁から電話が入ってる」

私だ、とスピーカーから中山の大きな声が流れ出した。聞こえてます、と志郎は答えた。

「浜河田原発は守りました。他は無事ですか？」

どうにか間に合った、と疲れきった声で中山が言った。

「全国の原発に警告を出し、各県警に緊急出動要請をした。奴らは攻撃態勢を敷《し》いていたし、武器類も準備していたが、どういうわけか一発も撃ってこなかった。理由はわからん。とにかく全員逮捕した」

あいつらは軍人です、と志郎はうなずいた。

「上官の命令がなければ、攻撃を開始することはできません。規律の正しさが裏目に出ましたね」

「そうか、だから動かなかったのか……」

警察の方が風通しはいいようです、と言った志郎に、そんなわけないだろう、と中山が怒鳴った。

「命令に背く者は厳罰に処す。勝手な判断で現場が動き出したら、統制は取れない。それもわからんのか？」

「ぼくにどうしろと？」

「すぐ本庁へ戻れ。査問委員会を招集する。お前の処分はそこで決める」

「あなたの奥さんと娘さんを救ったのに？」

血も涙もない話だ、と志郎はつぶやいた。

「人命を救っても懲戒《ちょうかい》免職ですか？」

査問委員会の長は私だ、と中山が小さく笑った。

「先に処分内容を伝えておく。本庁復帰だ。お前みたいな奴は、放っといたら何をするかわからん」

「何もしませんよ」

黒川警部、と中山が言った。

「彼は私の部下だ。通してくれ」

道を空けろ、と黒川が命じた。左右に分かれた警察官に手を振った北島がアクセルを軽く踏んだ。

すまなかった、と志郎は助手席に手を伸ばした。

「辛かっただろう……」

いえ、と振り向いた有美が涙を拭った。

病院へ行くぞ、と北島がクラクションを鳴らした。

「しばらく入院だな。どう思ってるか知らんが、かなりの重傷だ。体中傷だらけだぞ？　ひでえもんだ」

東京へ戻る、と志郎は首を振った。

「中山さんの気が変わると困る。本庁勤務は全警察官の夢だ」

紀子も望んでいた、と志郎はつぶやいた。紀子だけが真田の計画に気づいた。

もし紀子がいなかったら、どうなっていたかわからない。紀子の死は無駄ではなかった。

まずは病院だ、と北島が言った。

「医者が診《み》ねえと、話にならねえよ。許可が出たら、おれが東京まで送ってやろうか？」

「助かる。正式な出張じゃないから、交通費は出ないんだ」

「警視庁ってのは、そんなに貧しいのか？」

「経理がうるさい。普通の会社の比じゃないんだ。世間の目は厳しい」

次の角を右へ、と有美がスマホの画面を見ながら指さした。

「三キロ先に、東松《ひがしまつ》大付属病院があります」

急いでくれ、と志郎は言った。

「眠くなってきた。まずいかもしれない」

減らず口は止《や》めろ、と北島がアクセルを強く踏んだ。車がスピードを上げた。

本書は『Ｗｅｂ文蔵』で二〇二二年一～十二月号で連載した『ダウトゲーム』を改題し、加筆・修正したものです。

〈著者略歴〉
五十嵐貴久（いがらし　たかひさ）
1961年、東京都生まれ。成蹊大学文学部卒業後、出版社に入社。2001年、『リカ』で第２回ホラーサスペンス大賞を受賞し、翌年デビュー。著書に、『1985年の奇跡』『交渉人』『安政五年の大脱走』『パパとムスメの７日間』『相棒』『年下の男の子』『ぼくたちのアリウープ』『７デイズ・ミッション』『PIT 特殊心理捜査班・水無月玲』『ウェディングプランナー』『ぼくたちは神様の名前を知らない』『スタンドアップ！』『愛してるって言えなくたって』『奇跡を蒔くひと』などがある。

サイレントクライシス

2023年12月26日　第１版第１刷発行

著　者　五　十　嵐　貴　久
発行者　永　田　貴　之
発行所　株式会社ＰＨＰ研究所

東京本部　〒135-8137　江東区豊洲5-6-52
文化事業部　☎03-3520-9620（編集）
普及部　☎03-3520-9630（販売）
京都本部　〒601-8411　京都市南区西九条北ノ内町11

PHP INTERFACE　https://www.php.co.jp/

組　版　株式会社PHPエディターズ・グループ
印刷所
製本所　図書印刷株式会社

ISBN978-4-569-85623-0

PHPの本

ディープフェイク

福田和代 著

それは私じゃない⁉　ディープフェイクで作られた偽りの動画が拡散され、追い詰められていく一人の教師の姿を描いたサスペンス小説！

定価　本体一、八〇〇円（税別）

PHPの本

越境刑事

中山七里 著

最強の女刑事、絶体絶命⁉ 新疆ウイグル自治区の留学生が殺され、県警のアマゾネス・高頭冴子は犯人を追って中国へ向かうが……。

定価 本体一、七〇〇円（税別）

PHPの本

首都襲撃

高嶋哲夫 著

「テロ撲滅世界会議」の開催地・東京全域がテロ組織の標的となり女性SP夏目明日香は再び戦うことに。待望のクライシス小説第二弾！

定価 本体二、三〇〇円（税別）

PHPの本

鏡の国

岡崎琢磨 著

あなたにこの謎は見抜けるか――。『珈琲店タレーランの事件簿』の著者、最高傑作！　大御所作家の遺稿を巡る、予測不能のミステリー。

定価　本体二、〇〇〇円（税別）

PHP文芸文庫

天保十四年のキャリーオーバー

五十嵐貴久 著

七代目市川團十郎vs悪の奉行・鳥居耀蔵！　百万両をめぐる騙し合いの行く末は？　一気読み必至の時代エンターテインメント！